2022
中国
年选系列

2022年中国
精短美文
精选

王剑冰　选编

長江出版傳媒 | 长江文艺出版社

图书在版编目（CIP）数据

2022年中国精短美文精选 / 王剑冰选编. -- 武汉 : 长江文艺出版社, 2023. 1
（2022中国年选系列）
ISBN 978-7-5702-2945-1

Ⅰ. ①2… Ⅱ. ①王… Ⅲ. ①散文集—中国—当代
Ⅳ. ①I267

中国版本图书馆CIP数据核字(2022)第208502号

2022年中国精短美文精选
2022 NIAN ZHONGGUO JINGDUAN MEIWEN JINGXUAN

责任编辑：杨　阳　　　　责任校对：毛季慧
封面设计：徐慧芳　　　　责任印制：邱　莉　胡丽平

出版：长江出版传媒 | 长江文艺出版社
地址：武汉市雄楚大街268号　　　邮编：430070
发行：长江文艺出版社
http://www.cjlap.com
印刷：武汉中科兴业印务有限公司

开本：680毫米×980毫米　1/16　　印张：15.5　　插页：2页
版次：2023年1月第1版　　　2023年1月第1次印刷
字数：247千字

定价：36.00元

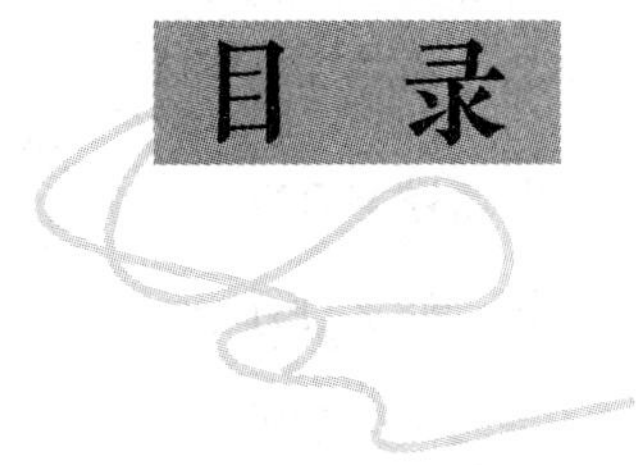

目 录

辑一

辑二

辑三

辑四

辑五

辑六

辑　一

生命的欢歌

陈世旭

入夏，想起家附近公园的荷湖，荷花应该开了，遂跃跃然前往。

荷花果然不负牵挂。

去年初冬，最后一次离开荷湖，只剩一片衰败凋零，只能暗叹“留得残荷听雨声”。而今，偌大湖面，冒头的茎叶，还来不及有风中的婀娜；初生的花苞，蓄紫含红，正待向日而开；性急的花枝，则已参差高耸，亭亭玉立。有了荷花，水域是另一种立体景观。去冬浑浊的荷湖，因为荷花的盛开，变成了美玉。满塘的绿肥红艳，满塘的朝气氤氲，满塘的奔放和蓬勃。仿佛才逝的春天从地面移到了水面，梦里的仙子回到了现实，心头的阴霾为之一扫。

自古赞美荷花的诗文绘画浩如烟海，影响最为广泛深远的莫过周敦颐的《爱莲说》。理学家给荷花赋予了至高的人格意义，荷花成为圣贤极致推崇的“君子”，“出淤泥而不染，濯清涟而不妖，中通外直，不蔓不枝，香远益清，亭亭净植”。冷寂，清白，高洁，“可远观而不可亵玩”，令人肃然起敬，令人景行行止。《爱莲说》也由此成为说莲的经典，乃至文学的经典。

> 围墙外面，是很大的一方荷塘，荷花开的时候，清香就弥漫过来。荷塘那边，是一个树林茂密的小村。树林上面，远远地浮着一抹淡青的山影，那便是庐山。

上述引文，出自我的乡居回忆。

但也许是因为长久的乡间生活，我对荷花的喜爱，更多的是世俗的情怀。

江南可采莲，莲叶何田田。鱼戏莲叶间。鱼戏莲叶东，鱼戏莲叶西，鱼戏莲叶南，鱼戏莲叶北。

（汉乐府《江南》）

又到江南采莲的季节了，莲叶浮出水面，挨挨挤挤，重重叠叠，茂密如盖。采莲船在莲叶间穿行，鱼在莲叶下追逐嬉戏，忽焉出没。质朴明快的采莲歌回旋反复，采莲和追鱼，写照的原是隐秘的男欢女爱。

种藕百馀根，高荷才四叶。
飐闪碧云扇，团圆青玉叠。
亭亭自抬举，鼎鼎难藏擫。
不学著水荃，一生长怗怗。

（元稹《高荷》）

荷花执着向上，坦然而自信。种藕百余根，出水的只有数叶，像青色的玉一样重叠，在水中抬举成巨大的团扇。无须自谦，更不迎合，毫不掩饰，毫不畏缩。它在哪里，哪里就是它张扬风采的舞台。绝没有岸边香草的卑微，一生都战战兢兢。

茅檐低小，溪上青青草。醉里吴音相媚好，白发谁家翁媪？
大儿锄豆溪东，中儿正织鸡笼；最喜小儿亡赖，溪头卧剥莲蓬。

（辛弃疾《清平乐·村居》）

农忙季节，青壮都已下田。村舍茅檐下，一家五口，老夫老妻吴侬软语话家常，大孩儿锄豆，二孩儿编鸡笼，最小的孩儿最顽皮，睡在地上剥莲蓬。如此的田园安宁，如此的岁月静好，透着泥土的气息。

荷花是夏天的花神，撩拨着无数骚客的情思——

“若耶溪傍采莲女，笑隔荷花共人语。”李白笔下的采莲女，笑语隔着荷花，只闻其声不见其人。

“荷叶罗裙一色裁，芙蓉向脸两边开。”王昌龄笔下的采莲女，碧罗裙、芙蓉面，醉了夏天，苦了多情人。

“逢郎欲语低头笑，碧玉搔头落水中。”白居易笔下的采莲女，春心摇动，乱了方寸。

“惟有绿荷红菡萏，卷舒开合任天真。”李商隐笔下的荷花，是烂漫的性情少女。

“有三秋桂子，十里荷花。羌管弄晴，菱歌泛夜，嬉嬉钓叟莲娃。”柳永笔下的钱塘，寥寥数语，十里风情，尽是荷花闹出的声色。

“叶上初阳干宿雨，水面清圆，一一风荷举。”周邦彦笔下的荷花，“清水出芙蓉，天然去雕饰”“真能得荷之神理者”（王国维《人间词话》）。

“一朵芙蕖，开过尚盈盈。”苏轼写荷花，逸笔草草。

“兴尽晚回舟，误入藕花深处。”李清照写荷花，带着女性的惊讶。

“接天莲叶无穷碧，映日荷花别样红。”杨万里写荷花，千古传唱，家喻户晓。

荷花是季节演出的华彩，更是才气彰显的试题。

> 河上花，一千叶，六郎买醉无休歇。万转千回丁六娘，直到牵牛望河北。欲雨巫山翠盖斜，片云卷去昆明黑。馈尔明珠擎不得，涂上心头共团墨。蕙岩先生怜余老大无一遇，万一由拳拳太白，太白对予言：博望侯，天般大。叶如梭，在天外，六娘剑术行方迈。团圞八月吴兼会，河上仙人正图画。撑肠拄腹六十尺，炎凉尽作高冠带。余曰：匡庐山密林迩，东晋黄冠亦朋比，算来一百八颗念头穿。大金刚，小琼玖，争似画图中。实相无相，一颗莲花子，吁嗟世界莲花里。还丹未？乐歌行，泉飞叠叠花循循。东西南北怪底同，朝还并蒂难重陈，至今想见芝山人。

清初画家八大山人画作《河上花图卷》和题在画上的《河上花歌》，是我印象最深的荷花礼赞。

弱冠，国破家亡，逃禅出家。半百后，疯癫还俗，沦落街市，作画乞食，任人驱遣。经历了太多的人生苦难，八大山人选择了浸淫艺术。他的花鸟，静谧空明，幽深淡远，远离尘喧，最为独特的是那些独立不羁的形象，冷漠倔强横眉冷对大千世界，让人们直面其坎坷悲凉的人生。然而，在他的《河上花图卷》和《河上花歌》中，我们看到了另一个八大山人。

这一年，八大山人 72 岁，这位进入全盛时期的艺术家，酣畅淋漓地挥洒着生命的最后绚丽。长达 1292 厘米的长卷记录下了这迸发的燃烧。

八大山人画荷的精品存世多种，大多是一花片叶，大片留白。《河上花图卷》却是风起云涌，气象万千，墨色华滋满乾坤。流水潺潺，奇葩盛开，或颔首低眉，或挺拔直立，或一枝怒放，或团簇竞开。不受空间限制的千姿百态，动态透视，咫尺千里，有桃李之灿然，有兰芷之清媚，有杨柳之飘摇，有竹芦之疏潇，轰然的交响令血脉偾张。

题画诗《河上花歌》，洋洋洒洒数百言，语意、语态、语气、语势，活脱李白的《将进酒》。八大山人是圣者，圣者也有崇拜。写诗他崇拜李太白，李太白是诗仙。“太白对予言：博望侯，天般大。叶如梭，在天外……团圞八月吴兼会，河上仙人正图画。”此时的八大山人，似有诗仙附体。画家于恍惚中默会迷离之象，彻悟“无相”“莲花”，淋漓酣畅，不拘一格，由表及里，超形入神。心与万物相接相谋，与自然达于浑融，韵律独特却浑然天成。画家赋予了荷花生命的热烈，荷花赋予了画家生命的强劲。

荷花充满了生命的力量和拟人的生动。人们对荷花的喜爱，深入灵魂。荷花的美是实在的，它的根、茎、叶、花、果都是人类最早的食物；荷花的美是干净的，它天生自洁，对世界无所贪婪；荷花的美是正直的，它带着野性的大气，对丑恶不屑一顾；荷花的美是健康的，它妖娆而不病态，永远不会有人唱“人比荷花瘦”。

与其说荷花悠远、清高、宁静、淡泊，莫如说它是生命纵情的欢歌！

原载《光明日报》2022 年 7 月 22 日

春绿鸡鸣江

谭　谈

每天早早晚晚，我都会到这条江边漫步。这条傍村而过的小溪河，成了我生活中的一部分。

河不大，称她为溪更恰当。然而，她偏偏要叫江，且有一个响亮而别致的名字：鸡鸣江。她从海拔 4000 多米的苍山深处，收纳一处处清冽的山泉，奔涌流来，奔向那个著名的高原湖泊——洱海。据当地人说，从苍山流入洱海的溪河，共有 18 条。在这 18 条溪河中，鸡鸣江处于何种位置，我没有去考究，不能妄说。但我特别地喜欢她。

一早起来，我就挑着两个大塑料桶，到溪边来挑水。这时，村里许多起得早的人，早已在溪边那简陋的码头上提水了。原本，村里家家户户早就通了自来水。然而，谁都爱到这溪里来取水回家去煮饭、烧菜、泡茶。许多居住在十多公里以外的城区的人，也爱开着轿车到这溪里来打水。可见这溪水是何等纯净和优质。我居住的小院，离溪边只有 200 多步，真可谓是近水楼台先得月了。

过了惊蛰，春风愈来愈烈了。溪岸的树木花草，一天一个样地在你面前呈现。叫不上名来的野花，在清风艳阳里闪动着一张张笑脸。溪岸边那早几天还是光着枝儿的柳树、杨树，冷不丁地就悄悄地冒出了嫩黄的芽芽。每天早晚，这些枝头上的新生命，就随着我漫步的脚步声，往外蹿动，不几日，一个一个嫩黄的芽芽，就变成了一片一片嫩绿的新叶……

这里的白族先民，十分智慧地把他们居住的村寨，要么靠山而建，要么傍水而造。所以，这里的村寨全建在苍山下、洱海边。中间，就是一片广阔的田园。眼下正是油菜花盛开的日子，放眼看去，村与村之间，金灿灿一片。真是养眼！

近几年来，我们国家正在全力推进新农村建设。为了提高鸡鸣江两岸村民的生活品质，有关部门就在沿着鸡鸣江数公里长的一片地段里，建有一个沿江公园。设计者的初心，是建一个湿地公园。从苍山到洱海，是一片坡度不很大的平地。丰水季节，从鸡鸣江分出一些水，注入公园里一条引水沟，滋润着公园内那一个一个大小不一的水塘。眼下，冬季刚走，溪中春水便注入那片广阔的田园，滋润庄稼去了。此刻，湿地公园不“湿”了。公园里一个一个水塘全干了。原先立在一个一个水塘间的供游人涉水而过的石墩墩，成了摆设。虽然这样，我散步时，仍爱往石墩墩上蹦跳，以检验我这位八十老翁的脚力。

春日里，变化最大、最快的，莫过于沿江公园里的景观树了。有些，本是开白花的梨树，可公园管理者，却在它的枝头上嫁接上开红花的桃树枝。于是，春风里，树上面的枝丫一片红艳艳，树下面的枝丫，却是一片白灿灿。红的桃花，白的梨花，在这里和谐相拥，亲密共生，使人生发出不少人生的感悟：人哪，与人为善，共同繁荣，才是人生之道啊！而有些树，冬眠了多日，此刻，被春风一吹，苏醒了。光光的枝丫上，冒出来一点一点叶芽，像是刚刚睡醒张开的一只一只小眼睛，美极了！而有些树，一个个枝头上，冒出火炬般的嫩尖尖来，预示着人们当下的日子红红火火。那是美人杉。公园内游步道旁边，还不时见到一些移栽的树，栽下时，被砍去了头。这时候，它们被砍去“头”的树干上，又倔强地长出来了几个、十几个“头”来，真可谓生生不息……

走过公园里的一段曲径，又到了河岸上。看到岸边一株古柳树，大概是从别处移栽到这里的。老树干枯死了，数十枝新枝，蓬蓬勃勃、亲亲密密地相拥着它们的长辈——那枯死的老树干，展示着强盛的生命力。这，又何尝不像是人类孝老爱幼、和睦相处的美好家庭啊！

大多数的杨树、柳树，都是密密麻麻地排列在河岸边，形成一道绿色的城墙。唯有一株，独居河岸另一侧。冬日里，落了叶子后，光秃秃、孤零零地立在那里，样子十分丑陋。而现今，在春风的召唤下，披上了一身绿纱，显得婀娜多姿、光彩照人了。

鸡鸣江，其实还有一个名字：阳溪。上游靠苍山的村子，叫上阳溪村。那么下游靠洱海的村子，应该叫下阳溪村。它偏不，它叫向阳溪村。这也许是这里的先民，不甘居人下吧！一次我从广州回村来，在机场打车时，我告诉司机去上阳溪村。司机说：好巧，我就是那个村的。也许旅途太劳累了。车开动不久，我就睡过去了。不知过了多久，我被叫醒：先生，到了。我迷迷糊糊走下车，一看，不对，这里是洱海边。原来这个村，叫向阳溪村。不知当地人叫“向”和“上”的口音，是否有区别，而在我的湖南口音里，则没大的区别，司机把上阳溪听成向阳溪了。

从上阳溪到向阳溪，中间还有一个村子。那就是下邑村。那里有一个墟场。每逢农历的初二、初九、十六、二十三日赶场，当地人叫赶街子。赶场那天，偌大的墟场，人山人海，非常热闹。墟场分工明确，分成若干个功能区。猪、羊、狗、鸡、鸭等牲畜占一区；花卉、盆景等占一区；农具五金、百货日用品，新鲜菜蔬、水果等农产品，从洱海捞上来的鱼虾等水产品，都成规成矩地摆放在各自的展区里。人们生活的方方面面的物品，这一天，在这里都能觅到……更令人惊喜的是，这里有一处地方，还摆有几个理发的摊位。一次，正好我的头发长了，该理理了，于是坐到一个摊位的凳子上，在艳阳下理了一个发。虽然简陋，却很温馨……

沐着春风，沿溪一路走来。蓝蓝的溪水，在脚下跳跃着，变换着各种姿态，欢快地向前流去。沿岸的柳条，在春风里尽情地舞动。各种各样的野花香，随风扑鼻而来……漫步在这样的景色里，心情能不惬意吗？

原载《海内与海外》2022 年第 4 期

名胜景观与人文内涵

王必胜

认识一个地方，犹如认识一个人，最怕先入为主。比如，这焦作。

焦作，一个很特别的地名，名缘何来？问当地友人，也查阅资料，都语焉不详。不过，地处中原，为河南省西北重镇，历史悠久，人文深厚，其名气相当了得。以往对焦作的印象是黑色煤城，所谓焦，黑乎其貌，土里土气。产煤之地，污染严重，多是对北方小煤城的印象。错了，焦作的风采和美丽是被误读了的。或者说，她的景观与特色，是在作为现代旅游城市华丽转身之后才渐为人们知晓的。

城市的名气首先是人文内涵。有记载，焦作早在8000年前就有人类活动，东周时为京畿之地，汉代为河内府，唐为怀州、怀庆府。所以，焦作所辖的温县出产的山药取名为怀山药，颇有名气，却少有人知其来历。

焦作的名称、归属，历史上多有变更，后于1956年建市。作为中原文化的一隅，文脉深远自不待说，其自然优势也突出。平原广袤、大山雄峙、大河纵横。焦作有幸，她扼太行之雄伟，挟黄河之气势，借古都洛阳、郑州之名，华夏文明在这里积淀为异样风华。

云台山是最亮丽的名片。其景瑰丽，偌大丹霞地形，山水交合，山峰耸峙，细腻与粗犷、力与美的杂糅，构成了她的丰富与厚重。在北方高纬度的地段，少有这一方山高水长、潭幽谷深的江南风景。那天，我们从焦作市区驱车一小时，听说山快到了，却不见身影轮廓，不经意间，一马平川上，突兀挺拔，高台入云。“悠然见南山”，没有任何的过渡，一尊巨峰，如虎背龙脊横亘于前，惊喜中又觉神奇。有人笑言，这山的特别，恐怕就是在不知不觉中与你邂逅，与你亲近。

云台山有景有形，有特别的红石峡。她骑着太行山的尾巴，在这里切成一个横断，神工鬼斧，造化天成，红石峡是其集大成者。红者，壮丽，鲜艳，像上帝以朱红彩笔，涂抹成亮丽的色彩，近看是一堵堵的巨大丹霞石，遂有了这数里长的红峡谷。而谷底是一汪长长的清流，林泉幽深，峡谷蜿蜒，在黄土高原上，本已难得；然而，那赭红的岩石，又形成不同的景区，有九龙潭、潭瀑峡、茱萸峰等，逐一展开，笑迎访客。

拨开莽莽苍苍的树丛，沿着峡底清流而上，在时隐时现的石头栈道上行走，花叶纷披，涧水沾衣，苔痕阶绿，瀑泉鸣唱，观石桥石梁在阳光与溪水的作用下，变幻出的各色光影，你感受到大自然的奇妙，山水的柔美，花草的温情。此行不虚，你的游兴得到相当满足。因为，很多时候，哪怕是所谓的5A、4A级的风景名胜，也多是“不如意者十八九”，徒有其名——诚实是时下对风景点的一大考验。这丹霞石组合的峡谷，垒垒石块，潺潺清潭，无疑让这峡石景观有足够的斤两与成色，老少无欺，这岂不是游者最为快意的？

焦作的山水得上苍厚爱，除了云台山外，还有青天河、神农山、峰林峡、青龙峡，五大名胜组合为广义的云台山风景区。它们或以水域广阔，或以山形惟肖，或以峡谷深幽，或以峰峦峻峭，或以历史人文奇特，或以综合的山水景观各擅其长。几处名胜，被评为世界地质公园。博爱县的青天河原是20世纪60年代修的“红旗水库”，如今，巧妙地运用了革命年代的精神遗产与自然风光的结合。行船于长长的青天河水道，夹岸风光中有三姑泉、鲸鱼滩等。年轻的导游在文学想象中推介，我却对由水库变景点的历史颇感兴趣，沉浸在对往昔兴修水利的回味中。如今，山清水秀，林草修茂，是多少建设者们的血汗换得。同行的当地文友曾是当年建设大军的一员，他不无激动地向导游讲述当年的往事，并提醒可以增加这方面的内容，引起观者共鸣。是啊，自然山水固然是上苍的厚爱，而护养她的则是人，更不用说当年举凡每一项重点水利工程，都有生命代价的付出，在青天河管理区的烈士纪念碑就是明证。

我对山水的兴致其实是可有可无的。古人的我看青山、青山看我之说，表达一种主客互为的关系，一种天人合一的哲学精神，但我总觉得自然的面貌状态，大小高低其实难分，只因时间不同、心绪不一，而领略和欣赏时的主体精神才是先决条件。所以，杏花春雨小桥流水，与大漠孤烟古道残阳，于观者都是一种外在客体，而景点上的人文历史，更是让我等甚为在意的。当然，信史有据，或文献可寻，更能引起共鸣。沁阳的神农山，说是远古遗存似的一座山峰，因了神农氏的传说，让山的韵味有了别样的情怀；比如这茱萸峰，说是因为王维当年的千古绝唱“遍插茱萸少一人”在此咏出，而地名因此而来，为世人瞩目；又比如云台山的百家岩，因为“竹林七贤”的隐居，而不同凡响。这个史上一桩极具个性化的文学故事，颇为后人敬仰，七名贤达，既有同气相求的和善，又有孤绝清流似的耿介，又有惺惺相惜的友情。他们生活过的这方土地，当年的遗存何在？据说，只能留在想象中了。

听说，山涛与向秀是今武陟县人，也没有太多东西留世。这是当下众多旅游景点的共性问题，缺少史料，难以明证。但既有的资源不利用也可惜，于是，挖掘历史，放大旧迹，渲染组合，是时下某些名胜为人诟病的现象。“匆匆到此”的大众游心态，或许并不太在乎那些久远的、传说中的人（古人）事（没有太多故事的事）呢！而我们费力并不讨好的这种挖掘和整理，多大程度上是经得起检验和证伪的？

无论如何，焦作的景观丰富博雅，自然人文，既成规模，又风华别致。这里还没有说到唐代文宗韩愈的陵墓“韩园”，祖籍沁阳的唐代大诗人李商隐的故居。由过去的煤城，到如今的现代旅游城市，管理者们善为能为，在细节上多有亮点。云台山名重北方，园区防火是重点。火种看管极严，消防提示牌随处可见。景区门前设有一个宽大的吸烟室，内有各类手机的充电插头，有沙发式的坐垫。男士烟民进出景点多有光顾，也有非烟民的女士们好奇地进入。那天，从景点出来，与老烟枪作家聂鑫森兄见此，享受一番后，感叹这著名景点的人性化、个性化的设置。

最是难忘见细节，仅此一点，此地就别于他处。有人感叹，景观人文两相宜，才是一个景区发展的王道。诚哉斯言。

原载《中国社会报》2021 年 11 月 8 日

三春时节鸟声稠（节选）

卓　然

又是三春时节，村里的鸟儿们又该高唱它们最热烈的季歌了。

乡村的三春是诗，是画，是辛弃疾的《鹧鸪天》：

陌上柔桑破嫩芽，东邻蚕种已生些。平冈细草鸣黄犊，斜日寒林点暮鸦……

读辛弃疾的词，感觉就是在读乡村三春。

其实，乡村三春也是一座金色的音乐厅。听众或站在老槐树底下，或站在离辘轳不远的柿树荫里，看杏花随风飘落，听好鸟唱好音。

乡村的鸟儿一年四季无不欢歌，而三春鸟儿的歌声更婉转，更清脆，更清新，更清纯。如"河水清且涟猗"，也如"零露溥兮……清扬婉兮""零露瀼瀼……婉如清扬"……

乡村鸟儿多，也如江东子弟，劣衿少，才俊多。诸如啄木鸟、杜鹃、黄莺、喜鹊、燕子、麻雀、鸽子、布谷鸟、红嘴鸦、白头翁、灰喜鹊、雉鸡、石鸡……

人们听着鸟儿的歌声，也不忘抬头看看老墙上那些文字：《万花灯》《节节高》《慢流》《大泣颜回》《柳春景》《葡萄架》《收江南》《大开门》《小开门》《红绣针》《石榴花》……其中似乎还有一阕《忆江南》，似乎并不合辙，也缺了字，试着补上去，大概是这样的：

水龙吟，尽在藿谷洞。青鼓下山闹端阳，五马驮来五福荣。打雁风入松。

醉太平，踏青小桃红。柳春景好戏牡丹，紧流慢流不相同。招军武夜城。

字写得并不整齐，也不是一个人写的，也不是在一个时代写的。有墨写的，有木炭写的，也有红土或老石灰写的，什么字体都有，说是字，又像是画，水墨一样，浓的，淡的，像雾，又像烟。把一堵堵老墙弄得越发古老、苍凉，任春风刮来刮去，却总是那么安静。外路人经过小镇，总要驻足看看，却又看不明白。真不知道前头走的那些人都想些什么，总是奇奇怪怪的。

和哥说，老墙上那些文字，都是乡村音乐会的曲牌，都是前人记忆中的往事。往事既然不可以淡忘，就把岁月的痕迹涂抹到大墙上，成为乡村一代又一代人的心灵背景。

和哥说，鸟儿的歌声，无论在记忆中，还是在现场，都永远那么好听。清晨，你连窗户也不用推开，清脆的鸟声便会飞到屋子里来。傍晚，对着夕阳，隔着帘儿，几声鸟鸣，会带你进入安谧悄静的黄昏。

和哥是我的邻居，一个乡村文化人。

和哥说，鸟儿是三春最好的歌手，它们善于独唱，善于对唱，善于大合唱，更善于多重唱，即所谓的百鸟争春。鸟儿的歌唱驱散了乡村生活的黯淡、愁苦和寂寥，给如常的日月增添了层层生机和光辉。正如古人说的："三春桃李苦无言，却被斜阳鸟雀喧。"

乡村如果没有音乐，没有鸟声，亦如"披褐守长夜"。

从古至今，乡村人对音乐情深，对鸟儿情深。他们把那些曲牌写在藿谷洞的大墙上，以拙涩的文字小心翼翼地给予保护，他们用善良与米粒儿保护会唱歌的鸟儿。过年过节，人们总要往房坡上扔些馍块什么的给鸟儿；在地头吃饭的时候，不管桶里的饭菜够不够吃，也要撒一些给鸟儿；下柿子、打枣儿，也一定要在树上星星点点留几个给鸟儿；收获谷子的时候，留下几个谷穗给越冬的鸟儿；冬季下雪的时候，人们都会抓一把红高粱或者金黄的谷米，撒在楼窗口的窗台上，给饥寒中的鸟儿……

"劝君莫打三春鸟，子在巢中望母归。"乡村人以悲悯的情怀，保护会唱歌的鸟儿。

鸟儿一声，三春生辉。

站在早春的田野上，行走在早春的溪畔涧边，你会听到一声又一声清丽的鸟鸣：“黄虫儿黄虫儿哥哥哩！……黄虫儿黄虫儿哥哥哩！……”

黄虫儿的叫声最好听，音色是嫩黄的，仿佛柳树刚刚吐出来的新芽。“黄虫儿”是鸟儿的名字，这鸟儿天下著名的另一个名字是你熟悉的，也是经常在诗文中读到的，它叫黄鹂。但在我们村子里，并没有人知道这鸟儿还有这么一个好听的名字，只觉得它口口声声叫“黄虫儿”，叫得自然、朴实、真诚，我们也觉得格外亲切、熨帖、知心着意。

有人说我们把黄鹂叫“黄虫儿”太土气，和哥却说，那正是我们乡村的书卷气。

和哥说，《诗经》里也叫它“黄鸟”，诗三百零五篇，以“黄鸟”作题的就有两首，一首是《国风·秦风·黄鸟》，一首是《小雅·鸿雁之什·黄鸟》。除了《黄鸟》，还有《葛覃》《凯风》《绵蛮》，十多处地方都说到了黄鸟：“交交黄鸟，止于棘”“黄鸟黄鸟，无集于榖，无啄我粟”“黄鸟于飞，集于灌木，其鸣喈喈”“睍睆黄鸟，载好其音”“绵蛮黄鸟，止于丘阿”。还有“仓庚”，也是黄鹂的雅称，《诗经》里的《东山》《出车》《七月》里，都有仓庚的小小身影。

我们的跛腿和哥，会时常抱一本《诗经》，拄着拐棍，来到我们家的院子里，坐在堂屋的廊脚上，翻开《诗经》念起来：

春日载阳，有鸣仓庚……
仓庚于飞，熠耀其羽……
仓庚喈喈，采蘩祁祁……

和哥说，历史发展到唐宋，“黄鹂”这个饱富诗意的名字，方才走进唐诗宋词。比如杜甫的“两个黄鹂鸣翠柳”，比如秦观的“黄鹂又啼数声”。

然而，《诗经》并没有远离我们，古老的风尚依然流转在我们的乡村，我们世世代代依然呼叫“黄虫儿”，依然学着黄虫儿唱“黄虫儿黄虫儿哥哥哩……”

村里还有人说，“黄虫儿”就是宋仁宗，身边总有个保驾的忠良臣“铁面包公”。它的名字叫“铁棒槌”，浑身黢黑，黄虫儿飞到哪里，铁棒槌也飞到哪里，一黄一黑，一个主儿，一个保镖，总是如影随形。黄虫儿在柿树荫里唱一声“黄虫儿黄虫儿哥哥哩”，铁棒槌就在近处的核桃树荫里唱一声“得儿儿哩！得儿儿哩！”一唱一和，美妙的音韵，如玉玦撞击一般好听。

黄虫儿不但喜欢唱美声，巢也筑得巧夺天工。它们衔来各种毛发细草，盘结成一个圆圆的球形，用纤细如发的丝绳儿把球巢吊起来，吊在柿树或者核桃树远扬的柔枝上，四面八方，绿叶层层，任是带毒的虫蚁蛇蝎百般刁钻也难侵扰。圆圆的小巢旁边开个口子，那个小缺口是窗，也是门。早晨，黄虫儿倚着门啼叫一声：“黄虫儿黄虫儿哥哥哩！”不远的树荫里，便会立即应出一声：“得儿儿哩！得儿儿哩！”把一个水汪汪的早晨，叫得又和平，又宁静。

……

每逢三春时候，我都会想起我们所在的乡村，想起我们的乡村三月，想起乡村三月的鸟儿，想起乡村三春鸟儿的叫声。文化人赋予了三春鸟儿文化，乡亲们则给了三春鸟儿灵魂。

原载《光明日报》2022 年 4 月 1 日

沁河水流长

王锦慧

沁河，从远古一直流到今天。流过人类文明的发源地与聚居地，流过“枕山、环水、面屏”的古村落，流过壁垒森严、气势非凡的古堡群，流过往来不断送行舟的古渡口……

在沁河流过的地方，还坐落着一个“中国历史文化名村”——山西省沁水县尉迟村。

尉迟村原名吕窑，因隐匿于此的唐代名将尉迟恭而更名；因出生于此又长眠于此的人民作家赵树理而扬名。

正值土豆开花的季节，沁河两岸飘萦着清新浓郁的泥土芳香。跨入村前高高的“树理门”，穿过村中长长的民俗文化街，就到了村西赵树理的故居。

这是一座典型的北方农村四合院，由其先祖始建于乾隆年间。院子坐北朝南，有堂屋，有东西耳房，所有建筑均为砖木结构的二层楼阁。

驻足，抚摸，怀想……我追寻着先生隐入时光深处的背影，在心里默默与他交谈。

话题自然离不开《小二黑结婚》，我向先生讲述了前往故事发生地左权县芹泉镇横岭村的所见。

低矮简陋的庄稼院散落在沟壑两边，高大壮实的杨柳榆槐们投下片片绿荫。没有鸡鸣狗吠，一片寂然安谧。原来，因地处太行山腹地，贫困如影相随，横岭村正往山下移民搬迁。

村里一口百年古井还在，原村公所的二层小楼还在，“小二黑”和“小芹”家的房子还在，虽已是断壁残垣，却见证过那个“像是农民又挂着几支钢笔”的作家，写《小二黑结婚》时的日出日落。或许过不多久，它们便踪迹难寻了。

值得庆幸的是，横岭村实现整体搬迁后，“赵树理故居”“小二黑院”“小芹院”“二诸葛院”“三仙姑院”已修葺一新，都挂上了醒目的门牌。

话题也离不开《李有才板话》，我向先生叙说了前往“山药蛋派”发祥地左权县麻田镇交沟村的所感。

那日，见一座黑色墓碑立在村头。碑志记载：该村穷苦农民李有才，系赵树理《李有才板话》的创作原型，于1991年去世。

身后尾随着一只黄狗的老汉，帮我们喊来了李有才的儿子李德胜。他说：“赵树理和我父亲住过的老房子在山上，离这儿还有6里地。”说着，便带我们沿羊肠小道向山中进发。丛生的荆棘荒草拦腰，凶猛的长蛇夺路而过，突然传来采药人的吆喝声，让人毛骨悚然。真悔不该来，却没了退路。

我们气喘吁吁地攀上峭壁，终于找到了老房子。可惜面目全非，没有了院墙和房顶，屋内茂盛的杂草中长出4棵大树。先生描述的“前边靠门这一头，盘了个小灶，还摆着些水缸、菜瓮、锅、匙、碗、碟……”这些场景更无影无痕了。

在靠西墙正中坍塌的土炕上，先生曾和李有才同榻共眠了半年多的光景。他觉得这位庄稼汉通过编快板向欺侮百姓的地主恶霸“扔砖头”，俨然是一位智慧的农民政治家，“我要为他立传！”

这年底，《李有才板话》就出版了。从此，李有才名扬四海。

2020年11月28日，《李有才板话》暨太行抗战主题纪念馆在村中落成揭幕。一年后，李德胜溘然长逝。

风声响起，院中那棵直指云天的梧桐树向着赵树理安息的牛头山摇曳，好似冥冥中的召唤和指引。

拾级而上，迎面是苍松翠柏簇拥的先生铜像。他身穿中山服，坐在一把藤椅里，目光深邃地望着故乡。

尉迟村是先生长篇史诗《李家庄的变迁》的原型村庄和创作地。

1945年，离家8年的先生回乡探亲，惊闻父亲被“清乡”的鬼子塞进茅坑放火烧死，他当即悲愤地拿起笔控诉入侵者的残暴。

那是寒冷的冬季，先生蜷曲在家中的小炕桌前，靠着破瓦盆里的木炭火取暖，夜以继日地写出了《李家庄的变迁》。

“头戴厚毡帽，口噙小烟袋，身披粗布衣……”作为“山药蛋派”的创始人，先生的作品醇醇正正地写出了农民生活的本色本质，不论岁月怎样青了又黄，都将在文学的殿堂傲然兀立。

然而，1970 年 9 月 23 日，阵阵秋风拂帘而入，丝丝凉意令人伤怀。先生因受迫害含冤而去，年仅 64 岁。

沁河水流长。站在逶迤起伏的牛头山上俯视，可见清澈的河水像少女的绿色飘带，在松柏植成的“赵树理”不朽英名前盘桓流连，而后浩浩汤汤地传诵至黄河、至大海……

原载《作家文摘》2022 年 6 月 3 日

母亲的愧疚

余继聪

再次回老家汪家屯看望老母亲，给老人家送去我在驻村工作的武定县狮山镇矣波村的苗族农家买的两块山猪腊肉。母亲深感惭愧、难受，再三拒绝。

以前每一年，都是老父亲老母亲给我送来老家的腊肉、土鸡、土鸡蛋、新米、新鲜苞谷蚕豆、腌菜咸菜，还有很多其他的新鲜蔬菜和乡村土特产。

老父亲 9 年前去世，那年他刚年过 60 岁。第二年，我们老家村子汪家屯拆迁。紧接着，附近相邻的蔡家冲、元寿桥、谢家河、倪家咀子、干锅鼎、红土坡、杨罗屯等几十个村子也被拆迁，昔日芊芊莽莽的农田、鳞次栉比的村庄全部变成了高楼林立、大街纵横、人声鼎沸、车流滚滚、繁华热闹、灯火辉煌的城市。

如今，老母亲已经 70 岁，满头白发，一个人孤孤单单住在二弟家。二弟家的六层楼房高大漂亮，每层将近 120 平方米，但村里的田地被征占完了，再也种不成稻谷、苞谷、红薯、茄子、辣椒、南瓜、红豆，干不成农活、养不成猪了。勤劳辛苦了大半生的老母亲突然间无事可做，身体一下子就差了，常常全身这儿不痛那儿痛，常常不停地咳嗽，常常不自觉地叹气，为没有办法再给我送新米、腊肉、土鸡、土鸡蛋和新鲜蔬菜水果而难受。这几年，每一次回老家，临离开时母亲总是叹气，愧疚且遗憾地对我说："什么也种不成了，养不成鸡猪了，什么也没有可以拿给你的了……"

以前，父母总要在山地里播种许多苞谷，栽种许多红薯白薯，每年养几头猪。等到红薯白薯藤蔓长长、爬满一垄垄的时候，每天傍晚他们就会背着大花篮，拿上一把镰刀，到山地里去割一大花篮红薯白薯藤背回来，第二天一早砍细了煮一大锅，分早晚两顿喂猪。等到深秋初冬，红薯白薯藤割完了，红薯白薯已经长得很大很甜了，父母亲就挑上一对大花篮，扛上一把大板锄，去山地里刨挖回来一大挑红薯白薯，第二天一大早又起来砍红薯，煮一大锅喂猪。

每年雨季，父母都要在山坡地埂上栽种许多南瓜。等到南瓜藤蔓爬得很长、爬满山坡地埂的时候，他们就背着大花篮、拿上镰刀，到山坡地埂上去割一大花篮南瓜叶子背回来，第二天一早就起来砍南瓜叶子，砍细了，煮一大锅喂猪。深秋里，母亲会把山坡地埂躺卧的老南瓜采摘回来，堆满屋檐下、院子里，每天砍几个，煮一大锅喂猪。

等到深秋初冬收了苞谷，晾晒干以后，磨成苞谷面，父母就在锅里掺上两大碗苞谷面，把年猪催得胖胖的。到了腊月，杀年猪，腌腊肉，好不热闹。杀年猪的日子，家里会邀请七村八邻的乡亲来吃杀猪饭。母亲总是会让我把我的同事同学好友都邀来，离开时还会让我带上几块鲜肉和一些炸好的酥肉排骨。等到腌制的腊肉晾晒干后，父母就会陆陆续续背进城里来给我。吃着红薯、红薯藤、南瓜叶、老南瓜、苞谷面长大的猪，鲜肉极好吃，腌制的腊肉也很香。腊肉炖红豆汤、腊肉煮杂菜、腊肉炒蒜苗，是我、媳妇和儿子一家人的最爱。

那些年，家里收割了稻谷，碾出了新米，采割了土蜂蜜，新鲜苞谷、辣椒、茄子、南瓜、红豆、青菜、白菜、茴香、菠菜、芹菜、芫荽、葱、蒜、韭菜、桃李梨杏等熟了，母亲一趟趟背来城里给我，或者与父亲一起骑着三轮车送来。

母亲知道我们全家都爱吃柿饼瓜和黄薯，所以每年除了栽种用来喂猪的红薯白薯以外，她也栽种柿饼瓜和黄薯，其实黄薯藤蔓生长很缓慢，栽种不划算。媳妇也是农家女，也爱吃腊肉黄薯等。吃着父母从老家送进城里来的新米、新苞谷、新黄薯、新鲜蔬菜，我们便觉得家乡还不算遥远，思乡之心得到了些许慰藉。

1998 年腊月，刚刚工作四年的我准备结婚。那几年每个月工资只有三五百元，没有钱办婚礼。母亲把她种粮食和蔬菜、卖猪羊积攒起来的 6000 元钱拿给我办婚礼。她辛辛苦苦盘田种地，供我读到大学毕业，却没有享到我什么福。

如今，我们全村人都住进了拆迁安置楼房，虽然过上了城里人的幸福日子，但是都没法种地养猪了，母亲和村里的许多人都很不习惯。一年四季，母亲依然按照节令，在二弟家楼房顶层的花圃里陆陆续续播种着一溜溜青菜白菜，一溜溜茴香菠菜，几簇香葱韭菜，几蓬辣椒茄子。每次回老家去看母亲，临走时，她总要摘几个辣椒茄子，或者拔一把白菜青菜，或者割几簇韭菜给我。

有时很不恰好，蔬菜长大了，我又没空回老家去，母亲只好摘了分送给村里人家。等到我回去，母亲很想再摘一点什么、拔一点什么、拿一点什么给我，可是在屋里转了一圈，在楼顶的花圃看了又看，还是找不到合适的东西拿给我，只好再次感到惭愧、无奈、遗憾地对我说："唉，什么也没有给你的了！"

如今，一辈子总是想拿东西给我们的母亲，再也拿不出大米、腊肉等给我了。看着母亲一副惭愧的样子，我无能为力、心疼难受，只能尽可能多地回老家去看看她，给她送一点腊肉、水果、药物什么的。但母亲总是坚持不要。以前那么好强、生气起来让人害怕的母亲，现在却总是一副愧疚、生怕给我们添负担的模样。

我可怜可敬的母亲！

原载《文艺报》2021 年 11 月 10 日

大数定律与个体命运

高　伟

有一对夫妻一直想要个男孩子，可是女人一连生了7个女儿。女人不想生了，男人却想继续要儿子。男人说，从概率上来讲，下一个怎么也该轮到生儿子了。女人又怀孕了，果然生了个儿子。但是，第8个孩子真的大概率就该是儿子吗？其实不是的，母亲生第几个孩子，儿子的概率都是50%。这是个数学常识。

《魔鬼数学》这本书里讲了一个故事。20世纪30年代末，南非一个数学家冒失地跑到欧洲，结果阴差阳错地被关进了集中营。数学家无聊极了，就找乐子打发时间，玩起了投掷硬币的游戏。他把一枚硬币投了一万次，记下每一次硬币呈现的面相……最后的结果是硬币正反面呈现的概率是50%。数学家还画了一张图，做出统计学上的分析。在最初抛硬币的时候，硬币正反面的分布是极不均匀的，前几次甚至全部是某一面。随着抛硬币的次数越来越多，呈现正反面的概率越来越接近；到了一万次的时候，就无限地趋近于50%了。这是不是有股神秘的力量在起作用呢？其实也不是，自然界原本就有一个"大数定律"，说的就是这类事情。大数定律是由数学家伯努利提出的，就是"当试验次数足够多时，事件发生的频率无穷接近于该事件发生的概率"。这其实靠的是大数对小数的稀释作用。大数定律其实不会对已经发生的情况进行平衡，而是利用新的数据去削弱它的影响，直到前面的数据从结果上看，影响力非常小，可以忽略不计。

那对夫妻一开始生了7个女儿，第8个才是儿子，是因为在数据很小的时候，统计率可以偏离概率的中间值很大。但这依然没有对男女出生率产生影响。当数据量是以亿为单位计算的时候，男女出生的概率一定是无限地趋近于50%的。

由大数定律去想想人生，也挺有意思的。

我们的人生，像一棵树的成长一样。深扎土地里的小树，本能地接纳阳光的恩典，吸取雨露的滋养，自觉地校正自己的偏误，正直向上地蹿高。长高长直长得粗壮，是树木的信念。人类的生命也是这样，渴望像树木一样成材，是一种本能的信念。少时我们天真又无知，社会与人际关系却是复杂多变的，我们会经历很多的挫折，就像掷硬币，我们会有很大概率偏离大数定律所给定的中轴值。这是常态，也是成长的代价。生命就是在试误中成长的，每一次的试误，都使生命的骨骼长得结实了一些。每一次生命中遇到的问题，其实都是为我们量身定做的，要求我们勇敢地面对。当解决了眼前的困难，我们的意识能力就提升了，就有力量去面对下一个更大的难题了。

人至中年，我们的生命也越来越行进至人生的“大数”时光，偏离大数中轴的大困惑也减少了。所谓四十不惑、五十知天命，同理也。

为什么我们要告别过去的旧问题、老遗憾，而选择向前看？就是因为我们的个人命运不取决于一两次选择，哪怕是很重要的选择（比如没有进入大学深造，或者婚姻失败），而取决于我们的系统。作家老喻在他的书《人生算法》里说：“性格决定命运”这句话，应该修正为——性格决定行为方式，行为方式决定命运。我们的行为方式就是那个决定我们命运的系统。

大数定律运用得最好的赢家是谁？是赌场。不少人去赌场赢了钱，但赌场的概率优势是稳定的，为 2.7%。这个数字真的很小，但是凭借大数定律的魔力，就能够妥妥地完成对赌客的概率压制。

短期看，我们的人生充满偶然，充满无常，但长期看，个体的命运总会呈现它的必然。老喻告诉我们，最好的人生大奖不是中了彩票，而是我们有一个优质的人生系统。一个人习性的正向优势概率哪怕很少，但随着时间的推进，智慧的积累，意识的提高，认知的升级，自然就会加大其人生的幸福概率。古往今来，那些成功者都是因循着这样的路径成长起来的。

你若盛开，清风自来。这果真不是一句鸡汤一样的励志语，而是人生现实。

原载《今晚报》2022 年 7 月 14 日

河西走廊，风吹麦浪

刘梅花

一种七收

在河西走廊，唐宋时种的最多的庄稼，是糜子、谷子、小麦。风吹麦浪，风吹谷穗，是老天打发五谷来喂饱饥饿的人类。

敦煌壁画《弥勒经变》绘有“一种七收”的场景。这幅壁画颜色清雅又热烈，褐色黄色的耕牛，淡竹叶色衣衫的耕夫，黛色披肩的撒种人，金黄色的粮食。忙碌的场景，展示了耕地、播种、收割、运载、打场、扬场、粮食入仓的情景。

唐宋的河西走廊人主食是小麦。敦煌文献对于饼的记载多不胜数。最常见的是胡饼，另外是蒸饼、白饼、油饼、菜饼、渣饼、烧饼……

“十九日，寿昌迎于阗使……油胡饼子肆百枚，每面贰斗入油壹升。”油胡饼不是把清油直接揉到面里。我小时，父亲常常烙油胡饼，我们叫油胡旋。把揉好的发面擀薄，淋一层清油，慢慢卷起来，卷成饼，再擀，擀成薄饼。锅热，倒入胡麻油，贴饼子，不停地旋转。这样烙熟的饼子酥软可口，格外香。

而河西走廊牧区的人们常吃的是炒面——把小麦、豌豆等粮食用大铁锅炒熟，然后拿石磨研磨成粗面粉。吃时拌入酥油奶茶，称为糌粑。也吃锅盔——面饼烙得半尺厚，锅盖那么大，焦黄酥脆，好吃得很。

粟米沽酒

当粮食渐渐充裕有剩余时，古人拿来酿酒。河西走廊的古人饮酒，绝不是为了一醉解千愁，是因为劳作太辛苦，而生活环境又恶劣。春天风沙大，夏天酷热，冬天潮湿寒冷。

敦煌文献记载：“粟壹拾陆硕叁斗陆升，卧酒沽酒，造钟楼时……工匠……等三时食用。”

卧酒，是指保温发酵，把粮食压榨三日才能制成酒。此处是指要把粮食作为酒本，预付给酒坊，然后从酒坊沽酒。造钟楼时，用这些酒水招待工匠。

唐宋时期的河西走廊，粟米的产量一定不错，因而可以拿来买酒，以物易物。除了粟，小麦产量也不少。

我小时候，我爹常去离家三十里的土门沽酒，没钱，拿小麦换。那儿酿酒的人家很多，全是黄米酿的米酒。米酒度数低，小孩子也可以喝半碗。光阴深深，我们还在喝祖先喝过的酒。

河西走廊，走一路，一路都是酒。

酒千斛

粮食是硬朗的，而酒，那么柔软。

那些酒，藏在深深的酒窖，幽暗，清寂。空气里丝丝缕缕的酒味，那么远，又那么近。褐色的坛子，一坛，又一坛。绯红的绸子封住坛口，封住一坛时间，一坛清醇。酒液自己沉淀自己，自己发酵自己。时光那么悠长，酒坛沉入酒窖昏昏欲睡。

轻轻揭开那块红绸子，尘封的陈酿猝不及防，满坛子的清醇没忍住，扑鼻而来。舀一杯出来，微黄的酒汁，在昏暗的光线里轻轻晃荡。细嗅，醇正的酒香，隐约一丝清甜，一丝说不出来的柔绵醇和。

忽遇一斛酒，暗香盈袖。美酒都舀出来了，当然要喝呀。入口，是甘洌，连一个不会喝酒的人，都心生赞美。甘洌两个字，能够囊括所有的赞美。

酒液澄澈，慢慢啜饮，凉凉的，纯纯的，唇齿留香，余味悠长。这坛藏老酒，是十万微生物裂变、代谢、分解、繁殖之后的恒定，是酒液沉淀在岁月里天荒地老的味道，是粮食发酵酝酿后的升华、成熟、释放。世间种种欢喜，这深藏的酒，亦是一种。

杯子太简陋了，这样好的酒汁，要用琥珀碗呀。只有琥珀碗，才能够盛满陈酿酒的风度和气派。这气派，轻软，安和，甘美，自古风而来。

这一刻，让人觉得酒汁不是液体，是一种形状、光泽度、硬度、透明度都具备的固体，像琥珀一样，闪耀在酒窖。像玉一样，质地晶莹绵软，被一块红绸子苫住。好酒总是自己酝酿自己，自己说服自己。

看着那一坛一坛的美酒，忍不住想起贪杯的古人——道傍榆荚仍似钱，摘来沽酒君肯否？

古人喝的不是酒，是春风十里，十里榆树的春色。

褐色的坛子，绯红的绸子，在幽暗的光线里，一醉累月轻王侯。酒自己把自己喝醉，自己对自己当歌。有没有月亮都没关系，酒的酒量大，十斛不醉，百瓮不醉。其实醉了也无妨，酒是五谷的精华，凭借坛酒长精神呀。

好酒的人，其实是在酒中找见自己。一斛酒，藏着岁月深处的隐秘，喝下去，是探寻的勇气，是倾听的热切，是知己的释然。世间所有的炽热与虔诚，都在一斛酒，一句话。

“曲为酒之骨”，好酒须得好曲。小麦和豌豆是很好的制曲原料。制酒曲时，先把小麦豌豆粉碎，要求“心烂皮不烂”，表皮不要破碎。把粮食加大湿度，粉碎成片状，粘成饼，曲块的内部蓬松，有利于酿酒菌类的繁殖生长。

酿造车间，扑面是蒸腾的水汽和酒气。刚刚蒸馏出来的原浆酒清凌凌的，小口啜饮，原汁原味，味道烈，有点冲撞，有点奔腾，有点不管不顾的那种酣畅淋漓。一杯不够，再来一杯。酒液在舌尖打转，清爽，狂野，辛辣，很难驾驭的那种豪情。

这样的蒸馏原液太狂野了，不够醇和，需要经过调酒师的下一道工序，降服原浆的烈性，稀释蒸馏液的奔放，弛张有度。要存储，沉淀，老熟，才能够成为清冽的美酒。

诗人饮酒，讲究风雅。一树杏花开了，树下的石桌上落满花瓣，拂拂的暖风在吹。烫一壶酒，三五知己，围坐花下，聊聊庄稼，聊聊文学，聊聊家常。酒只是引子，只是陪伴，承载光阴的一切情深义重。

生活坎坷的人饮酒，从酒中汲取力量，醉一场，哭一场，酒醒后独自去面对生活，继续前行。酒能让我们做自己，不要变成别人想看到的那个人。

真正的武人，没有刀剑之气。真正的文人，没有酸腐之气。真正的酒家，没有酒气之鲁莽。醉了，不折腾别人。醒了，不为难自己，知进退，遵循日子的消长盈虚。

人生漫长，山一程，水一程。累了倦了的时候，喝一杯，把往事都丢给风，仗剑前行。

原载《文学报》2022 年 8 月 16 日

观星记

白荣敏

那一天，我们相约上太姥山看星星。

上太姥山已不下百次，从没有想到要去山顶看一次星星。

平日里，自己和自己太近，以致越来越看不清自己，看不清灵魂的粗鄙程度；自己和俗世太近，生活越来越缺少了诗意，也不知是否面目可憎。所以，当唐先生来电话，说一起去太姥山顶看一次星星，我的心尖着实被挠了一下。是哦，日复一日，脚步匆匆，大约已经忘了头顶上还有星星，更不会想到要去专注地看一次星星。

看星星其实选择任何一个较高的山头都可以，只要避开喧嚣和嘈杂，避开丛林般的水泥高楼，避开永不熄灭的城市灯光，在一个有清风、有虫鸣，而没有那些被称之为“五光十色的垃圾”的清寂山头，就可以。但我们还是选择太姥山，这与太姥山作为一座历史名山的身份有关。名山的魅力就在于，她内在的吸引力，人们愿意千百次地接近她，投入她的怀抱，与她久久地耳鬓厮磨。在太姥山顶看星星，心底有人文的光辉相映照，自然就多了一层情味。

我们从海拔 500 多米处开始徒步爬山，准备入住山顶的白云寺。白云寺始建于唐代，相传最早为白云禅师炼丹处，故名。白云禅师云云，已属杳去之鹤，常来光顾的倒是那飘忽不定的白云。一路上，一缕缕、一波波，在我们身旁肆意飘飞，倏忽隐现，无可捉摸。于是就有点担心，晚上的天气是否适合于看星空。但来都来了，担心已属多余，无非尽人事、听天命罢了。

到达目的地，天黑了下来。先前的担心果然应验——并无晴空。苍穹是暗的，云雾似一张沉重的网罩覆盖在山的头顶，月亮和星星的亮光在浓厚的云层外面，没有力量穿破云层抵达我们的眼睛。太姥山自然风景素有“四绝”之称，所谓“峰险、石奇、洞幽、雾幻”。前三者是静态的，而“雾幻”，则意味着随时变化。而恰恰就是因为它是变化的，我们就有机会等到云开雾散的时候。

于是就在借宿的僧寮前的院子里有一搭没一搭地闲聊。高处的山峰隐没于黑魆魆的夜空，它们是晚上观星的最佳位置，因为看不到星空，暂时也就没有登顶的必要了。峰下的寺院也安静于暗夜之中。黑暗是一个巨大的“空”，内无所有，但有极强大的吸附力，这座千年古寺的过往繁华，千年来无数朝觐者的明眸善睐，一代代住山僧人的悲欣和无悲欣，都被这个巨大的“空”吸附了。

黑暗的确令人沮丧。难以想象，人类精神的夜晚如果没有星空，该是多么无趣；人类文明的天空如果没有星光闪烁，该是多么黯然。

黑暗设置了暂时的挫折，但远处的星星却赋予我们希望。在一切美好来临之前，总要经历一段难挨的时光，只要希望还在，等待就变得有意义。

是的，不知不觉中，星星就出现了！

一粒极微弱的光，从宇宙的深处探向我们。一会儿，又有一粒极微弱的光，出现在较远的一侧。或许星星也怕孤独，所以在互相打招呼吧。我不由得想起天上的牛郎和织女，在聚少离多的时日里，他们如何面对命运的安排？我愿意认为这两粒就是他们，今晚的他们，看上去，正散发着宁静又平和的光芒，多情而坚忍，勇敢却内敛。

即便只有两粒，已足够让我们欣喜，我们齐声赞叹，老天还是眷顾愿意等待的人。唐先生的外孙小龙猫和我的女儿田田就抢着轮流用望远镜寻找有没有更多的星星。果然一会儿，这一块被吹散云雾的天空里，伴随着我们的惊叫声，不断地冒出了越来越多的星星。观星达人蔡老师就指着天空教我们认识星座和星座里的重点星星。

蔡老师是一位退休小学老师，今年76岁，肉眼观星是他坚持几十年的业余爱好，退休后还制作了“天球仪”和“月球仪”，用于观察四季星空，并做详细记录，汇成一本《目视观星实录》赠送亲友。他认为，宇宙万物中最美的东西有三种：天上的星星、地上的鲜花和人间的爱情，都需要珍惜。还告诉我们，天上的星星千千万万，每一颗都连着地球人的心……

随着蔡老师的介绍，我们渐入佳境，于是提议移步到摩霄峰上继续观看，就打着手电筒到达峰顶的平旷之处。可是仰头一看，却不见了星星，原先被风吹开的一块天空在我们登顶的过程中已经被云雾合拢。

失望夹杂着希望，我们重新启动新一轮的等待，但这一次的等待以失败告终。在浓雾中等待了半个多小时，不但天空被深重的黑暗压迫，而且身旁还缠绕着浓重的云雾，伸手就能抓住一把。这种天气，彻底打消了我们继续等待的念头，于是下台阶回到僧寮住下。

依然是浓雾缠绕。浓雾中的白云寺一副宠辱不惊的模样。红尘万丈，人间悲喜，与它无关，它只与清风相伴，只看白云舒卷。它对我们观看 20 分钟美丽星空的事儿并不关心，在它看来，这是一件极小的事情；而对于我们，或将成为各自生命旅程中一次意味深长的“事件”。

白天爬山时，蔡老师跟我们说，他前不久经历了一场车祸，逛过一趟鬼门关。那一天他上街时被汽车撞倒在地，当场不省人事，肇事车辆却逃逸了。他苏醒过来之后发现自己躺在马路上，也想不起经历了什么，于是就爬起来走回家，后来觉得头痛，去医院检查发现颅内出血，住院治疗了近两个月。出院后他又一直照顾因中风瘫痪在床的老伴，这次应邀和我们结伴上太姥山看星星，他隆重地向老伴请了假。他说，有生之年，不知道还能够像这样看几次星星。

生与死如此接近，我们与星空那么遥远。我突然很想念大女儿瑶瑶，16 年前，刚刚 10 个月的她化作了一颗星星去了遥远的星空，16 年来，我一直认为她会在星空中长大，会一直用她的大眼睛看着我们，看着她的妹妹田田幸福成长。

是的，今晚看星星的两个小孩很幸福，他们对什么都感到新奇，只是无忧无虑地游玩。回房后，小龙猫意犹未尽不肯入睡，手捧一副象棋来找田田。对于象棋，他们还是初学者，棋局奥妙如头顶的星空，两个人下得步履蹒跚踉踉跄跄，但依然饶有兴味，多么像起先他们看星星的样子。

我在一旁静静地看着，随手拍了一张他们下棋的照片，传给隔壁房间的小龙猫的外公。

原载《四川散文》2022 年第 4 期

妈妈的味道

吴远道

二十年前的北京，第一场冬雪翩跹而至，仿佛冰雪儿的省亲，洒下一路的晶莹，又因为回乡的兴奋而没有更多的凝滞。积雪的地方还是很少可见，路面是湿润的泪滴濡染的柔情。

坐在靠窗的一家湖北风味的餐厅桌旁，点一支黄鹤楼牌香烟，望着窗外飘飞的洁白的飞絮，思乡之情在独处的时光，随着年关的临近，油然生起。

在异乡漂泊已久的倦怠，于喧嚣的餐厅里不但没有减弱，相反阵阵的扑鼻的腊味狂袭我的寂寞之心。猛吸一口手中的香烟，希望经年的茫然与疲倦随着烟雾而去，融入天空飞舞的精灵，清洁目之所遇。

母亲的身影不由自主地闪现眼前，就如那一朵翩飞的雪花，然而她倏地消逝。周边的吆喝、杯盏碰撞声此起彼伏，诱人的儿时的家乡味，空气样不离左右。

先生，你的菜上来了。一位服务小姐的娇滴滴的声音，将我的思绪拉回桌上。她一次将我叫的一份腊猪蹄炖红莲子汤、一份洪湖小鱼干锅仔、一份大蒜炒葛粉条和一壶老家老米酒端放在我的面前。

一个四人食用的餐桌，这么多的菜肴就我一个人食用。那位高挑的满脸春风的湖北姑娘不免也探究似的打量着我。

我示意她坐下陪我饮一杯。她微笑婉拒。

你是新来的吧？每逢佳节，尤其是春节期间，我都来到这家家乡酒店，品尝家乡风味。母亲的生日和祭日均是在腊月。我用这种方式表达对她老人家的痛念，也释怀生活、职场上的纠结与不幸。这家餐厅的饭菜是地道的家乡味，而且多半是儿时母亲亲手做的那种。洪湖藕粉丸子、武汉鸭脖、英山熏肉、麻城老米酒、鄂州武昌鱼……在母亲的烹调下，总会做成一桌乡愁浓郁、亲情深厚的盛宴。漂泊异乡的游子美餐一顿这些来自家乡的土特产，享受地道的湖北烹调手艺，不再因为远离家乡而无依，不再因为母亲的不在而沉痛。

乡愁是儿时烙下的童趣不再与难以忘却的韵味。年货在某种意义上可以说是乡愁的依凭。妈妈的味道唯有在年复一年的年味的传承中，才能让你不觉孤单，永远充满孩童般的快乐与安全。

先生，我新近从湖北大别山而来。听先生口音，是湖北老乡吧？

是的。

先生怎么一个人呢？她瞟了一眼一桌子的菜，狐疑地望着我。

我读懂了她的眼神，连忙说，哈哈，我工作的地方与这家酒店很有点远。每来一次，想都尝尝呗。

她娇滴滴地说，你妈妈很爱你吧？

我不觉一笑，心想，她怎么会问起这句？世上哪个妈妈不爱儿女的？但不敢冒昧，话到嘴边咽下去了。抬头偷看了她一眼，她的眼里噙满泪水。

又一拨客人来了，她用手臂拭了一下将溢未出的泪水，赶紧去接待客人。

我细嚼醇香的小鱼干，喝一口绵甜的老米酒，又拾一筷子可口的葛粉条，舀一勺子纯正的红莲子汤，津津有味地消受起来。

雪越下越大，锅仔下的炭火越烧越旺。年味浓浓，醉意重重。不知什么时候我被转移到一间人尽客散的包房，躺在沙发椅子上睡着了。那位美丽的老乡站在我的面前，爱怜地看着我，我的身上覆盖着有少女清香的乳白色风衣。

不久，这位美丽的姑娘成了我的新娘。后来得知她的母亲在她出生时就去世了，她渴望妈妈的爱，就如我渴望家乡的年味一般。尽管她失去了母爱，但亲戚六眷颇多，常来常往，因此我们经常收到亲朋好友们从湖北老家寄来的土特产。她又能做一手好菜，我由此不再有孤寂、思乡之苦，也很少去北京那家湖北酒店了。

是啊，是家乡的年味架起了我与爱人的心桥，是妈妈的味道冰释我人生的苦难，是故乡的年货让我寻到乡愁的真味。

十余年后的今冬，同是一个初雪的日子，我挈妻将雏踏进这家几十年不变的老字号招牌酒店，重温昨日的温情。

雪在下，年已近，源源不断的年货随着家乡亲友的祝福，随着物流的便捷，将输送给远离家乡的游子，让我们再一次品味昨日的童真、亲情与年味。

原载《黄冈日报》副刊 2022 年 1 月 22 日

冬藏的日子

李秀萍

母亲做冬藏的准备从秋天开始。她把土豆蒸熟，切成薄片，在阳光下晾晒。只需晒上一天，土豆片就变成半透明的土豆干，待冬季蔬菜稀少之时，用土豆干炖鸡、炖鸭、炖鹅。在冰天雪地的日子里，这种粗犷的饮食趣味对于在这片土地上生长的人具有持久的吸引力。

冬藏的不仅有土豆干，还有萝卜干、茄子干、豆角干等。原以为这种把新鲜蔬菜制成“木乃伊”的做法是物质匮乏时代的产物，然而在丰衣足食的时期，有些人还是保持着冬藏的习惯。母亲把大白菜制成酸菜放在一口褐色的小缸里，冬天用酸菜炒粉、炖五花肉、涮火锅。我用现代科学饮食理论劝说母亲少吃这类腌制食品，母亲并不理会，说她吃了一辈子也没啥事，说食物之间是相生相克的，这一种食物的害处可能被另一种食物的好处给化解了。母亲的话也许是有道理的，那些能化解的食物可能是埋在园子里的萝卜，可能是挂在屋檐下的辣椒，可能是伏在仓房墙根下的大葱……母亲一边把自家种的新鲜蔬菜晒得干巴巴的，一边憧憬着那些冬日味道，饱含向往，吃山珍海味都不会有那种神情。

一个秋日，我在我家的小区里散步，发现花坛的水泥沿上铺展着一片又一片的萝卜条，白色的，绿色的。萝卜条大小均匀，横看成行竖看成列，在阳光下无所顾忌地晒着。我享受着秋意阑珊的静谧、晴空朗日的舒爽，突然看见那片萝卜条，竟觉得亲切可爱，仿佛他乡遇故知。想起大学时代，宿舍里时常会出现腌制的萝卜条，不管是谁的，我们宿舍的女孩都要共享，一人拿着一个白面馒头，围着一罐萝卜条吃得有滋有味。在我们此后的生活中，无论日子过得多么富足，那些吃萝卜条的记忆都是最深刻而独特的。

年少时不谙世情，脑子里充满着生活在别处的幻想，希望未来的日子鲜花点缀、华美优雅。然而年龄大了，阅历多了，生活态度渐趋于纯朴。该怎样生活就怎样生活，该储备什么就储备什么。每到母亲晒菜的日子，我总要打电话叮嘱，多晒点，多晒点，我也喜欢吃呢。估计母亲听了心里会很高兴，做这些事情会更有劲头。对于母亲来说，住在哪儿不重要，享受什么也不重要，让她感觉自己还有价值才是顶重要的。而且，普通老百姓居家过日子的愉快就在于把日常琐事做得干净利落，井井有条，使平平常常的日子产生许多兴味。每年入冬前，母亲做好了冬藏的各种事宜，心就踏实了，只等着安安稳稳地过冬。

我也自觉地重复着母亲的生活方式，冬藏的日子不断出入早市，寻找当地农民种植的各类蔬菜，腌制一番后装满坛坛罐罐，获得了一种朴素的生活乐趣。这种乐趣是母亲给的。想起小时候，母亲在阳光下切土豆片，把薄厚均匀的土豆片排列在一个个椭圆形的秸秆盖帘上，我小心翼翼地端着摆放在墙头上，晒着好壮观。母亲穿针引线串辣椒，一串串辣椒堆积在她的脚下，我常拎起其中的一串，拖曳着在院子里走来走去。母亲在园子里挖坑埋萝卜，我争着去揞土，土是潮湿松软的，气味清冽，和我挖土豆时闻到的气味一样。萝卜掩埋好了，土也抹平了，我在上面插一根小棍表明此地是埋萝卜处，方便我日后偷偷来挖。而母亲在仓房里储藏秋果是真的“藏”，我找起来很费劲，找到了就左兜放几个，右兜放几个，偷偷运出去和小伙伴一起吃。母亲储藏的秋果很难成为冻果，因为还未等到过年便所剩无几。

冬藏最早可以追溯到先秦时代。从《诗经》中能看到那时的生活图景和农事活动：“八月断壶，九月叔苴。采荼薪樗，食我农夫。”“九月肃霜，十月涤场。朋酒斯飨，曰杀羔羊。跻彼公堂，称彼兕觥，万寿无疆！”“我有旨蓄，亦以御冬。”先民春耕、秋收、冬藏，遵循着自然之道，到哪个时节就做哪个时节该做的事，也遵循着生活之道，有日常劳作的辛劳，也有齐聚一堂相互邀饮的欢畅。彼时和此时的生活图景是时间轨迹上相距遥远的两个点，但仍有相通之处——人类心中的许多情感是永恒不变的。比如冬藏，都源于艰辛世事激发出的韧性、耐力和热情，是因地制宜的生活智慧。

前些日子蔬菜价格上涨，母亲打来电话说，我储藏的各种蔬菜特别多，吃不完呢。

原载《光明日报》2022 年 1 月 7 日

辑　二

电影往事

高洪波

我的老东家《中国作家》开辟了一个栏目，让作家们侃电影，这是一个有趣的话题。

说到电影，话题多多。因为我从小最爱看的就是电影，草原故乡小城的电影院，几乎是我童年的快乐天堂。还有母亲唯一订阅的杂志是《大众电影》，这本刊物丰富了我们家庭的业余生活，被翻得起了毛边，所以我对20世纪五六十年代的电影明星了如指掌。尤其是22个明星，当年他们的大照片贴在每个城市的电影院里，那远比现在的明星派头大、风头足，形象也更令人艳羡不已。

除去《大众电影》，我和电影另一个渊源是曾经当过五年的电影放映员。据我所知，至少有三位作家是我的同行，一位是白桦，一位是李钧龙，他们两位既是我军营的前辈，又是我写作上的老师；另一位是军艺的副院长朱向前，一个重要的批评家。当年在云南军营一个炮团的俱乐部里，我以放映员的身份兼着播音员、图书管理员、美术宣传员等，但是最主要的角色是电影放映员。当年军营中，从团长到下面的新兵一律称呼不到20岁的我两个字：老高。一方面是因为我姓高，还有一方面是因为当时最走俏的电影《南征北战》里，主要人物高营长和乡亲们一见面，有一句著名的台词："老高，又进步了!"《南征北战》是一部好影片，1952年拍摄这部电影的时候我刚刚一周岁。这部电影我放了无数遍，放给我的战友们看，也放给军营周围的乡亲们看，于是我在军旅十年间赢得了一个得意的名字——老高。离开军营转业回到《文艺报》，我由"老高"变成"小高"，这一叫又是几十年。

当放映员的时候，我们首先要学习放映技术。师里的电影队长是个纳西族的老兵，他讲话的口音很重，但是勉强能听懂。他教我们倒片、接片，教我们修发电机，因为发电机是每一个放映队最重要的财产，200 瓦的单缸发电机，你要和它不断地亲密接触，发电机听话才能确保电源，才能让电影正常放映。

学到这些技巧之后，我们就开始自己的半职业生涯。记得我不止一次在遥远的边疆，用一部陈旧的放映机向荒野、向山村、向好奇而又热情的观众们展现过电影的魅力。我会偶尔回想起夜间放映时的种种情景，想起不请自来的暴风雨是怎样刮起我张在树间的银幕；想起热情的观众是怎样万头攒动地注目于我的幻灯片，想起放映前乡村父老的款待，放映后驱车自山路返回军营时那轮高大明亮的月亮。其实生活正像一部影片，脑海恰像一块银幕，由岁月这位放映员操作着，一幕幕在眼前展现不止，起初是片段，接着是连续的场景，其清晰和鲜明的程度，一如坐在电影院最佳的座位上所感受的一样。

我记得有一次到一个撒尼山寨放电影，影片是朝鲜故事片《战友》。我们走的路过于崎岖，汽车无法通行，放映机和发电机都需要牛车来运输，而最娇贵的扩音机又不耐颠簸，于是乡亲们索性派来四条壮汉，用肩膀挑着这宝贝走。事后我才知道，这个撒尼山寨是头一次接待解放军放映队，而许多老人竟是平生第一次看到电影。这情景实在使我感动，把一天艰苦的山路跋涉全部抛诸脑后，因为我隐约感到一种运送现代文明的职责在催促自己。

那次放映还有一件趣闻，银幕上枪声大作、弹雨横飞时，竟有几个哈尼族的小朋友跑到银幕下摸索什么。一问，才知道他们的秘密是想捡子弹壳！原来小娃娃们天真地以为银幕上的战斗是真的，既然如此，必然能捡到一粒一粒黄黄的金灿灿的子弹壳！看到他们快乐而又失望的神态，我心中那种隐约的责任感竟更加明晰起来。

云南边疆地区的气候很反常，有时开映时天气晴朗，过一会儿也许就浓云密布，甚至飞沙走石，狂风大作。我在另一个村庄放映时，就碰到了一场扫兴的大雨，记得是在放映《地道战》，战斗酣畅之际，天公也来助威。支挂在树间的银幕一角被风扯掉了，飞舞不止。这时一位小伙子冲上前扯住拴牢，才没把《地道战》的战场摆到云端里。接着下起雨来，急切里我想结束这场放映，可是放映机旁坐着的老支书却一把抓住话筒，用我所不懂的哈尼语言劝慰观众。于是我看到骚动的人群安静了，在风雨中静静地坐着，他们把衣服脱下来遮住头顶，用无声的行动支持着我把电影放下去。而老支书为我撑住放映伞，像一株老树般坚定。《地道战》放完了，风停雨住，可是我胸中的风雨却喧嚣了许久，没有在山野放过电影的人，是无论如何理解不了我的感受的。

一个电影组两部电影机，所以放电影时有一个特殊的技术要求，就是两个放映员之间衔接一定要精准，不要让观众感觉到你在换片子。所以现在每逢看电影时，我的眼睛总会下意识地盯住银幕的右上角，七八分钟过后，那里总会出现一个白白的圆点，这圆点就是换机的信号。我会挑剔着放映员们两机之间衔接的默契程度，以此为自己当年的放映技术感到自豪。然而更多的是对淳朴乡亲们的回忆，那当年响过马达的山乡，现在肯定已经电气化了。

记得我离开放映组，到一个炮兵连队里当了排长。我最后一次和电影打交道非常让人难忘，是我以解放军排长的身份到贵州接 1978 年的新兵。接兵任务完成得极为顺利，两个月的漫长出差，正值年关，偷闲到连部所在的小镇与战友们相聚。没想到吃完晚饭才知道，附近马上放映《刘三姐》，这可是个特大的喜讯！

《刘三姐》放映点是在地质队，离小镇还有十多里路。我们干掉最后一杯浊酒，刚要出门，“天无三日晴”的贵州便把雨夹雪的馈赠扔了出来，于是我们找雨具、找雨衣，几个人脚步踉跄地步入茫茫夜色中。

我们还是晚到了一步！先是远远听到刘三姐的歌声，大家加快了脚步，继而看到银幕上刘三姐模糊而苗条的身影，在雨中晃动着，诗意盎然。我们焦急地往前走，想尽快看到影片，可惜越走近放映场地，失望便越大。因为那小小的广场早已被山民们四下里围住。里面的人坦然地坐在自己携带的小凳子上，旁边大多数还伴卧着同样兴致勃勃的狗；外圈的人一层层围定，有序无序地站成各自恰到好处的角度。雨伞互相穿插交织，斗笠以湿漉漉的嘴唇彼此亲吻，这一切构成了艺术的屏障，遮住了我们对刘三姐仰慕的目光。

无可奈何，只有把自己裹在雨衣里，听歌。

听歌，任雨雪的颗粒扑落在眉睫上，任寒气从脚心一丝丝升起。高原的风偶尔掠过，广场上便响起阵阵骚动。为银幕倚身的老树的动摇，也为刘三姐姣好形象的短暂迷离。风定，歌起，田野里一片寂然，好一种难觅的境界！

我们听刘三姐嘲弄酸秀才，为这壮族姑娘的机智风趣感叹不已；我们听刘三姐为心上人绣荷包，心里美滋滋的，仿佛那荷包能从银幕上扔下，扔到不知哪一个幸运儿的头上；我们听刘三姐在财主家的幽怨悲愤，感受到灵魂的愤怒与激荡；我们听刘三姐漓江唱晚，摇橹远游，为她那藤缠树与树缠藤的绝妙比喻心驰神往，又为她与阿牛哥终成眷属的结局欣慰不已。总之，刘三姐在那一夜达到了她歌仙生涯的巅峰状态，也使我们几位年轻的军人隐约感受到了春的气息，春的呼唤。

刘三姐能面对山野引吭高歌这件事本身，还带给我们艺术的启迪，歌者与听众那密不可分的共存关系，广而言之，也就是文学与人民、与时代患难与共的感应。

这一切，也许远不是一个神话中的小歌仙所能料及的。她所能做的只是纵声高唱，为悲欢离合，为生息劳作，也为着自己爱的追求、美的欢乐，以及一切人类所关注的感情与体验。

“此曲只应天上有，人间能有几回闻？”对于我来说，贵州那次突如其来、无可奈何的山野听歌，像天籁一样无法复制，储存在记忆的磁带上，成为“孤本”与“绝唱”，也是一次特殊的看电影。

说到看电影，我记得在20世纪90年代，北京的周末生活已经不仅仅是下象棋侃大山逛公园了，还有卡拉OK歌厅和夜市小吃，更重要的是众多的电影院开始了一项业务——通宵电影晚会。

我曾经看过一次北京大华电影院的四场很新鲜的电影，从夜里22点50分开场，片名是《鬼楼》《江湖八面风》《雇佣警察》《电视杀手》，这四部电影现在人们已经很陌生了，但当时勾起了我很大的兴趣。

票价不贵，但就当时的物价来说也不便宜，每张6元。我和妻子买到的是楼上五排的座位，说明购者踊跃。及至进场，左右一看，不禁道一声惭愧！周围几乎清一色都是年轻人，二十来岁光景，手擎各色食物，以情侣居多，头倚头形成上海外滩才能见到的一种特殊的景象。

再细打量，有几名中年汉子，从衣饰上看，像是赶火车的外地人。我揣想他们的周末必定与时间过度富余有关。而年轻人度周末的意图，除了一夜聚首之外，内容必定大于形式：能连看四场电影而又津津有味，势必能证明彼此情感的升华和升温。

何况电影院里有冷气。

四场电影，中间休息两次，每次约十分钟，这种安排很科学。第一次时间刚过子夜，人们的兴奋点初初燃起，吃东西似乎成为十分钟休息的主要内容。第二次已临近凌晨 4 时，正是人们最倦怠的时刻。休息时我打起精神观察年轻的同伴们，发现后排走掉了一半，剩下的空位正听凭勉力支撑的几个年轻人伸展身躯小憩，这十分钟过后，他们能否醒来再看电影都很难说。

清晨 5 点半钟结束了冗长的电影晚会。出得门来头昏昏的，被黎明的清风一吹，略感几分清醒。回到家里，妻子调侃问："感觉如何？"我答："活到 40 岁才看了这么一场周末电影，值得。"

这是真话，不是气话。因为在这一夜观摩中我想起自己年轻时在内蒙古草原上看电影的情景，在军营里冒雨观看样板戏的情景，甚至在露天里连看三遍《瓦尔特保卫萨拉热窝》的情景。这种回忆自然引发感慨，而当时我人到中年，不由得羡慕起周末影院里那些年轻的常客，羡慕他们的快活和青春，以及他们的随便和旁若无人，甚至倒头便睡的洒脱……

记得第二天我一整日补觉，直睡到下午吃晚饭。仔细琢磨通宵电影的滋味，竟像偶然奢侈一次的穷汉，回味无穷起来。

时间飞速地流过，电影这种艺术形式也起了非常巨大的变化，一度它被电视冲击得落花流水，一度由于大片和优雅舒适的电影院的产生，它又变得非常受欢迎，以至于北京现在有了环球影视城，集购物、住宿、游览、观赏于一体。当然了，现在能替代电影的可视物非常非常多，但是我觉得一部好的影片，如果能让你坐在电影院里舒适地、静静地欣赏，它给予你的声光电色的灵魂冲击还是其他阅读物无可替代的，所以我依然喜欢电影。

原载《中国作家》（影视版）2022 年第 1 期

萝 卜

徐 可

曾经写过随笔《白菜》，现在谈谈它的“难兄难弟”萝卜。

在正式开谈之前，我要郑重向萝卜道个歉：对不起萝卜先生，误会你了！

此话怎讲？

长期以来，我对萝卜的印象并不好。不好的原因，是因为我一直把“胡萝卜”当成“萝卜”。胡萝卜，无论生吃还是熟食，都不好吃。生吃还好点，有点甜味，可当水果，可是吃多了烧心反胃。煮熟了吃呢，有一股说不出的难闻的味道。虽然明知道胡萝卜营养很丰富，可是那股味道还是让我难以忍受。所以我一直都不喜欢它。直到写这篇文章之前，我查了一下才发现：天哪！原来胡萝卜不是萝卜！这是什么道理？难道“白马不是马”？可是千真万确，胡萝卜不是萝卜。我竟然误会它几十年！

好吧，现在说萝卜。

与白菜一样，萝卜的档次也不高，属于蔬菜中的“下里巴人”。老百姓喜欢把“萝卜”和“白菜”相提并论，有句俗话说：“萝卜白菜，各有所爱。”这是说各人喜好不同，不可强求。在现实中，有人喜欢萝卜，有人喜欢白菜，有人既喜欢萝卜又喜欢白菜，有人既不喜欢萝卜又不喜欢白菜，你还真管不着。

“十月萝卜赛人参。”“冬吃萝卜夏吃姜，不用医生开药方。”这都是说萝卜的好。虽然是民间谚语，但是有科学依据。萝卜主要有白萝卜、红萝卜、青萝卜、水萝卜，各有各的功能。现代营养学研究表明，萝卜营养丰富，含有丰富的碳水化合物和多种维生素，其中维生素C的含量比梨高8~10倍。再说药用价值。从中医上讲，白萝卜可以止咳化痰，促进消化，适合“老慢支”；红萝卜可以清热解毒，生津止渴，适合心脑血管病患者；青萝卜消积祛痰，清热舒肝；水萝卜滋阴降火，消肿解毒。小儿食积也可煮萝卜水，消积理气。明代著名的医学家李时珍对萝卜也极力推崇，主张每餐必食，他在《本草纲目》中提到萝卜能“大下气、消谷和中、去邪热气”。

萝卜的做法很多。著名作家汪曾祺曾经写过《萝卜》。汪曾祺先生是美食家，也是吃货，他喜欢吃萝卜，也会做萝卜。他在文章中介绍了各地的多种萝卜，也介绍了萝卜的种种做法。他说，用扬花萝卜（即北京的小水萝卜）斜切的薄片，再切为细丝，加酱油、醋、香油略拌，撒一点青蒜，极开胃。若与细切的海蜇皮同拌则尤佳，在他的家乡是上酒席的。我对萝卜的感情还没到那么深，不过也还不反感。我的厨艺也不佳，做不出那么多花样。做得最多的是牛腩炖萝卜，有时也凉拌吃。

萝卜身份卑微，但也能做出名菜。著名的“牡丹燕菜”就是用萝卜烹制的。牡丹燕菜是洛阳水席24道名菜的首席菜，犹如盛唐时期艳妆而出的妇人，甫一出场便吸引所有人的目光，一朵洁白如玉、色泽夺目的牡丹花浮于汤面之上，花艳、菜香，汤鲜味美，酸辣香郁，爽滑适口。据传1300多年以前，武周年间，女皇武则天为视察龙门卢舍那大佛的凿刻，而驾临洛阳仙居宫。适逢城东关下园村长出一棵特大白萝卜，长有三尺，上青下白，重三十多斤，菜农视为奇物，敬献进宫。女皇见了，圣心大悦，传旨厨师做菜。厨师深知，用萝卜做不出什么好菜。经过一番苦思，使出百般技艺，对萝卜进行了多道精细加工，切成均匀细丝，并配以山珍海味，制成羹汤。女皇品尝之后，赞其清醇爽口，沁人心脾，观其形态酷似燕窝丝，当即赐名为“假燕菜”。从此，王公大臣、皇亲国戚设宴均用萝卜为料，“假燕菜”登上了大雅之堂，成为洛阳传统名菜，流传至今。1973年，周恩来总理陪同加拿大总理特鲁多到洛阳访问。厨师在烹调此菜时，取牡丹花入肴，使之浮于汤面，使“洛阳燕菜”更加鲜艳夺目，深得贵宾们的称赞。周总理见菜后说道：“洛阳牡丹甲天下，菜中也能生出牡丹花。应该叫‘牡丹燕菜’。”可见，只要用心，腐朽也能化为神奇。

我吃过印象最深的是一道萝卜红烧五花肉，那味道香极了。这道菜里面，萝卜的好吃程度超过了肉，萝卜是主角，肉反而成了配菜。我们请教厨师，他给我们介绍了制作过程：一个白萝卜切滚刀块备用；五花肉切块，凉水下锅；水煮沸，把肉煮出沫，捞出用凉水洗去沫，沥干水。凉锅凉油放冰糖，把冰糖炒化，炒出糖色；放入肉，翻炒均匀，放入生抽、老抽、花雕酒调味；放入萝卜，各种香料；把肉与萝卜从炒锅中倒入高压锅，加水，水大致漫过食材；高压锅大火煮20分钟，转小火煮15分钟即可。说起来很简单，真要做出这个味道谈何容易。肉烂，萝卜香，肉味都进萝卜里了。萝卜咬开，外红内白，味道超好吃。最后萝卜都被挑光了，剩下来的都是肉。

我的家乡盛产萝卜，至今已有千年种植历史。清乾隆庚午年（1750年）编修的《如皋县志》载："萝卜，一名莱菔，有红白二种，四时皆可栽，唯末伏初为善，破甲即可供食，生沙壤者甘而脆，生瘠土者坚而辣。"如皋萝卜皮薄、肉嫩、多汁，味甘不辣，木质素少，远近闻名。"熟食甘似芋，生荐脆如梨。"有这么一句谚语："萝卜响，嘎嘣脆，吃了能活百来岁。"清初大戏曲家李渔就出生于如皋，他也特别喜食萝卜，他认为萝卜"初见似小人，而卒为君子"；他喜欢把萝卜切丝做小菜，拌以醋及他物，用之下粥。家乡特产腌制萝卜皮至今仍是我喜爱的下粥小菜。

萝卜、白菜，似乎都代表了一种平民生活的烟火气和简单的幸福。清代著名植物学家吴其濬在《植物名实图考》中，极其生动地描绘过北京人争购水萝卜的情景："冬飚撼壁，围炉永夜，煤焰烛窗，口鼻炱黑。忽闻门外有卖萝卜赛如梨者，无论贫富耄稚，奔走购之，唯恐其过街越巷也。"他对水萝卜的评价是："琼瑶一片，嚼如冷雪，齿鸣未已，众热俱平。"

别看萝卜不上档次，您可千万别慢待了它。为什么？"萝卜不大背（辈）儿大"呗！

原载《广州文艺》2022年第5期

逃离或回望（节选）

申瑞瑾

一

2018年以前，每逢端午，我家防盗门右侧会出现一束新鲜的菖蒲与艾草。这一挂就是十五年。

起初几年，我没留意过门口菖艾的变化，不识得那是什么植物。直到有一年端午，家门口又出现一束鲜菖艾，姐姐正好从五楼走到三楼，我随口问，菖艾是哪个帮我挂的？姐姐笑了：还有谁啊，老先生呗！他年年上街买两束，一束挂你家，一束挂我家。

老先生是我们对父亲的爱称。我心里暖了一下，只想着，老先生老了，还这么管事。

2018年底，老先生被查出癌症晚期。2019年端午，家门口挂的菖艾还是头年那束。我心想着，老爸不在了，他亲手挂上去的菖蒲艾草还在，能留多久留多久吧。

有一天，我无意间发现那束菖艾不见了。问阿伟，他说，去年除夕挂春联时扯掉了，也几年了，该换新的了。

端午，我特意起个早，跑到家对面的菜摊。转了一圈，只有一担空篓里剩两束“绿剑”，那是菖蒲。我拎起菖蒲又放下，没艾草呀。掉头想去桥下市场，看到姐姐从斑马线上过来。我喊住她，你家买了菖蒲艾草没？她说，打算买啊。我忙说，刚转了一圈，只有一处有两把菖蒲。她说，那我去桥下市场找找。我追着她的背影喊：我把菖蒲买下，你找两把艾草就行。

没多久，小侄女多多来敲门，她不进屋，递进一把青菜：伯伯（即姑妈）要我给你送的。我有点失望：你伯伯买的艾呢？多多指了指门把手：是不是这个？

我探身出去，门把手上果然挂着一把菖艾，蔫蔫的。我递出新鲜的菖蒲，要她带上楼。走出去，想把菖艾挂起，可手够不着门的右上方那颗钉子，只得挂在门把手上，等阿伟回来。

老先生住到怀化后，才入乡随了俗，每年五月初五挂菖艾。在溆浦，菖艾“五月半”才挂，那天是“大端午”，端午节是溆浦人的“小端午”，说是跟屈原有关。

溆浦人过端午，要吃枕头粽和鸭子，去大江口观“扒龙船”。

粽香岁岁在，龙船年年扒。

我只看过一次扒龙船，是那年“五月半”，同学白莲说，那次她和梦荷都去了，跟着各自在教育局工作的父亲。

那天的沅江西岸人头攒动。江心的吆喝声，穿越无数人缝，才挤近少年的我。我看着黄花日头和满岸看客发愁。江里正比赛的龙船，一艘没看清，想踮起脚尖遥望东岸吊脚楼更是妄想，吊脚楼住着我七十岁的外婆，而那天，外婆是否也挤在东岸水码头看热闹？年少的我并不知，一位叫屈原的诗人，曾上过那座水码头。

因某年两支队伍在江中心打得落花流水，龙船一度被禁扒。多年后扒龙船再度成为一年一度的端午盛会，我再没了看热闹的冲动——1985 年沙滩上的烈日，完全烤煳了我的龙船梦。我偶尔在记忆里扒拉，想找出在沙滩上乱窜却不曾遇到的三个少年。

同学伍百万这几年回溆浦开作坊，每年用冷水田的白丝糯和腊肉秘制枕头粽。前阵子他在微信朋友圈晒一千只枕头粽，说是发往新疆，我就笑他，人家八千湘女上天山，你是千只粽子上天山呀。

前年“五月半”，我在微信朋友圈感叹没买到伍百万的枕头粽，恰被梦荷看到。没出几个小时，八只枕头粽从溆浦捎了过来，梦荷炫耀：粽子可是我亲手做的。那个“跑猪班”的射击少年，向我打探班上“柳生静云”是谁的少年，写一手娟秀钢笔字的少年，在几十年的摸爬滚打中，变身闲云野鹤和全能厨王，让我吃惊且温暖。梦荷包的枕头粽，委实是我吃过的最好吃的，黑猪肉熏制的腊肉包得多。我送了两只给姐姐，带了两只去南京，若父亲再多活三个月，也能尝到。

二

那年秋天，天高，水绿，太阳喜上眉梢。装满了家电、被褥和衣物的大货车像准备冲锋的战士，结婚时打的组合家具留给了公婆，两蛇皮袋衣物打包给夫家山里亲戚。坐在承载着青春与爱情的家什中，望着水田垅的良田，桐木坨的枣树，大江口的犁头嘴、顿旗山与沅江，辰溪的九道湾……一寸一寸，被抛至脑后，我的心情雀跃，且如释重负。

之后，我行走大江南北，从不回望溆浦。我以为“吾心安处是故乡”。近年的梦里，却频繁出现那幢老宅，老宅里的祖母永远八十四，父亲六十七，我刚过而立之年。

我已成书两本纪游文字，第一本几乎找不出“溆浦”两个字。直至那年写《家谱里的老家与故人》，一桩桩往事，一个个故人，鱼贯而至。原来，我从未真正遗忘溆浦。写了《千年屋》，与鲁院同学闲谈，他点醒我：溆浦，才是你的心灵原乡。

溆浦吗？确定是溆浦吗？

多少年里，我从没明晰“家乡”与“故乡”的字面意思，把老家当故乡，把出生地当家乡。直至有一天读了一句话：“没有迁徙的人是没有故乡的。”犹如醍醐灌顶，我明白了，老家邵东是父亲的故乡，溆浦是我的故乡。

我小的时候，老申家不停地搬家。

姐姐说，她是在县人委会大院出生的。那里即现在的县委县政府大院。而我，出生在老公社宿舍。能回想起的童年碎片，又在园艺场。祖母曾指着进场部的马路左侧一幢破房子说，我们家刚搬到园艺场，住过这个包装场呢！而我只对场部一楼的套间有记忆。家搬到新公社，我九岁，每天得走田埂、穿橘园，去县城的警予学校上学。父亲其时调回了县政府，偶尔我也留宿他的大院宿舍。住在大院的大舅妈家门口，曾是荷塘，中间有水泥小径。小时候到大舅妈家做客，两边是摇曳的荷，我都轻轻走过石径，生怕吵醒了荷。从那时起我爱上荷，爱上有数百年香樟的大院，也爱上了那时的县城。心想，我家何时也能搬到大院？

刚上五年级，我的梦想就实现了——母亲调进城，举家再度迁徙。

从小到大，我踢踢踏踏走过的上学放学路，没一处不要走五六里。求学路又远且长，导致我无心关注田埂、橘园、山坡、河流，只记得少年的轻愁，像极西流的溆水。不是说“一江春水向东流”吗，溆水怎么向西流呢？

彼时我并不了解，溆水并非永远西流。雪峰山里，一个叫吉都堂的村子，杉树坳后的一处岩缝，流出了溆水的正源，《水经注》不是这么说的，因为古时测绘抵不过现代精算。正源往南，东折，再往北，纳溪纳河，换着名字，在县城才化身西流水，逶迤至大江口犁头嘴，注入沅江。

小地方的青年大都有一颗向往大城市的心。我曾有两次机会去省城工作，都被父母拼命拦住，他们大抵渴望子女承欢膝下，共享天伦。而年轻的我，是懦弱无能的，是飞不高的小鸟，眼睁睁看着父母挥斩我的理想，也懒得反抗。我乖乖地收起梦想，把自己定位成一个安分的小城青年。

原载《芒种》2021 年第 10 期

故乡的花瓷

赵　敏

你从幽深的岁月里飘然而至，一身雨露，几世沧桑。带着陈年的凄苦向故乡的亲人诉说，断代的噩梦在你的诉说里愈显得沉重而苦难。渐行渐远的天籁呓语让故乡亲人热泪长流。于是，清晰地显现出两个世纪的云烟。两百年啊，你消失了整整两百年，两个世纪，在茫茫的人间天际，再没有你风姿绰约的绚烂光华，你丢失的倩影里满是尘埃飘落。

国破山河碎，风雨暗故园。花瓷，一个美丽而流誉九州万方的名字，就这样在历史连年的灾祸不断、民不聊生中消失了。还有一个原因，当时鲁山县地处中原山区，山道狭窄，运输不畅，鲁山县在唐朝时期临近东都洛阳，得天独厚的人文环境也被忽略，一代名瓷，就在这样的境况里被人遗忘了。

20 世纪 90 年代初，我大学毕业来到第二故乡平顶山鲁山，才见到花瓷，才知道遗落尘世两个世纪的花瓷已在 20 世纪 70 年代初回归尘世。可因为回归的路太漫长了，五十余载也没有找到祖先烧瓷的秘本。别说一种烧瓷的秘本，两百年过去了，多少生命都消散在了白骨累累的荒冢土丘。

其实，花瓷在唐代就已问世，花瓷的历史远比汝、钧瓷久远，久远到唐代的初年，那时的唐花瓷代表了中国北方当时瓷艺术的最高水平。中原的鲁山沿革而来，虽地势偏远，久藏深闺，可因花瓷的问世，这个小县城依旧在历史上名扬八方。

遗忘的岁月是漫长而痛苦的，一件宝物，突然在人们的视野里不见了，就像母亲失去儿女一样心痛。鲁山清凉寺段店一带百姓不忍再看见一件件宝物被埋没、丢失，于是，后续的瓷话里，是老百姓在自家门前用宝藏的长石、石英（或玛瑙）、方解石土、紫砂、铁矿等制作陶瓷的原料，以及用于陶瓷烧制的木材、煤炭等，以鲁山为中心制作起粗糙的民用瓷器，品种达二十余种，著名的花瓷再现人世。在鲁山一带，流传着亘古的民谣："清凉寺到段店，一天进万贯。"就是说在鲁山的段店一带，方圆三百公里处，都是重要的产瓷区。这里制作的花瓷不仅被当时社会所重视，而且流传后世，被选入宫廷，成为当时的御用瓷，倍受唐玄宗、宋徽宗等皇帝的钟爱，成为一代名瓷。

20世纪70年代初，国家三次派人来到鲁山县段店，找唐代鲁山烧造的花瓷文献及遗落在民间的花瓷瓷片。唐人南卓著有《羯鼓录》，书中记载的"青州石末"指青州石末砚，"鲁山花瓷"指羯鼓。段店烧制的花瓷羯鼓，在唐代的礼乐祭祀中是必不可少的。

在鲁山，在段店，我看到了那个唐代祭祀礼乐中的羯鼓。这个鼓，已经不是我们祖先制的那个鼓了，而是今天鲁山段店花瓷文化研究会年轻的会长袁留福制作的。两百年前祖先的烧瓷工艺一定是精良的，那么今天袁留福制的鼓呢？经过专家的研究鉴定，袁留福先生的花瓷羯鼓（腰鼓）釉色纯净，质地精良，已远远地超出了旧时段店羯鼓的品质，再现的鼓，是新一代花瓷人用生命与汗水制作出来的。

今日，鲁山段店的花瓷，工艺艺术品，一应俱有，走向了全世界各个角落。袁留福制作的羯鼓（花瓷腰鼓），经故宫博物院研究员、中国古陶瓷学会名誉会长耿宝昌先生鉴定鉴赏之后，被法国巴黎中法文化艺术联合会、河南省文化馆、景德镇中外名瓷馆永久地收藏。

初见花瓷腰鼓，只见它长58.9厘米，鼓面直径22.2厘米，黑釉蓝斑细腰呈长圆筒形，两头粗，中间细，鼓身凸起棱形线玄纹七道，通体黑釉为底，釉面上饰以散落乳白，蓝色斑块排列分布于全器。器物粗犷，凝重，豪放，斑块自然缥缈。这件珍品是鲁山花瓷研究会会长袁留福在花瓷复活之时烧制的一件高仿。唐代的那件在北京故宫博物院珍藏着。初见，就喜爱得发狂，一器三色的腰鼓，特别是那深釉色渍的蓝，幽幽地发着暗光，就像从古老的世纪里走出来的一位贵妇。是的，两百年怎能算古老，她正当年，秀色美好呢！雍容华贵的服饰，沉静万方的雅典，透着生命的气息，那感觉，就是手指在上面轻轻点合，腰鼓就会响起清脆的声音，而那声音一定有三日绕梁的余音。

袁留福复活了花瓷艺术，而腰鼓今天散发的依旧是祖先传承的醇厚味道。腰鼓的青春和年龄，依旧定在历史长河千年青衣的旦角位置！

是的，生活与生命里任何绚烂的异彩，无论我们的祖先，还是今天站在历史的潮头为这个民族博彩的人们，都在用血红的代价与咸味的汗水挥舞着长臂，用铿锵的大锤点缀无彩的缤纷。我们能不为袁留福感动吗？那近千次的花瓷窑试验，近千次生命与灵魂之外的翻修！

鲁山段店在我国陶瓷发展史上占有重要的地位。鲁山“花瓷”之所以成为国家花瓷的首位，是基于其成功运用窑变技术、庄重大气的造型艺术和优良的“瓷”质。窑变技术是窑工在长期的实践与劳动思考中得来的聪明才智的积累，而优良的“瓷”质靠的是鲁山漫山遍野用之不尽的原料。产生的窑变使花瓷奇妙无比地出现大片的绝美彩斑，有的任意点抹，有的纵情泼洒，完全不以人工的操作来掌握釉色的形成。那些窑变的色彩是让人根本想不到的天机超逸，表现出大唐文化的灿烂辉煌，盛世明月的雄浑壮观。鲁山花瓷，又名“黑唐钧”，因唐代鲁山所产的黑底、乳白、蓝斑一器三色的花釉瓷器而得名。唐人南卓的《羯鼓录》中有记载，唐玄宗与宰相宋璟谈论鼓事时说：“不是青州石末，即是鲁山花瓷。”在古陶瓷界一提到花瓷就想到唐玄宗命名的“鲁山花瓷”。

历史上的鲁山花瓷曾在中国陶瓷史上留下了浓墨重彩的一笔，是我国目前发现最早的高温窑变釉瓷器，以色彩绚丽、变化奇妙闻名于世。纵观历史，从唐至今，以地名“钦封”为瓷种的瓷，在我国仅此一例。可见，“鲁山花瓷”在我国陶瓷发展史上的历史地位及重大影响。

从唐至今，已经有1400多年的历史了，唐时代的花瓷烧制工艺一定是成功的，没有瑕疵的，祖先的智慧令人有目共睹。前人走过了，后人一定会跟上去的。

故乡的花瓷牵绊着自己儿女的足迹，唐时代的风韵与鲁山花瓷的生命，同时揉进时代的凄风苦雨才走到了今天，鲁山花瓷的灵魂里有着鲁山人血脉的伴随！

是的，一个国家的历史和文化活着，这个民族就一定活着。祖先的聪明才智让后人汗颜的同时，也奋起了直追的脚步，我想，我们一定是无愧于祖先的后人，五千年悠悠古文明就在我们直追的梦里！

原载《奔流》2022年第1期

世界上最好的小狗

马　尧

光是写下标题，鼻子已经酸了。

馒头已经离世四个多月了，在它弥留之际就想写点什么。回忆起来全是琐碎，好像全都不值一提。现在觉得不是这样的，即使它在别人的世界里轻如草芥，但在我的世界里，它承载了我十几年的悲喜，它对我，很重要。如果给它刻墓志铭，只需要五个字：一只好小狗。

我的小狗叫馒头，它是一只雪白蓬松的比熊犬。2008 年的冬天，在北京望京地铁站，它像一团破布被扔在路边，小小一坨，走来走去的人们没有注意到这是个活物。我把它捡了起来，像手掌那么大。然后它就成了我的室友，陪伴我的北漂时代。

这期间，我曾有过非常难挨的时刻。各种压力之下爆发的抑郁情绪，让我时常觉得被一只无形大手狠狠地摁在床上起不了身，莫名地一阵阵哭泣。而幸好有馒头，在床边哼哼唧唧，提醒我必须完成遛狗的任务，即使正在哭泣，我也会一个激灵坐起来，拖着沉重的身躯走下楼。在抑郁的穹庐之下，会觉得人是飘在半空的，遛狗却能扎扎实实地把你跟地面连接：呼吸一下室外的空气，看看街边的风景，被风吹来的烤串味道敲击一下味蕾，还不得不跟其他遛狗人寒暄两句。竟是因为馒头，这扎根地面的烟火气，带给了我最好的被动治疗。

夜晚，小小的它像一条有温度的项链，躺在我的脖子上。小嘴咂巴一下，好像很满意自己找的位置。时不时抬起头看看我，黑亮黑亮的眼睛，像治愈我的药丸。它轻轻用小舌头舔舔我，让躺在焦虑和悲伤的河床上不知要漂到何处的我，突然被一点点温热唤醒，再滴下来的眼泪不是因为绝望，而是一种很奇怪又很熟悉的——心头一软。我抱抱它，它贴我贴得更紧。那一刻，我竟有了它带给我的使命感和信念感。抑郁的情绪通常是不由分说把你的自信撕个粉碎，而小小的它，却用自己无边的信任与热爱，让我觉得，全世界至少还有它那么爱我，不管我自己觉得自己有多不堪。

所有的痛苦好像不离开北京就无法痊愈。为了自救，我要离开北京回家乡了。有朋友跟我说，就把馒头留在北京吧，找个人家养。我毫不犹豫地拒绝了。我知道自己的感情无法功利，在我最无助最需要温暖的时候，我靠它给我的爱疗愈自己，难道找到解药、归根安全感的时候，我可以把它当作用过的纸巾扔掉吗？于是我抱着它，坐了 7 个小时的汽车，回到了郑州。

父母比我还疼馒头，直接抢了去，美其名曰：别耽误你工作和恋爱。俩人合力把本来只有不到十斤重的小东西，养成了快二十斤的巨婴，却还时不时地“嘲笑”馒头“憨傻痴笨”。父亲带着它日复一日在东风渠岸边上演老人与狗的画面，回到家还要抱在怀里把毛揉得乱七八糟，脸都被亲变了形。那时候我还没有结婚生子，一遇到别人拿出手机炫耀自己的孙子孙女，父亲就立马掏出手机，忿忿不平地嚷嚷道：我有馒头！微信头像也挂了好几年馒头无辜的大脸，网名“馒头姥爷”。馒头姥姥呢，发挥自己洁癖和外貌协会的特长，始终让馒头保持着甚至比人洗澡还勤的频率，把馒头一颗大头越修剪越大，越来越蓬松，浑身永远散发着香气，终于成了小区里最著名的美貌型选手。而我时常把馒头偷出来，一个人带着它在路上没有方向地走。经过一条河，就在河边坐下，默默交流我俩之间的心事。它不叫，不闹，只是卧在我的身边，在我发呆出神的时候，舔舔我的手背，清澈的眼睛似乎在对我说：我都懂。

后来，我也在伴随父母的寻常日子中，慢慢忘却了曾经溺水在抑郁里的样子，活了过来，再次找到了开心和幸福的感觉，甚至还结了婚，生了子。

有了孩子，馒头姥爷和馒头姥姥也改了名字，变成了诺诺姥爷和诺诺姥姥。父亲最开心的就是从此可以理直气壮地跟别人一起摊开手机攀比谁家娃娃吃得胖、跑得欢了。头像也一换再换，俨然是儿童成长相册。馒头不再是家里最重要的独苗，却也不见它失落。静静地躲在大人后边，离另一个人形四脚兽远远的。等孩子长大些，总是伸手抓馒头身上的毛，在孩子眼里，馒头大概就是个从不关掉开关的毛绒玩具吧。可是，没有轻重的小手经常狠抓一把，疼得馒头嗷的一声跑老远。有时候下意识地想要回头咬一口，猛一回头，看到是小主人，讪讪地空咬两下，还赶紧舔舔小手，好像在安抚被它张嘴的动作吓住的孩子。

一位老领导曾跟我说：孩子就是时间的标尺，没有孩子的时候，你会觉得一年跟十年也没差别，而孩子的存在就是提醒你时间是怎样过去的，让你在刻度上看得到每一年的痕迹。这话真没错。从生完孩子开始，我清晰地感受到我的每一寸衰老，还有馒头的。它不再喜欢跳上沙发，每次试图跳上来卧在人身边的时候，在地上攒了半天力气，跳到半途就落下，几次下来，也就只趴在沙发脚边闷不作声。它也不再喜欢跟人出门散步，走在河岸边，它只在原地站着，任你走得再远也不为所动，等你认输回头。它的样子毫无改变，毛还是那么白，鼻头和眼睛还是那么黑，眼神也还是那么单纯无邪，谁能想到它也在衰老呢？

去年冬天，馒头突然开始不吃不喝。一开始我们甚至没有在意，还打趣说馒头自己知道减肥了。小狗知道饥饱，饿饿吧，饿饿也挺好，大家都这么说。到了第四天，觉察出不对劲来。不管是平时不让它吃的满是调料的饭菜，还是宠物罐头，它都咬紧牙关，嘴都不张。更可怕的是，一滴水也不喝。下楼遛它，它只强打精神、礼貌性地定点跷跷腿，根本一滴尿都没滴下来。拿注射器往它嘴巴里打，这边打，那边流。后来想想，这时候的它，应该已经很疼很疼了吧，疼得只能每分每秒认真地忍耐，再也没有多余一丝的力气去吃喝。

我们带着它到过很多很多的医院，见过很多很多的宠物医生。每位医生我都在微信通讯录里标注“馒头医生”，到它离开的时候，我的通讯录里已经有了从序号 1 到序号 14 的馒头医生。我们也做了很多很多的检查，从胰腺到肝胆，从颈椎到心脏，馒头各项指标正常，B 超、CT 也看不出任何的问题。一位农大的教授对我说：它就是老了。不像人类衰老得那样缓慢，狗的衰老总是来得突然，也许前一天它还能跳上桌子偷吃，第二天它就会衰老得站不起来。它老了，就没办法了。他的话，像刀子一样插在我心里，又搅了一搅：原来我可以逃避不去面对自己的衰老，却还是要被迫围观另一个生命的离去。我抱着馒头回了家，它连趴着的力气也不再有，只是躺着。呼吸也变得似有似无，我需要趴在它的肚子上感受到一点点微弱的起伏，才知道它还活着。而我也从带它看病第一天起的泪流不止，慢慢平静了下来。我知道，这剩下的几天是它给我们安排的告别仪式，让我们有时间接受和它的分别。它始终就是这么懂事贴心的小狗啊！

馒头离开的那晚，孩子问我，妈妈，你怎么哭了？我说，因为馒头走了，妈妈伤心。他又问，馒头去了哪里？我说，馒头去了全是狗狗的星球，不回来了。孩子说，妈妈，你不用难过，你就再买一只新的狗狗回来就好了。我大哭，新的怎么能跟它一模一样呢，这是我的馒头啊！十几年来，那些细碎的回忆太多太多，它参与了我无数人生重要或不重要的时刻。我已经太习惯了门还没开就听见它在那端激动地扒门，太熟悉了每餐饭前都要留出一块肉给它的流程。它就在那里，永远在那里，才是我安全感的一部分啊。

我想我还需要很长一段时间去接受和平复。虽然已经做了无数次的心理建设，虽然道理都懂，但这并没有减少这一刻来临时，带给我的结结实实的痛感。然而我又想，比起它曾带给我的一切，这点痛，又算什么呢？爱真美、真好啊。小动物带给人类的爱，并不比人类之间的爱低劣分毫。而这爱曾带给我的力量，也充盈了拥有它之后我生命的每一天。

《入殓师》里有一句台词：逝去不是终结，而是超越，走向下一程。我们下个路口见吧，世界上最好的小狗。

原载《文学报》2022 年 8 月 18 日

游园惊梦

芷 妍

一

“江南”这两个字，只要写到纸上，心就会一下子变得柔软。苏州是江南的经典，每一次探望苏州，都触不到她的底色。

三元坊只是普通的苏州一地，名字却大有来头。钱棨是清朝第一个、也是苏州唯一的连中三元（乡试第一解元、会试第一会元、殿试第一状元）者，也是中国历史上唯一的连中六元（童子试中长洲县县试第一、苏州府府试第一、江苏学政院试第一、再在正式科举考试中连中三元）者，当时的苏州府及长、元、吴三县的地方官，在苏州府学东面专门为钱棨建造了高大的牌楼“三元坊”，这就是此处地名的由来。可惜这牌坊早已没有，不过能留下这样一个地名已经幸甚。这正是我喜欢来苏州的原因。你不必刻意去那些所谓的景点，一条深巷，一条河，也许就埋藏许多不为人知的历史积淀与人文故事。

三元坊步行不远就是沧浪亭。沧浪亭始为五代时吴越国孙承祐的池馆。宋代诗人苏舜钦以四万贯钱买下废园，进行修筑，傍水造亭，因感于“沧浪之水清兮，可以濯吾缨；沧浪之水浊兮，可以濯吾足”，题名沧浪亭，自号沧浪翁，并作《沧浪亭记》。

沧浪亭，需仰视，在小山之上，并无特殊奇异之处，沧浪亭和整个园子本身的意义并不在于这些个体，而是其中渗透出来的中国古典文人士大夫骨子里睥睨世俗的隐逸情怀。

苏舜钦以沧浪亭命名也正是此意，也让这个园子显得低调、冷落、苍凉。和其他苏州园林比起来它是小巧的，但精致之处却不逊色。深不可测的各种不同层次的绿，窗、亭、竹、阁，深灰、浅灰的各种影子，白墙，构成园林的每一处都是精灵。我像个掉入蚌壳里的沙子，却不能让自己成为珍珠。

园内漏窗是最让人心仪的，窗芯图案内容取材广泛，形式多样，有植物花卉的变形，桃、荷花、缠绕的树根、芭蕉叶、梅花、秋叶、葵花等。还有古钱的变形，放在窗芯的正中央，周围穿插缠绕着装饰纹样。但这些漏窗并不是单独存在的美，都有不明身份的绿来做它们的背景，成就了沧浪亭的最大特点“隔望”。

你若站在面前，并看不出它们的美，若与它们隔水或隔假山相对，那些图案反而会印刻在你的心里。小片的竹林也是，近看竹身单薄而略有病态，稀疏慵懒，走远再看，得了背后的灰瓦白墙的烘托，那些美会缓缓升起，弥漫一地，人的魂儿都是绿色了，都是潮湿的。

沧浪亭是如水的，而且是冷水、寒水、北方冬日的冰水。即使夏日炎炎，沧浪亭如同她的名字，一点都不热情，是个冷美人，没有更多的色彩迎接你，只是站在那里就够了，不需要任何语言、动作，就能把人吸引过去，乖乖就范。

在沧浪亭中，人的灵魂都会变薄了，是清冷的薄薄的浅白色，如同白色的丝绸在风中飘荡，偶尔挂着树枝上，短暂的停留又被风吹起，辗转着向天空深处没有了踪迹。

我真期望沧浪亭磨掉我所有的游侠气，让她的冷艳一点点融解我。

二

几次路过寒山寺都因时间所限没有靠近，寒山寺永远在苏州的一个角落里闭目养神，没有真正走进我的视野。有去过的朋友曾这样讲，只是一座寺庙，有碑拓，有诗文，有著名的《枫桥夜泊》。可能寒山寺确实如此，如果只是眼见所见，并无多少趣味，它适合永远留在想象的清冷与幽远中。

“夜半钟声到客船”的境遇估计现在很难实现，客房店舍倒是随处可找，但若想睡在船上恐怕不易。这些年走过很多寺庙，听到过许多低沉的钟声，但一直没有夜里听过。也从没在船上宿眠过，一直幻想某个傍晚，睡在船上，该像睡在摇篮中。北宋欧阳修认为唐人张继此诗虽佳，但三更时分不是撞钟的时候。后有考证说吴中地区的僧寺，确有半夜鸣钟的习俗，谓之“定夜钟”。

“是日已过，命亦随减，如少水鱼，斯有何乐。当勤精进，如救头然，但念无常，慎勿放逸。”夜半钟也叫“无常钟”，有提示精进的意思。看这解释未免又陷入虚无。夜半醒来，是灵魂新鲜裸露的时候，是最感性的时候，此时闻到钟声恐怕再明朗的内心也会有莫名伤感，尤其对于落寞的落榜文人，情绪无处寄托，只能借着钟声渔火，淹没尘埃。

寒山寺作为羁旅，漂泊人的情怀寄托留在清冷中最好，不要去触碰，不去看它，遥遥相望就是最美的圆满。

没有江山，只有留白。

三

明正德初年，因官场失意而还乡的御史王献臣，以大弘寺址拓建为园，取晋代潘岳《闲居赋》中“灌园鬻蔬，以供朝夕之膳……此亦拙者之为政也”意，名为“拙政园”。

拙政园向以“林木绝胜”著称。数百年来一脉相承，沿袭不衰。尤其夏季的拙政园是用绿来侵略、占领、淹没人的头顶和那些亭台楼阁。各种树木的绿，荷叶的绿，水的绿，站在不同的位置漫延、铺张、递进，一层层冲进人的视野。大写意的笔墨肆意流淌。它是不管人们的眼睛的，是泼过来，涨起来的。应接不暇，一下子都给你。水墨中的大写意瞬间成就，大提笔创造的豪放，行云流水。细节处又有细腻的小笔触，这是用叶筋笔和衣纹笔雕刻而来，有筋骨又肌肤匀称。只用淡墨、浓墨、焦墨，让墨汁在水中交融，转身。

不管哪一处都是中国园林的代表，处处精致紧密，和沧浪亭比起来，这里更丰满，更强势，给人色彩、能量，君临天下，有王者之气。沧浪亭更幽静与单纯，有细密深邃的清冷，如远离江湖的隐士。

拙政园中有一处小亭很不起眼，我却很喜欢。可能是因为它的名字“与谁同坐轩”取自苏轼《点绛唇·闲倚胡床》词：“闲倚胡床，庾公楼外峰千朵，与谁同坐？明月清风我。别乘一来，有唱应须和。还知么，自从添个，风月平分破。”也许有了苏轼我才更关注于此。它的名字并不是那些纤弱单薄的闺阁婉约气的名字。在富贵艳丽的园林中偶尔有一丝孤傲的气息，水墨的眼神在亭榭之间流淌。小亭非常别致，修成折扇状，依水而建，平面形状为扇形，屋面、轩门、窗洞、石桌、石凳及轩顶、灯罩、墙上匾额、半栏均呈扇面状，故又称作“扇亭”。可是有个导游在此讲解时称之为“官帽亭”，折扇形漏窗形似清代官帽，让游人们站在窗后面矮下身子拍照，扇形漏窗恰好在头顶，如同头戴官帽，取升官之意。拙政园中居然有这样完全背向的解释。真是可惜了这轩不能说话，它要怎样证明自己的清白？

这样一潭深不可测的美好，一下子被抽干了水分，变得市侩，有着干瘪咸鱼味。想在这世上暂时找一处世外桃源也不容易，这是对强迫症患者最好的惩罚。可最无奈的是知道了，通透了，却不愿意改变。

坐在园中的小店内，一碗桂花粥放在木桌上，光影斑驳如同时间的皮肤，门窗皆敞开，有咿呀昆曲缓缓而来。我的身体坐着，魂儿却已经被扯得薄薄的，一丝一缕挂在了枝叶、亭台上，溶解在碧波中，暂时收拢不回。不知我是谁，谁又是我，恍惚迷离。

我若此时真的在梦中，愿没有任何惊扰，只要继续下去就可以了。

美到极致，是一种罪。

原载《散文选刊》（上半月刊）2022 年第 2 期

城市的夜眼（节选）

冉令香

那天早晨，一只棕色叭儿狗贴树根蹭痒痒。我好奇地多看了一眼，它就像坠脚石一样温顺地跟定了我。我大步流星赶路，它就颠儿颠儿地紧跑几步；我不急不躁信马由缰，它则不远不近，谨慎地保持距离；我在站牌下等通勤车，它干脆停下，仰脸，耐心观察我的动向。那神情落寞无助，丝毫没有看家狗的张扬霸道，似有无限哀怨。

被叭儿狗黏上，我有些后悔，倘若跟我上了车，怎么忍心赶它下来？正不知所措，那高个子老人牵着老伴儿的手慢慢走过来。这是他们的早间功课，我们每天几乎在相同的路段相遇。臃肿的老妇人腿脚迟钝，眼睛木然向着远处，对周围事情视而不见。老人牵着她的手一会儿绕过人行道中间的路灯杆，一会儿避让对面匆忙而来的行人。他们没有任何语言交流，拉手的力度却恰到好处，总能让机械迈步的老伴儿及时避开障碍。

老人随意溜了叭儿狗一眼。那眼神像温柔的线，竟然牵着它乖乖地尾随而去。我不由得暗自松了口气。

没几步，老人牵着老伴儿停下。叭儿狗眼巴巴地向他仰着头，期待什么似的。老人蹲下身子，温和地抚摸着它的脑袋说了几句。叭儿狗有些不好意思，转移视线，但眼角余光仍瞟着老人。后来，它干脆低下头左顾右盼，一副委屈的样子。

猛然，我发现叭儿狗的左眼像杏核儿一样肿胀。发炎了，还是白内障？我心里一惊，为自己的疏忽而羞愧。难怪，它一路追随，那是在向我求助。一个不会言语表达的动物，哀怨地垂头跟着走了那么久，还需要用声音来乞求吗？

我一直不敢和小动物哀伤的眼神儿对视。在那些濡湿的眼睛中，流露的柔弱和无助像碎裂的玻璃，我稍不留神就被刺伤。儿子两岁那年，朋友送来一只京巴。它刚满月，毛绒的雪球一样缩在纸箱内。我把它抱出，放在阳台，它嘤嘤低吠着在纱门外转来转去。我喂食给予安慰，它急吼吼地扑过去，伸着鲜红的小舌头焦躁地舔舐，不让人靠近。不喂食的时候，它一直哀叫，乌黑的眼睛、鼻头、嘴巴紧蹙在一起，一副愁眉苦脸样儿。那婴儿哭泣般的叫声，搅得我心神不安，我当天下午又将它送还朋友。

那个早晨，那只叭儿狗哀怨肿胀的眼睛，再次扯疼了我的神经。一连几天我都放不下。

夜色刚俯下身子，像无意间翻倒的墨水瓶缓缓洇透大地时，路灯迫不及待地睁开眼，街边花园就笼罩进朦胧柔和的光晕里。大转盘绿化带的交谊舞场，那老人成了炫舞的主角。一曲曲节奏明快激昂或舒缓柔曼的乐曲，只不过是他情感抒发的佐料。他完全投入，快三、慢四、恰恰、伦巴，那些在夜空中摇曳的音符连接起一条柔美的曲线，牵引着他胸中酝酿的情愫澎湃流溢。夜幕下的激情荡漾与白天牵手的蹒跚而行，判若两人，有谁能想到古稀之年，除了日复一日的牵挽陪伴，还有夜色中如此绚丽的绽放。

舞场边的石凳上，臃肿的老伴儿默然而坐，眼睛追着舞场中熟悉的身影起落旋转，完全没有清晨的漠然木呆。也许，音乐驱走了她眼神中的孤独，唤回灵动的神采，奔放的舞姿荡起了沉睡的生命涟漪。那一刻，不知她脑海深处存留的镜头是否在闪电般切换，曾经失落的记忆之火是否在跳跃闪现？他俩曾是最默契的舞台搭档，去年她渐渐把自己丢了，他一边牵着她慢慢行走，一边千方百计刺激她捡拾失落的记忆。

那只叭儿狗在草地上埋头东嗅西找，绕着石凳转圈，绳子越绕越短，最后无奈地坐在草间，咕噜着眼珠打量周围的喧闹。绳子的另一端就拴在她的右腕。对面的高档酒店，旋转的霓虹灯打出硕大的动感图案，飘逸变幻的色彩落在草坪上像翻飞的蝶。叭儿狗轻吠着，兴奋地抓捕图案。它那只发炎的眼睛呢？我极力想看清，又一轮图案旋转而来，它欢快地扑打时，暴走队踩着高亢震撼的进行曲走过去了；广场舞大妈们动作整齐划一，走起圆场舞步；滑旱冰的孩子迎着夜风疾驰……

叭儿狗那只发炎的眼睛，早该不疼了。否则，它会避开霓虹的喧闹，俯卧在幽静的角落，安抚它痛楚无助的灵魂。

还有，一双泰迪的眼睛穿透夜幕的遮障，戳痛了主人的心。

白天，那只娇小的泰迪张扬着一头棕褐色卷发，焦躁地咆哮腾跃，要挣脱绳索冲出门来。只因女主人怀里一岁多的孩子，被另一个年轻姑娘抱过去逗乐。在泰迪眼里，自己守护的人脱离了安全的港湾，它要奋力扑救。而孩子睡觉时，它定然守候在门口一动不动。一旦有任何动静，它立刻警觉地竖起耳朵，四肢撑地，进入出击状态。那天，仓促出门的女主人忘了和泰迪打招呼，它受到冷落而郁郁寡欢，竟然三天三夜不吃不喝。夜晚，忙完活计的女主人才想起泰迪，视频聊天时，见泰迪蜷卧在角落无精打采，黑幽幽的眼珠一翻转似有委屈的泪水溢出。女主人感叹不已，连夜赶回安抚，才暖化了泰迪忧郁的心。

人生不易，狗生也不易。狗眼看人心，是另一种水落石出的晶莹透彻。

原载《青年作家》2021 年第 12 期

从村里走出来的路

孙　勇

一

从空中俯瞰，村子很像一顶顶帐篷。从村里走出来的路，是固定这顶帐篷的麻绳。由于麻绳的拉扯，村子不会被风刮跑。

从村里走出来的路，有的走进了田野，有的走进了县城，有的走进了其他村子。

走进田野的路，把村民家里锅灶的温度送进田里，麦苗玉米苗还有红薯秧，被锅灶的体温，暖和出水绿的色素；走进县城的路，拉扯着村姑民夫的俏皮话儿，热闹了商场，热闹了街巷；走进其他村子的路，把夜黑里夫妻的私语到处扩散，还没有走进其他村子，就被从其他村子里疯跑出来的不中听的私语撞了个满怀，路边的榆树杨树不忍细听，转过身去，捂住耳朵。

村子，因为有了这些路，气定神闲。

这些路，因村子而活泛，胳膊腿既健壮又有力度。

村子牵着路，牵出满院子彩色的想法；路依着村子，依出牛车吱吱嘎嘎的幸福。

二

田野，是村子的大海。村子漂在海上，扬起了浪花，那是村子说给大海的知心话。

这些知心话很稠密，把从村里走出来的路慫鼓得拧成了麻花。这些知心话，从这个村子漫进那个村子，从那个村子又漫进更远的村子，这些村子，被从村里走出来的路连接得丰富多彩。麦子熟了，稻子熟了，黄豆熟了，花生熟了；莲藕熟了，枣子熟了，苹果熟了，柿子熟了……从村里走出来的路，把熟了的麦子、稻子、黄豆、花生带回村子；把熟了的莲藕、枣子、苹果、柿子喊回村子。村子动情地拍了拍从村里走出来的路的肩膀，又从村民家中捧出一院子果实的芳香，从村里走出来的路伸展衣襟，把村子给予的满满的微笑和情感揣进怀里，村子与村子，被从村里走出来的路走通，和田野一起，跳起了丰收的歌舞。

村子，是田野的航船。田野因村子而鲜活，村子因田野而富足。

从村子落户田野的那一刻起，这些路，就把村子与田野牢牢地捆扎在一起，村子、田野与从村里走出来的路相依为命，在大地上盛开太阳的光辉，照亮山川的秀美。

三

从村里走出来的路，从不背叛村子。谁家的炊烟飘着青菜的味道，谁家的厨房蹿出饺子的肉香，从村里走出来的路都烂在心里。虽然村子有土墙、砖墙之分，虽然村子有草屋、瓦房区别，从村里走出来的路都不乱说，为村子的规矩立言，为村子的操守立命。

为了村子的名声，从村里走出来的路甘当义务宣传员。公鸡刚叫头遍，它就把村子的苏醒告诉给田野，谁家的男人扛着铁锹摸黑走出村子下地干活，谁家的女人一大早提着篮子去田埂上挖野菜，谁家的娃起早贪黑去学校念书，谁家的媳妇踩着晨露做好一桌子饭菜。从村里走出来的路，把村口卷成喇叭，把看到的、听到的、闻到的、品尝到的、触摸到的、感觉到的，一股脑儿张扬出去。让每一个过路的人，都晓得这个村子的好。

从村里走出来的路，原本是坑坑洼洼的羊肠土路，走着走着，就走成了宽阔的水泥路、平坦的大马路。村子，走在从村里走出来的路上，原本的土墙、草房，甚至灰头土脸的院落，走着走着，就走成了砖瓦楼房，越走越敞亮，越走越光鲜。

田野，幸福地搂着村子，还有从村里走出来的路，久久地，反反复复地，做着一个个温暖的、彩色的、鲜活的梦。

原载《济源日报》“珍珠泉”副刊 2022 年 9 月 15 日

七夕节与数字“七”

袁占才

民间节日，关乎爱情的，唯有七夕。我原不解，七的语词颇多负面，七与八联，成语几十个，皆指不整不端，杂乱无序。也有生气韵的，如七步之才、七星高照等，却是寥寥。织女乃天仙，手巧心灵，她与牛郎会面，怎么偏偏选在七月初七，而非八月初八、九月初九？

想来，这个时间寓意特殊，内涵特别。

也许，织女看中的，正是七的旁逸斜出。织女叛逆，不满天上的寂寞，为了寻爱，决裂天庭。王母羞怒，七月七日，发下兵将，抓回女儿。不料，女儿之爱，坚如磐石。王母后悔，不该棒打鸳鸯，无奈之下，默允婿女，一年一度，七夕之日，会面一次。这种仙凡之爱，连禽鸟也感动，这一天，它们不惜迢迢千里，不怕尾巴秃了，飞聚一起，为这对有情人凌空搭桥。

传说要流布，语言必生动。这个传说，版本诸多，都是在围着数字七打转。多数讲述，说七七之夜，织女下凡洗澡，牛郎盗衣结缘。南阳演绎：老牛嘴里吐出梅豆，牛郎种豆门前，七天过去，豆秧满架。牛郎藏在豆架下，看天上的织女；织女在天上，看豆架下的牛郎。一个天上，一个地下，二人眉来眼去七个晚上，才有了其后的结成夫妻，女织男耕。在牛郎织女传说的原生地豫西鲁山，有诸多遗址遗存，其中登往南天门的石阶，不多不少，是七百七十七个；南天门广场上，有七块巨石天然裸于地面，人唤之七星图；七夕当晚，女子们乞巧，供奉的时令鲜果，要七样才好。

人绝顶聪明，取中文数字，对应阴历；用阿拉伯数字，映照阳历。中文的十个数中，若论玄妙者，想来，以七夕之“七”为最。

人生七窍，天生七情。乐有七音，诗有七言。建安出七子，竹林育七贤。稚童把玩七巧板，雨后飞升七彩虹。算盘珠子，一行七粒，噼里啪啦，拨动起来，黄金万两。“七”“吉”谐音，七七双吉。在台湾，七月被称为“喜中带吉”月。七十七岁谓之“喜寿”。“七”“妻”“栖”“凄”同音。一个家庭，离不开妻子的守护，少不了巢穴的栖息。人生，也难免凄风苦雨。这是人类与七协奏的乐韵。

豫西风俗“七不出门，八不回家”，原意是，一家之主要离家远行，辞别之前，应把“柴米油盐酱醋茶”七事备齐，以解妻儿老小的后顾之忧；男人背井离乡，长期在外，一朝归家，得扪心自问“孝悌忠信礼义廉耻”这八件事做得怎样，如有背违，那是无颜见江东父老的。今人多不解文意，仅字面盲从，简为每月的初七、十七、二十七不远行，初八、十八、二十八不归家，实是食古不化、削足适履了。

“七”“期”亦同音。从自然的角度审视，一周七天，月之盈亏，一个周期，恰好二十八天：一七上弦，二七月望，三七下弦，四七将晦，循环往回，七日来复。女子的信水亦然。难道仅仅是巧合？非也。《黄帝内经》谈道：“女子七岁，肾气盛，齿更发长。二七，而天葵至，任脉通……七七，任脉虚，太冲脉衰少。”“男不过尽八八，女不过尽七七，而天地之精气皆竭矣。”

女人的一生，是跟着月亮走的，与月关联密切，其生理，与七契合。

盈虚者如彼。七，乃女子的生命周期也。

古人认为，九为阳，七为阴。女娲正月初七造出人来，是故初七为人日。日月与水火木金土合称“七曜”。东晋《春秋穀梁传序》：“阴阳为之愆度，七曜为之盈缩。”正月正、二月二、三月三、五月五、六月六、七月七、九月九为“七重”，皆喜庆吉日，每当此时，天地交感，天人相通。

怪不得，这个数字，与丧俗密切：亲人亡故，每隔七天，都要设斋祭奠。七七四十九天魂魄散尽，七七四十九天魂魄丰满。七七，预示着终结与新生，代表着涅槃。

追溯源头，数字七的蓬勃，源于七夕，七夕的律动，起于《诗经》。《小雅·大东》：“跂彼织女，终日七襄。虽则七襄，不成报章。”那织女星，一日七移，忙忙碌碌，往复飞返，难成纹理。在这里，星人拟化，天人合一。

古乐府诗《迢迢牵牛星》，对《诗经》中的“终日七襄”做了演绎。全诗叠词连用，想象织女星，何以札札弄机，不成报章？皆因隔河相望，只能默默凝视，无法相见交谈。可谓乘浪漫之羽，荡心理涟漪，引爱恨离愁，入人心魂。《孔雀东南飞》中，有“初七及下九，嬉戏莫相忘”语，说明彼时，七夕已为女子专属。这一时期的《四民月令》载：七月七日，“设酒脯、时果，散香粉于筵上，祈请河鼓、织女”，并注“言此二星神当会，守夜者咸怀私愿”。什么私愿羞于语人？当然是爱了。之后，曹植诗中直记：牵牛为夫，织女为妇，两星各处河旁，七月七日，乃得一会。到了晋代，《西京杂记》载：七夕前后雨，谓之织女泪。南北朝时，《荆楚岁时记》则更进一步曰：“七月七日，为牵牛织女聚会之夜。是夕，人家妇女结彩楼，穿七孔针。”

这里，七孔针，犹言七根针，非谓一针七孔也。概当时卜巧，连续穿的是七根针。谁穿得快，谁就得巧。若是只穿一根针，当然是算不得巧的。

牛郎织女的传说，从周之萌芽，到秦汉雏形；从南北朝的完备，再到唐之丰盈。由北斗七星到人，由天文之崇拜，到男女之情爱，数字七，一直是萦系的主线。

进入唐代，写七夕与七的诗更多，李白、白居易的诗，有二十几处嵌入“七”，什么七度七贵、七哀七泽、七丝七弦，不胜枚举。然当时七夕白天，热闹之景不太明显，到了夜晚，节之习俗才广泛热烈。其表现形式是小聚或单过。有钱人家，花庭开粉席，云岫敞针楼。玄宗与贵妃，只在长生殿里，喁喁私语。民间，几许欢情离恨，并在此宵，家家此夜，手持针线，要乞得人间之巧。复杂，复杂到粉席夜宴；简单，简单到几根针而已。到了宋代，七夕节日之盛，才达顶峰。其因，概宋太宗颁布七夕节诏，推波助澜。妇孺童幼，贩夫走卒，均参与其中。彼时，东都汴梁设有乞巧集市，专卖乞巧之物。自七月初一，即车马喧阗，到七夕前三日，相次壅遏，不复得出，至夜方散。想其景象，观其风情，从初一至初七，整整七天，车水马龙，人流如潮，不亚于春节。

不可否认，七夕之盛，因七而荣。

这是一个男女和谐，由情生爱，由爱而情的表达日子。

因了七夕，七，分明成了一个魔幻数字。四大名著中，由七而生发的故事比比皆是。《三国演义》，关云长放水淹七军，赵子龙七进救阿斗，诸葛亮七次擒孟获。《水浒传》，七星聚义智取生辰纲。《红楼梦》，太虚幻境有七司，大观园里住的是正册中的七位。《西游记》，七大魔王，七情迷本；孙悟空在炼丹炉里被炼了七七四十九天；悟空拔了七根毫毛，变作七样鹰，吃了蜘蛛精的儿子七样虫……

因了七夕，数字七的内涵丰润、饱满，成了中华传统文化耀眼之一分子，入骨入髓。

原载《平顶山日报》“落凫”副刊 2022 年 8 月 2 日

涛声依旧澎湃（节选）

齐未儿

天　空

只有在海边，你才会知道，天空是另一片悬在高处的海。蓝得那么澄澈，那么清朗。你也说不清是天空染了海的蓝，还是海水倒映了天的亮。

相隔那么遥远，又似乎切近到不分彼此。

浓的淡的云，恰是海上涌起的素白浪花，漾动着，等着风。

鸟，不是天空中的鱼吗？一只有一只的灵动，一群有一群的浩荡。

海是落在地上的天空。到地上，有了依偎，每一片海，都有金黄的沙滩作陪。贝壳是配饰，五颜六色是贝壳的配饰。配饰都有了配饰，配饰起来悠悠闲闲，一本正经。

天与海有着休戚与共的命运。海蓝的时候，天空必然是蓝的；海灰茫的时候，天空必然少了一些透亮。反过来说，天空一碧万里的时候，海必然也碧蓝无垠；天空铅云低垂的时候，海上风浪也沉甸甸的失了轻盈。

在目光可及的远方，红彤彤的朝阳像是被天和海合力含着。天空和大海像蚌的两片壳，太阳多像一颗珍珠。黎明送走暮晚的暗，万道金光跳动在涛谷浪尖，是海托起了太阳，还是太阳拽着海这个巨大的裙裾招摇？白昼去了，明月由水里弹起，水花阵阵，银辉烂漫，闪闪跳动银亮。有人说，海豹能够在黑夜里游过无边无际的大海，全靠星光引路。

或者，天和海是彼此的重叠，天跳下来成了海，海跑上去成了天。它们有时和解，有时冲突，那一路扭跑的风，正是来自那水天相接处的裂隙。风，是个调皮的孩子。雨也是。雨是海与天的信使，海上水汽飞到天上，成了云，云游荡够了，又变成雨滴落到海上。多么欢快！

我真想抓住风的尾巴问问，它到底来自天空，还是海洋。我还想捧住雨滴，提同样的问题。或者那条叫鲲的大鱼，比风雨更能够回答这个问题？在海里游了多久之后变化成了鹏鸟，它是不是也在某一刻恍惚，到底是该在天空飞翔，还是在海上游弋？

在海边，思绪无边漫游，人是可以不说不动的，是可以慢可以任性发呆的。在海岸上，可以把沉甸甸的城市放下，把在高楼大厦大街小巷追求的速度与效率抛开。

你看，连海鸥也可以闲适地在海上来去。海水有柔软的浪花床垫。那些海泳的人，一定也有同样的体会。

没有一朵云一只鸟的天空，蓝得多么彻底，它是不是也在望着海发呆。看着这样的天空，时间长了，自己也似乎忘了身在何方，倏忽成一片羽毛，钻到了天蓝海碧处。

“蔚蓝海岸”，念一念这四个简单的字，就好像看到了一幅阔大的画卷徐徐展开，天青日朗，水清潮平。

树　木

从渔岛到沙雕，从阿那亚度假村到生命科学园，沿海岸线而行，不论是路上还是景区，见到最多的，是树。

更早，从踏上滨海大道开始，两旁的树木就重重叠叠密密匝匝形成了一道绿色的屏障。人仿佛进入了不绝如缕的翠色河流，又像一首连绵不断的曲子，时而激越时而低回，铮铮淙淙。

如果没有葱茏的林带如一练练绿绸缠绕，海会不会蓝得过于单调？

树木在大地上感知岁时律动萌发壮大，浪波在海洋里呼应月圆月缺潮涨潮落。树的这边联结着城市与人声喧哗，那边联结着海洋与万物闪耀。每一棵树都在用它的年轮说话，一头牵扯现世烟火日常，一头探入时光打捞深邃过往。

行人穿梭来去，拍拍杨树挺拔的树干，再被柳树的柔枝急切地拂扫，槐树擎出白色花串，清香铺天盖地。阳光透过叶子的孔隙洒下来，让人总想抓在手里。

海边的春天来得晚些，姗姗地不急不缓。这样微渺的温差，除了树，还有谁能感知呢？等到市街里的玉兰开到轰轰烈烈，海边临街的那些，才举起一只只花苞，蘸饱了墨的笔头，预备书写点啥。

秋凉却率先到了。林子里黄的叶子红的叶子绿意犹存的叶子，五彩斑斓，嫌弃花们开得迟缓有欠热烈。

水汽浸着，夏日的林子走入盛世，光影斑驳，鸟鸣悠扬，虫声呢喃。雨声是个伴奏，此起彼落的蝉鸣过于盛大，只来得及铺陈成背景。野鸡从林子深处走过来，一个展翅，沉暗的树林亮起一道光。蜘蛛是悠闲的，网张在两树之间，摆摆荡荡抻长日子。

惊涛拍岸，轻涛也拍岸。

树在沙上，树在楼宇间，树在院子里，树在路旁，树在每一个我想得到想不到的地方。在海边的角角落落，那些高大挺拔的树，像海沉默的伙伴。站在树下，听潮声起落，迎接海风与细雨送来清凉。此刻，这些远远近近的树木，是我的同伴。

夏末初秋的日子，小雨。撑一把伞在石径上走过，树叶子仍然绿意盎然，雨珠错落地悬在叶尖，滴答落下，近旁的沙，濡湿，雨脚踏落的地方颜色浓，没有沾湿的地方颜色浅，一点点深的浅的黄色，耐心十足地铺漫，远了，就看不分明。

那时，我们去往孤独的图书馆。

走过去，走回来，我的脚步牵动每一粒沙；我心底的微澜，呼应着海的澎湃。树，静默伫立。对于海，对于沙，对于这一棵一棵无处不在的树，我只是个可有可无的闲物。

我们需要这山川河流的担待，需要这世间万物的体谅。

花　草

狼尾草的气息冷冽，苍茫粗犷，为着沙与海而生。或者，也是为着季节而生，我从没在意过它青葱时的样子，萌芽、长叶，是一段被忽略的过程。似乎它从走进人们视野那一刻就老了，抽出长长的白色花穗，猎猎摇摇，招展风里。

没有鲜艳夺目的色彩，也没有雍容华贵的朵形。走沿海路，却没人能忽略这草，与贴地而生的那些草相比，它是高个子。

所有的风都是它的旅伴。静听，俯仰之间溅起的单调回声也可以辨出不同的轻重缓急。在风中，你越发可以见识到它的硬骨，“呼啦啦”的声响像是掀翻了幕布，所有的狼尾都在集结。

柏油路衬在近旁，暗色调的背景，让狼尾草周身都闪着幽微的光芒。

“在黑白里温柔地爱彩色，在彩色里朝圣黑白。”这世界的丰富，来自缤纷，也来自凋零。

“清水在门前流淌，青草包围房屋——最好的花朵是向着木质窗户开放的，芳香从暗夜贯穿黎明，从正午缭绕到大野星明的晚上。”想到这诗一般优美的句子时，我正沿着一条曲曲弯弯的水流，踩着青草镶边的小径，向前走。

还有一段距离，就听到割草机的轰响。有几个工人正在山坡上忙着修剪草坪，一股淡凉的青草味道远远地逶迤而来。

我看到一个穿着蓝色工装的男人从俯身的姿态直起腰来，看着我们走过来，扬着手招呼工作的人们：“停一下，停一下！”粗声大嗓一声令下，聒噪的声响顷刻偃旗息鼓。

他的举动，让我的心底升起一股暖意，它是细微的，是那种似有若无的暖，天然、朴素又节制。善意，藏在这些平凡普通的人身上。我总是在这样一闪而过的瞬间，想到人间种种，所谓世俗与高贵，浅薄与深邃，卑下与崇高，苟且与坦荡，在不经意的举手投足间尽得展现。我转过头，只来得及给他送上一个充满感激的微笑，我接收到的这份温情，被谨慎把握，装进记忆。那张黧黑的笑脸，有乌金的光芒。

总有人不断到来，也总是有人悄悄离开，每个人都有自己放在心底的故事，每个人都在海边得到一些恰到好处的慰藉与温暖，这无关欢喜或者忧伤。海天一色，树草花都没有差别心，花香自然拂上脸颊，草色必然入目。

学草，我一生都愿意用草样的姿态面对世界，保持谦卑。

原载《散文百家》2022 年第 3 期

多丽丝·莱辛的“简·萨默斯骗局”

刘世芬

1954年，多丽丝·莱辛获得毛姆文学奖。这个奖项只锁定35岁以下的青年作家，莱辛恰好“封顶”。一万两千英镑的奖金化解了她生存与写作的困境，再加上以后的《金色笔记》，青年女作家莱辛又美又飒。

像许多不甘于在写作道路上循规蹈矩的作家一样，写着写着，莱辛就想玩点儿“花样”了。只不过她另辟蹊径得有些另类——竟玩起了化名投稿的游戏：把长篇小说《好邻居日记》署名“简·萨默斯”投向出版商。

《巴黎评论》记者曾这样采访莱辛：“能跟我们再多谈一点儿你是怎样用‘简·萨默斯骗局’愚弄了评论家的吗？”

莱辛不承认“愚弄”，但她直言，“像别的作家一样，我多年来一直想化名写一部小说”。化名投稿之前，莱辛非常审慎地研究了读者调查报告，得到一个意料之中的提醒：新作家们的发表和出版必须仰人鼻息，忍受鄙夷。于是她想亲身尝试。她对此也有相当的自信：“我确信多数作家都有此想法。有多少呢？我们不知道，而这恰恰符合事物本原吧。不过我从一开始就打算最终还是要和盘托出的，只是想做个小试验罢了，以此观察评论界和读者的反应。”

《好邻居日记》封笔之日，莱辛告诉她的经纪人，她想把这当作一位伦敦女记者写的第一本书来卖。他们计划把《好邻居日记》首先投给莱辛以往的出版商，这样才“公平”。在英国，莱辛通常有两个出版商：乔纳森·开普出版社和格拉纳达出版社。经纪人按照莱辛的授意，把书稿发了出去。

开普出版社立刻退稿。格拉纳达出版社犹豫不决，最后说这书“太叫人郁闷，不适合出版”。遭到两个出版商拒绝，莱辛看了看阅读报告：“内容非常傲慢。真的是很傲慢！”

经纪人转投其他出版商。迈克·约瑟夫出版社是莱辛第一本书的出版商，当时的经理菲丽帕·哈里森是一位聪明精干的女性，她看了《好邻居日记》，对莱辛的经纪人说：“这让我想起了早期的多丽丝·莱辛。”

这不禁让莱辛一阵“惊慌”——她不想让菲丽帕此时揭开“谜底”。她请菲丽帕一起吃饭，说：“这就是我的书，你相信吗？”刚开始菲丽帕还有些失落的样子，但接着她真的变得“很喜欢”。她认真倾听了莱辛的全部想法，并兴致勃勃地参与了计划——暂时掩盖真相。

不久，远在美国的克诺夫出版社编辑鲍勃·戈特利布，也猜到了这本书出自莱辛之手。他得知莱辛的处心积虑，欣然同意让计划继续实施。于是，大洋两岸的这两家出版公司共同守住了秘密，这让莱辛觉得自己的“计划”非常刺激。倒是莱辛的那些密友，后来收到《好邻居日记》，却没人认出作者是莱辛。这似乎很讽刺。

在欧洲大陆，共有法国、德国、荷兰的三家出版社买下了《好邻居日记》。有一天，莱辛接到法国出版商的电话，告诉她，他们刚刚买下一本书的版权，那个简·萨默斯让他想起多丽丝·莱辛：“你是否帮助过简·萨默斯？”

事件“戏剧”起来，莱辛觉得“捂”不住了：这些明察秋毫的人认出来了！这让她思索：他们辨认出的到底是什么？毕竟莱辛在写作过程中特意改变了风格，“但在这背后一定还有另一种记号，独立于风格”——莱辛这样揣度。这一基础语调，或者语气，到底是什么，从作者的什么地方起源？在莱辛看来，出版商似乎也在倾听、回应一个作家的精髓、基调。

事已至此，莱辛决定实话实说，但请他们必须严格保密：“我们都希望这本书面世时，每个人都在猜想谁是作者。”在正式出版前，研究莱辛作品的专家每人都收到了一本署名“简·萨默斯”的样稿，却没有一个人猜出真正的作者。“所以，结果非常棒！这是天下最好的事了！”莱辛对于这样的保密工作十分满意。

就在公开书的真正作者之前，莱辛还接受了加拿大电视台的采访。记者问：“你觉得将会发生什么呢？”莱辛答：“英国的评论家们会说这本书不怎么样。”果然，作者“简·萨默斯”第一次发表小说，莱辛看到了那些“酸不拉叽的、令人讨厌的小评论”。只是那些来自女记者的文章，能与小说女主人公高度“共情”。同时，“简·萨默斯”还收到了很多读者来信，大都来自非文学界，并且多是由于照顾老人而要发疯的人。还有很多社会工作者对于书的观点正反皆有，但都非常高兴“简·萨默斯”写了这本书。

这样的结果，均在莱辛的意料之中：“我对文学界这架机器已经了解了很多年。我知道什么是好的，什么是不好的。我知道将要发生在这本书上的所有的事！”

初试成功，莱辛对“简·萨默斯”简直着迷，意犹未尽：“我应该再写一本！”第二年，莱辛如法炮制，写出续作《岁月无情》，仍由迈克尔·约瑟夫出版社把“简·萨默斯”作为新作家推出。《好邻居日记》和《岁月无情》写于20世纪80年代，耳顺之年的莱辛已经历了人生的大起大落。而此时的英国，多少年凝结起来的浓重的宗教意识淡化了，去教堂做礼拜、受洗礼、忏悔、结婚成家的人降到了历史最低点。对传统的疏离和信仰的缺失，导致了人们的精神危机，人情淡漠、伦理道德滑坡甚至沦丧，这些历史背景成为多丽丝·莱辛创作《好邻居日记》和《岁月无情》，并呼唤人类相爱和社会和谐的基本调性。

评论界能把“简·萨默斯”当成一个新人，对作品客观评价，不让莱辛继续享用此前的名气利息，这正是莱辛想要的结果。“那种囚笼，每个成名作家都不得不学会居于其中。想要预测评论家们会说什么，实在很容易。”她渴望挣脱名气与标签的囚笼，“不过请注意，标签是会变的。我的就变过好几次。从《野草在歌唱》开始‘作为作家，她专写肤色屏障、共产主义、女权主义、神秘主义’到‘她写太空旅行小说，科幻小说’。每个标签管上几年。”

莱辛也想以此鼓舞年轻的作家，她懂得年轻作家写作生涯的艰难。她想让他们看到，“他们不得不屈从的某些态度和过程死板机械，与他们是何种人，有何种才华，或者有多大才华，统统毫无关系”。莱辛也想知道，若是自己换一下身份，用第一人称写作，能不能体验到解放，能否自由地以从未尝试过的方式进行创作。这让我们看到一个勇于探索的莱辛，不甘心被盛名所累，而是想要以一个陌生渠道试探一个全新样式。她也明白这里存在风险和不确定性，所以莱辛的“简·萨默斯骗局”体现的首先是勇气，其次是智慧。

当然在这样的“试验”中，莱辛也饱尝了来自文坛和非文坛形形色色的千般滋味。或许正因如此，《巴黎评论》记者甚至觉得莱辛用假名为两部长篇小说署名的做法很有“雅量”——“你让世人了解了年轻小说家们的遭遇”。

直到 1984 年，莱辛将两部小说合为《简·萨默斯日记》一书出版，此时方恢复真实署名。

原载《文艺报》2021 年 11 月 8 日

年是年

娜　也

一

一沾腊月边儿，年味儿便跟着树梢的风钻进门缝。

祖母躺不住了，母亲停不下手脚。一小片儿阳光爬上屋梁，追随倒腾旧书的父亲。

我偷偷试穿新鞋的声音，惊动了装睡的大猫。

周围的一切，敛成一个实实在在的花骨朵，包裹着喜气，一层盖过一层。

箱子底的樟脑味儿，书页间的土腥味儿，厨房里的葱油味儿，甚至祖父衣襟上的粪味儿，都让我欢喜。

每一根睫毛，都挂起太阳的针边；每一双眼睛，都蓄满月亮的清辉。四下里加紧的炮声——

每一个清晨都与往常不同。

二

我蹦跳着，踢踏起街边的冰辙，冰碴儿碎裂的响声，和弟弟的笑声一样清脆。

红的、绿的、黄的、黑的、褐的……各色的豆像孩子的眼，似天上的星，饱满而闪亮。在腊八的早上，赶在太阳之前如奉神使。

锅底熊熊，锅上腾腾。

人家屋后的炊烟，袅袅飘荡，一户户缕缕交织。整个村子的上空，笼罩着同一片温热糯甜的祥云。

接下来的日子，好事一件连着一件，鞭炮一声赛过一声。

我睡在祖母的脚头儿，扳着她的脚趾数距离过年的日子，夜夜倒计时。

三

“小年儿”像一位披风的女侠，驾着霜雪就到了。

眼前就像猛然打开一扇窗，亮堂堂的阳光一下子照了进来。

捏饺子的母亲格外好看，神情和祭拜时一样肃静。

转着圈儿，打着旋儿。包好的饺子排列着，像一群微翘翅膀的小燕儿列阵待飞。

祭灶，祭灶，吃饺子点炮。

连响三声，崩出土窝儿，荡起烟尘，惊得上树栖息的鸡们一阵躁动。

最后，拈一根灶糖，粘住嘴，甜到心。

越嚼越香的日子，在老人孩子的睡梦里笑出了声。

四

煮肉、蒸馍、炸麻花、赶针线，母亲像和挂钟上的秒针比赛。

一锅肉香飘出来。大黄的眼睛里满是口水，它来回转圈的模样和我没什么不同。一趟又一趟地往厨屋门口跑，勾着头，看一遍再看一遍。

屋里屋外，桌上床下，犄角旮旯，都要彻底细致地清扫。坛坛罐罐乌亮放光，无论从哪个角度看，都闪着一颗眨眼的星。

跑东家，串西家。孩子的腿儿特别溜，老人的笑分外甜，巧媳妇儿的手艺被一夸再夸。

“二十八贴花花”，半道街的对联都出自父亲之手。

大大小小，方方长长，铺满一地。每个字都是盛开的花朵，染红了天上的云，照亮地上的人。

猪圈槽头、鸡笼水瓮、米缸粮囤、大树墙角儿……都得到了与之对应的祝福。

五

“旗火”打着呼哨，鞭炮声此起彼伏，树梢的风阵阵催促，太阳像装上了轮子。

除夕，以最快的速度到了家门口。

祖父起得最早，他要在家里做饭之前烧一锅小米汤。饮米汤，是牲畜生产后前三天的待遇。猪狗牛羊都应该在旧年的最后一天，享受人间最温情的犒赏。

门缝里插上柏枝，母亲分散过家人的新衣，天便暗了。

手挑灯笼的孩子，像流动的日月，似满街的精灵，在童话的世界里奔走穿行。

天上的星，地上的灯，人影绰约。如天在人间，犹人在天上。

条绒裤怎么亲也亲不够，新棉鞋怎么闻都闻不烦……不知道什么时候睡着了。

六

大年初一的第一挂鞭炮，肩负使命，它要驱走角落里躲藏的“恶”。

炮声落，万象更新。每个孩子都像刚刚降临的天使，从头到脚都是新的，从里到外都透着喜悦，飘着香气。

一碗汤，热乎乎地喝下去，有着说不出的温暖。街头的老槐树，终于与吼了一冬的北风和解，笑盈盈地互相致意问候。

这一天，即便是最勤劳好净的母亲，也不会染指“清扫”。

大街小巷，各家院落，铺满炮屑。似有九天仙女挟着装满红色花瓣的袋子，口朝下巡查世间。

遍地落红，贴着人们的脚后跟儿，带风随行。人间，仿佛刚经历了一场盛大的花事，最甜美的果实——

正在孕育。

七

年是年，万物是万物，众生平等。

祖母的言语中容不得半个虚词，每一个韵脚都是实打实来的，落地砸坑。

她把蒸好的“长蛇”“刺猬”“山”“垛”埋进粮囤，双手合十。风调雨顺的愿语，在元宵过后大笔一挥，给年画上了圆满的句号，那是祖父盘腿喝酒的表情。

公鸡踱着方步，大黄蹲在门口；孩子从火堆上跃过，老人把干草铺进鸡笼，煮妇刚刚折回的火棍正冒热气……

父亲踏着第一缕晨曦，把家里的水缸担满。他弓一样的脊背，和弯下的扁担一起挑起全新的日月，扛着全家的安定。

阳光更亮了。麦苗返青了。闲不下来的祖父，磨醒了沉睡一冬的锄头。

眼前的世界，像一朵含苞的花，卧在年的尾巴上，扑棱一下子全开了！

原载《东坡文学》2021 年第 12 月

辑　三

流淌的桑干河

红　孩

我的朋友出了本散文集，相约我到他的老家河北张家口桑干河畔走走，顺便参加他的作品研讨会。我告诉他，我在西安治病呢，具体什么时间回北京还是个未知数。朋友说，他和村上的领导说了，北京要来几个大人物，估计他们能帮助村上解决建戏台的经费。我一听笑了，说你这是请君入瓮呀！

老胡从小在桑干河畔的小村庄长大，小时候，他最喜欢到村里的戏台去看戏，那里演的主要是山西梆子，偶尔也有内蒙古的小剧团来演漫瀚剧。久而久之，他跟着喜欢文艺的父亲学会了拉二胡、吹笛子。在上小学时，听语文老师说，大作家丁玲曾经写过长篇小说《太阳照在桑干河上》，还获得斯大林文学奖。老胡把老师的话埋在心里，在中学时就开始尝试写小说。有同学说，要当作家，得给自己起个笔名，老胡想了想，既然自己想成为丁玲那样的作家，况且自己就是桑干河的子孙，干脆笔名就叫桑农吧。

桑农高中毕业，响应号召参军入伍，几年后考上解放军艺术学院音乐系，专攻作曲。我认识他，是在他转业到朝阳区文联以后，那时我还不知道他也写文学作品。他们领导介绍他是搞作曲的。我端详老胡，敦厚壮实，圆头短发，咋看都与艺术二字搭不上。忽一日，老胡给我发来几段视频，只见他在家里一会儿弹钢琴，一会儿拉二胡，那种怡然自得、自我陶醉状实在让我忍俊不禁，心说这家伙还真是个鬼才。

前年，桑农到北京郊区我的老家采风，顺手给当地写了一首歌。我问他，地方领导给你多少稿费，桑农说一分没给。我说这不应该啊。桑农说，那地方是你的家乡，如果别人知道我和你是很好的朋友，传出去会影响你在当地的名誉。我说，桑农你也忒那个了吧。桑农一笑，说你说那个就那个吧。

桑农居住在北京南郊一个偏僻的小区，房子也不是很大，每天他都要坐几个小时公交车和地铁上下班。我跟他不止一次说，咱们搞艺术不能一根筋，也要关注市场。但桑农对此并不怎么开窍，他在乎的还是自己的感受。五月间，他给我打电话，询问一个文学奖的情况。我说我在治病，没心思关心那事。桑农说，他把自己的散文集也报上去了，不知能否获奖。

几个月后，我出院回京，桑农说的那个奖正在悄悄地初评、终评。有几个作者给我打电话发微信，说让我多关照。我说我现在只关心自己的身体，别的什么也顾不了。桑农也发微信，问我回来没有。我告诉他回来几天了，他说回来就好，一帮文友很想念你，希望能尽快安排见见面。至于评奖的事，他什么也没说。

一周前，桑农终于来电话了，说他参评的那个奖结果出来了，没他什么事。我说，这个奖本来就跟你没什么关系，以你目前的水平，确实达不到那个奖的高度。当然，评上奖的作品也并非篇篇都是好的。桑农说，春节时他回老家过年，看到别的村庄都在唱戏，而他们村的戏台却破壁残垣，凄凄凉凉，他便去找村支书商量。村支书说他也想把戏台恢复，可那需要十几万元，村上真的拿不出来。最后村支书对桑农说，你是搞艺术的，又在京城工作，给想点办法吧。本来，桑农的想法是，如果此番获了奖，他就可以得到一笔奖金，那样，他个人再搭点，说不定就能把老家村里的戏台建成。

桑农原本是不想打扰我的，可他心里郁闷得不得了。我劝他，关心家乡的文化建设，心情可以理解，但也要量力而行，不能硬来。桑农说，我已经答应村支书了，今年一定要把戏台建成，不然春节回老家我咋好意思见人啊！我问，事到如今，奖也没获成，你还有什么办法吗？桑农说，他已经和媳妇说好了，这几年他们节约过日子，先挤出 5 万块钱；然后，他准备下班和利用节假日到北京的地铁通道去拉二胡化缘。我一听，紧急叫道，你可千万别那样，不要说市政城管不允许，就是你们单位领导也不能同意。桑农说，他的能力确实很有限，也只能出此下策。

桑农还告诉我，他儿子为支持他的这个义举，把刚领到的第一笔稿费 100 块钱已经捐给他。他相信，只要努力，他的理想一定能实现。放下电话，我把抽屉里的一个装现金的信封拿出来，不管多少，我必须当面送给桑农。因为，桑干河流淌的不仅是他的理想，又何尝不是我曾经的理想呢！

原载《新民晚报》2022年9月12日

月光下冷硬的轨道

陈长吟

沿着汉江边，有一条长长的铁路，叫襄渝线。从湖北的襄樊通往西南重庆，其中一段，轨道与江流并行，河水的柔软与铁轨的硬朗映衬在一起，纠缠在一起，难融又难分。

我曾经在月光下，沿着这条轨道，一个人走了很长时间。

那年，我大学毕业，到安康城里工作，二十好几的人了，理应结婚生子。于是，父母和亲戚朋友就张罗着给我介绍对象。同村的一个表婶，有个侄女小我两岁多，也刚参加工作，在铁路局工作，表婶就介绍给我。这个小A我认识，每年暑假和春节，都会从城里来农村住一段时间。我的印象中，她娇小秀美，聪明伶俐，有着城里人的潇洒和洋气。一个农村娃，自然对城里姑娘怀着景仰、羡慕，乃至亲近的欲望。其实这个欲望，伴随了我一生，是种心底的隐痛。

父母首先应允这个介绍，然后欢喜地告诉了我。我的心态当然也是积极响应的。只是多年不见了，她的模样变化大吗？

有天下午，单位门房交给我一个信封，拆开一看，只有两张晚上的电影票，并无片言。我愣了一下，很快悟过来是怎么回事儿了。

按时赶到电影院，寻号坐下。开演前，灯光刚暗，她也来了。握手打招呼，然后看电影。这期间我们没有怎么交谈，一是放不开，二是害怕影响旁边的观众。但我借着微弱的闪动的影片反光，已看清小A的面庞，还是那么俊俏，眼大嘴小，眉目清晰。

观影结束，匆匆而别。双方话不多，心里都清楚，这是第一次正式见面，算初始目测，预演吧，正式交往还没开始呢。

过了几天，媒人捎话，同意来往，就是说，目测通过了。

我心里很甜。

又过了几天，小 A 打来电话，说是想到我这儿借书阅读，我知道是什么意思，表示欢迎。

事情按部就班地开始。

小 A 在铁路局的月河变电所上班，每周日回城休假，就来我的房里借书、还书。我那时刚工作，每月只有几十元工资，钱少，但书多。她每次都买些好吃的小东西带来，说说话，讨论讨论小说的情节和人物，倒还融洽。

有个周日，我应邀去他们家吃午饭，算是上门了。她父母是机关干部，尽管职位不高，但也是小领导。其父平易近人，很好说话；母亲面冷，比较严厉。

我的质朴及诚实，得到她家的肯定。

交往了两个多月，我的婚姻大事进展顺利。父母也很高兴，一家人喜气洋洋。

就在这时节，家庭突遇变故，我父亲因“文化大革命”中的一件事受到牵连，被公安人员带走了。接着判刑入狱，劳动改造。

连着两个星期日，小 A 没了消息，既不见人，也无电话。我去她家询问，其母挡在门口说，没回来。

我隐隐觉到她家态度有变化，与我父亲出事有关。于是请媒人去探听消息，回来说：其母不愿意了。本来就嫌我是农村人，经济条件差，现在父亲又入狱劳改，一是社会影响不好，二是家庭生活条件就会更差了，于是找人给女儿另介绍对象。

我的一颗热心，顿时掉进冰窖里，受到突如其来的刺激，难受至极。但我想，感情之事，关键在于个人，不能完全受外界环境影响吧？于是我决定去见小 A 一面，听她亲口告诉我结果。

那天下午，我乘火车，在月河小站下来，然后找到附近的变电所。刚好快下班了，小 A 见了我很冷淡，把我让进她的宿舍，然后去食堂打来晚饭。话语不多，往日的热情已经消失。我问两人交朋友的事，她说觉得不合适，还是停止吧。我问是不是因为我父亲出事的原因，她说那个关系不大。我问还有什么原因，她不吭声。我问还有希望吗，她摇摇头。

吃了晚饭，天已黑下来，小 A 说，晚上没车回城了，你就住在男同事的宿舍，明早走吧。我心里绝望，浑身气颤，站起来说，不住。没车，我走回去。

小 A 只好把我送出变电所。

我沿着铁轨，往回步行。我心里清楚，这几十里路程，可能要走大半个晚上。但我不能停下，必须往前走。

明月当顶，两条闪亮的铁轨伸向黑茫茫的远方。四野寂静，只有我的脚板敲击着冷硬的轨道。我心里有泪，但流不出来。我浑身有气，但发泄不出来。泪气升腾，压抑着人，折磨着人。

我恨人间的世俗，我恨情义的脆薄。我想呐喊，可无法出声。

我在轨道上走一阵，坐下来歇一阵，叹叹气儿。枕木上很难走，固定的行距，一步太小，两步又太大，时常会踩在中间尖棱突起的石碴上，带来刺心的痛苦。

汉江在身边流淌，涛动波起，浪花不息，那水面的闪光和涌动的涛声，一直伴随着孤寂无援的我，向前移动。

穿过长长的隧道，穿越高高的铁桥，穿破厚厚的夜幕，我走得满头大汗，两腿发酸，皮鞋将脚踝磨破，鲜血渗出。但我不想停下来，我需要断然告别，需要勇往直前。

汗水涌出来，湿透全身，但决心也升起来，给人力量。我想，我必须要干一番事业，让瞧不起我的人暗自叹息，让抛弃我的人日后渐悔。

凌晨，终于走出重重夜山，看到安康城里的灯火了，我顿时躺倒在铁道边的草坡上，身体疲倦不堪，泪水奔涌而出……

多年后听说，小 A 遵母之意，嫁给了一个铁路职工，时有家暴，还无生育，很不幸福。可我怎么也高兴不起来，心中还隐隐作痛。命运捉弄人啊，扼腕长叹息。

原载《文化艺术报》2022 年 5 月 18 日

寒江谣

陆春祥

心之忧矣，我歌且谣。

孤舟蓑笠翁，独钓寒江雪。

一

唐元和二年（807年）冬，大唐整个大地忽然都寒冷了起来。永州龙兴寺的西厢房，柳子厚肃立西轩窗前，心情沉重。寒气直逼，大雪漫天，雪花从天空急促挤挤挨挨落下，远处逶迤的西山已经一片白茫茫，眼底日夜奔流的潇水似乎也冻住了。柳子厚在发愣，他严重怀疑自己的眼睛，眼前之雪莫不是幻影？这温暖之地，怎会雪花飞舞？这些大雪，难道是从长安的空中集体飞奔过来陪伴他的吗？

这场腊月的大雪，地点就在永州，柳子厚自己有文记载，且有一个相当有趣的细节："幸大雪逾岭，被南越中数州。数州之犬，皆苍黄吠噬，狂走者累日，至无雪乃已。"（《答韦中立论师道书》）不能怪那些狗狗，因为它们一辈子没见过雪，狗没见过雪，人也没见过雪，而此刻的永州大地，漫山遍野，上下皆白，狗狗们整日跑东颠西，扯着嗓子大叫，直至喑哑不能出声，直至白雪融入群山大地。

这场大雪是不是永州气象史上的唯一，我不敢说，但这场大雪给大唐文坛，给永州，留下了著名的诗歌典章《江雪》却是确凿无疑的。南宋诗论家高度评价这短短的四句二十个字："唐人五言四句，除柳子厚《钓雪》

一诗之外，极少佳者。”（范晞文《对床夜语》）这差不多就是绝唱了，时代的绝唱。我的理解，柳子厚一生中大部分重要的诗、文、寓言几乎都与这场雪有关。

二

水汽在空中，被某种强大势力压迫，不得不凝结成雪降落，它的前提是寒冷。

子厚，柳宗元的字，在他心中，这眼前的雪，确实与前年长安的那一场革新有关。改革派拼命要振兴，反对派死命要抵抗，最终，反对派用冰水将对方刚燃烧起来的希望彻底浇灭，并用寒冷严实包裹。

熬了26年，太子李诵终于熬成了唐顺宗，此时，45岁的他，已经不幸中风，连话都说不出来了。不过，顺宗继位后，立即重用王叔文、王伾、刘禹锡、柳宗元等人进行改革，史称“永贞革新”。经过加强中央集权，反对藩镇割据，反对宦官专权，取消宫市、五坊使，取消进奉，打击贪官，免苛征，恤百姓等一系列的革新，中唐的天空下一时地动山摇。然而，186天过去，短短的半年时间，李诵就被宦官强制退位禅让给了皇太子李纯，唐顺宗变成了太上皇，李纯成了唐宪宗。

相比于极度内敛、一生小心谨慎的顺宗，甫一继位的宪宗，处罚人的手笔却是大刀阔斧，而那些扶植他的宦官，打击革新派更是绝不手软，往死里打，“二王八司马”成了大唐官场的著名事件。

礼部员外郎柳宗元，被贬邵州（今湖南邵阳）刺史。九月中旬的长安，寒风已经有些侵人了，但柳宗元的心更寒，我们都是为了国家的发展与美好呀，为什么要打击我们？然而，皇命就是天命，从长安到蓝田，经襄阳抵江陵，柳宗元带着一大家子，要从这里坐船。突然，一道更令人心寒的诏令追着他南下的脚步而至：改柳宗元邵州刺史为永州司马员外置同正员，不得延误！司马本身就已经是闲官了，还加个“员外置”，类似于编制外；幸亏，还有个“同正员”，司马的政治待遇没有，经济待遇总算给了。然而，没有官署，没有官舍，柳宗元只好寄住在了龙兴寺。

宪宗团伙，是制造寒雪的高手。继位时，宪宗大赦，却下诏赐死改革派领袖王叔文，且明确规定，“八司马”不在大赦之列。柳宗元得知消息后，内心一阵寒流撞过。次年六月，宪宗册立皇后又一次大赦，诏令依然明确写着，八司马“纵逢恩赦，不在量移之限”。就是说，好的地方，高的职务，你们想都别想，你们就给我老实待在原地吧！

大雪碾压永州的前两年底，柳宗元带着妻女、老娘、表弟等一大家子，顶着寒风，在潇水河畔的永州太平门码头缓缓靠岸。眼前这山水，又叫零陵，他是知道的，司马迁说此地是舜南巡时驾崩于九嶷山的死亡之地，埋葬之地，舜的两个妃子，娥皇、女英，南下寻夫，一步一跪，泪洒竹枝，仙化成斑竹。而此刻，美好的传说，清澈的河水，似乎一点也激不起他的兴致，他不知道要在这偏僻的地方待多久，他的理想，他的前程，都如这潇河水，深不可测。

三

大雪暴而烈，连下数日，柳宗元日日挺立西窗前看雪。

所有的山，都不见了；所有的鸟，都不见了；所有的人，也不见了。这雪真是幻境制造大师，天地间只留下白，纵有强力翅膀，如何在白色中飞翔？

园有桃，其实之肴。
心之忧矣，我歌且谣。

《诗经》中那位贤士的忧时伤世，破空而来：园内确实有棵桃树，桃子是可以当作佳肴的，但我内心的忧伤无处诉，我只能唱起歌谣。

柳宗元嘴中，反复吟诵着《园有桃》，席地幕天的白，冰封千里的白，寒莫过于心寒，哀莫过于心死。一个意象逐渐清晰起来。

江面上，寒气氤氲，四下茫茫，一叶小舟，如褐点，荡在寒江间。舟上有蓑衣人，孤坐船头，拿了竿子在垂钓；不会是年轻人，更不会是有钱人，极可能是老渔翁、隐士。此翁或许已经很老了，但他世事洞明，他在这江里打鱼几十年，他知道，寒江鱼伏，不可能钓到，但他就是要钓，知其不可为而为之。

看着自己塑造出来的寒江独钓老翁，柳宗元的眼睛模糊了，转而又异常清晰起来。那江面上，分明又多了一位屈夫子，他临风骨立，大声独吟：举世皆浊我独清，众人皆醉我独醒！哎，怎么又多了一位披裘渔翁？定睛一看，却是那富春江边富春山下不事刘秀的著名隐士严子陵。

千山鸟飞绝，万径人踪灭。
孤舟蓑笠翁，独钓寒江雪。

千、万、孤、独。老娘不幸去世，革新派死的死，贬的贬，自己又拖着一身的病体，希望在哪里？这孤独，比舜皇峰还高，比潇湘水还深，它不仅是柳宗元的，更是那些报国无门的各类志士的集体宣泄。

四

“投迹山水地，放情咏《离骚》。”（柳宗元《游南亭夜还叙志七十韵》）这场雪，似乎就是清醒剂，也是大洗礼，他从此就变得从容不迫了。永州山水甚好，没有官舍，就住寺庙；龙兴寺大火，那就迁至法华寺；再到愚溪旁购地造屋定居，与农夫为邻，与山林为伴，好好生活下去吧。他要静观，他要等待，静观时局之变，等待报国的时机。

壬寅盛夏，我用半日时间，徜徉在柳宗元《永州八记》的实景里。虽蜻蜓点水，却也是一种深深的致敬。柳宗元在永州十年，留下的诗占他诗歌总量的三分之二，还有近三十篇山水游记及寓言，在我看来，沉郁的骚怨，俊秀的山水，闲适的田园，都是他唱给永州大地的最美歌谣。

柳子庙中殿上的牌匾“八愚千古”，我似乎看到了柳子的笑容，我乃本朝第一大笨人啊！“八愚”，有八种愚吗？有，还有更多！苦笑，怪笑，智慧的笑，柳子的笑容瞬时转换。

从柳子庙出来，我直奔千古之“八愚”，在愚溪边伫立。

溪不宽，水流静淌，阳光从树缝中射下来，水绿得有些凝固。愚溪不大，名气却大。柳宗元结庐而居时，溪叫冉溪，也叫染溪，污染严重，水呈黑色。他见不得这种与环境极不协调的黑色，带领民众治溪，清理与疏浚并举，还在数十里河道上构筑数十座堤坝。治理后的染溪，河清如镜，游鱼嬉戏，百姓欢喜得不得了。但柳宗元却一反常态，将此溪命名为愚溪，还将溪边的泉井、池塘、山沟、山丘等，一律命名为愚泉、愚井、愚池、愚沟、愚堂、愚亭、愚岛，一共八愚。这反常的做法，一定是有寓意的，他自己没有明说，但一般的人都推测，八愚，不多不少，应该是纪念与他一起被贬的“八司马”。我自嘲，还不行吗？嗯，就是。永州百姓索性送他一个号，曰“柳愚溪”。

钴锅潭，必须停下来。

这是愚溪上一个水流回转的小潭。钴锅是什么？就是古人的熨斗。这是个像熨斗一样的潭，潭西边二十五步旁有个小丘，丘不到一亩，上面却生长着竹子与树木，丘上之石头突出隆起，高然耸立，争奇斗怪，石头的形状，有的像俯身喝水的牛马，有的像山上攀登的棕熊。柳宗元喜欢得紧，仗着兜里还有几百文铜钱，就向小丘主人买了下来。游玩途中买到了好风景，索性整理装扮起来，铲杂草，伐杂树，点起大火将它们烧掉。呀哈，小丘原来天生丽质：嘉木立，美竹露，奇石显。再站到小丘中间观四周风景，则高高的山岭，飘浮的云朵，潺潺的溪流，遨游的鸟兽，它们似乎全部为小丘献礼来了。在小丘枕石而卧，将身心交与小丘，与天，与地，与周遭山水，一时灵通无限。

柳宗元是在写小丘吗？是，这是他游玩途中，兴之所至花四百文钱买下来的。然而，他绝非闲着无聊，言外之意也极明白，如此小丘，是如何被埋没的？

从小丘再西行一百二十步，隔着竹林，就听到流水的声音，这水声极特别，就如人身上佩戴着珮环相互碰撞发出的叮当声。柳宗元的脚步迈不动了，我们更迈不动。这个著名的小石潭，水尤清冽，全石为底，潭中百许头鱼，皆像空中游泳，阳光照射到水底，鱼的影子映在石头上，呆呆的，又忽然全都动了起来，它们似乎与人在做快乐的游戏。

如此美的小石潭，不能一味赞美，在失意文人的笔下，终于也没能熬住，他坐在竹树环合的潭边，看了一会风景，就有些凄神寒骨，一股深深的忧伤，迅速在心中弥漫开来。

五

永州之野产异蛇，黑质而白章。触草木，尽死，以啮人，无御之者。

我早年读《捕蛇者说》，总觉得有一股逼人的寒气。蒋氏捕蛇者要去捕那样的毒蛇，得冒多大的生命危险。然而，相较让人透不过气来的重赋，百姓却宁愿冒险捕蛇。在柳宗元眼中，蒋氏三代人的命运，就是普通大众的命运。

他忧啊，愁啊，这种忧愁，透显出深深的无能为力，只能为之悲愤，为之歌谣。这种呐喊，是寒江雪的冰碴中挤压出来的，虽有人性之温暖，依然透着彻骨的寒。

寒江谣，永州长歌。永州山水的欢快旋律，柳宗元的孤独与悲壮，共同铸就了中唐文学璀璨而绚烂的荣光。

原载《南方都市报》2022 年 8 月 28 日

“天上王城”纪王崮

张庆和

一队凌乱的人马，行色匆匆，甚至有些慌张。怎么能不慌张呢？他们刚刚摆脱齐军的追杀，宛若一只逃出虎口的羔羊，彼刻，求生的本能告诉他们，只有飞步疾行，远迁高徙，才是唯一的出路。

穿山涉水，披荆历险，不知道赶了多远的路，也不知到了何处何境，一片荒山野地横在了他们眼前。人困，马乏，实在走不动了，那就乘机歇歇脚吧。

有臣子来报：此处真乃神境。说山不像山，言峰不是峰，顶上平坦宽阔，周边崖险石峻，上有清泉喷吐，足下沃土可耕，莫不是上天赐予大王的安身圣地？

这大王不是别人，正是春秋时代纪国末代君主纪哀侯。

听了臣子的报告，纪哀侯巡视着眼前被莽林野荆覆盖的陌生之地，又望望身后远离的故国城邑，怀念与感叹，无奈与悲凉，乱云般萦绕上他的心头。

是呀，祖上的纪国，曾经是商朝东方的诸侯国，一直延续到西周再到春秋。而现在呢，国都陷落了，那片面朝大海、水肥土美的领地被齐军夺走了，而剩下的只有自己和这群落荒而奔的残兵败将与老少遗民。想到这些，纪哀侯不由哀叹：纪国位邻于齐，疆域不亚于齐鲁两国，当初是何等的辉煌。只因为周夷王年间，传言祖上有人进谗，致使夷王烹杀了齐哀公，因而齐纪结仇。从此，齐国就一直伺机吞并纪国。报仇是一个原因，而灭纪更是齐国扩张的必选之策。纪国曾经试图选择与鲁国结好，借齐鲁两强的矛盾而自保；鲁国也力图保存纪国，以抑制齐国的扩张。这种三角关系从公元前 8 世纪入春秋到公元前 690 年纪国灭亡，一场“三国演义”，你方唱罢我登台。

故事演进到末代国君纪哀侯，由于齐国进行了一系列改革，国力大增，在齐军的强力攻势下，纪国终于顶不住了。加上内部出现分裂，其弟纪季力主降齐，无奈的纪哀侯只好放弃国都，任由纪季处置，自己带一行人马弃城而去。

纪哀侯究竟去了哪里，无人知晓。他不像桃花源里的陶渊明，留下个《桃花源记》可追可溯。他留下的只是崮乡人祖祖辈辈的口口相传：这里是纪王崮，相传是古代一位诸侯王落败时的栖身之地。又因山崮高达570多米，被当地人称为“天上王城”。

就这样，一段鲜为人知的历史事件，被人们祖祖辈辈地猜测着、遐想着、口口传续着，直到清康熙十一年（1672年）、道光七年（1827年）的《沂水县志》，方载有纪王崮为“纪哀侯去国居地”一说。

如果说此两段记载是对人们世代相传的认可，那么2012年山东省文物局宣布在临沂市沂水县境内纪王崮的崮顶发现春秋时期国君级别的一座墓葬，佐证了《沂水县志》的记载，非虚而为实。尽管一时还没有确定到底是不是纪哀侯墓葬，但纪哀侯逃离时踏出的那条曲曲弯弯的路径，却宛若一个长长的问号，一直横亘在关注者面前。

所谓崮，其实就是四周陡峭，顶部平坦的山。这样的山在沂水县境内有七十二座，而县域内的泉庄镇便独占五十有余。那个山体最大最高、平顶最阔、承载历史的纪王崮就坐落其镇。千百年来，泉庄人以身居崮乡为荣耀，世世代代，敬重祖先，守望历史，努力保护纪王崮的原貌。壁立陡峭、依山就崖筑起的数丈高的巨石城墙至今巍然屹立，向世人宣示着一个王国的存在；让一夫当关千军难入的堞口石门，一声声诉说峥嵘岁月；崮上的点将台，崮下的拦马墙，还有王宫大殿前深50厘米、直径40厘米、曾经安插过纪氏旗杆的左右两个石窝，不但见证史事，也为走近它的人们带来遐想……

在出土的纪王崮春秋时期国君级别的墓葬内，人们只发现了殉人、殉狗、车马，以及青铜器和媵器等，除此并未发现其他骨骸。所以考古专家们认定，此处虽属国君级墓葬，纪哀侯却并未安葬在这里。

纪哀侯究竟去了哪里，无从查考。有人说，他领悟了百姓求安宁、天下谋统一的大趋势，只在纪王崮住了二十多年，便再一次弃城而去，独自游走他乡；也有人说，他们自知势单力薄，难与强齐抗衡，为求善终便自行遣散，其王室后代则以纪为姓氏，以此祭奠自己的祖国。

原载《中国艺术报》2022年9月5日

扶桑之上

周闻道

一下想起了泰戈尔的诗："夏天的飞鸟，飞到我的窗前唱歌，又飞去了……"

只是，此刻的飞鸟不是飞到我的窗前，而是一棵树上；不是一般的树，是神树，名扶桑。它们在成都平原这片神秘的土地上归隐了几千年，在一个偶然的巧合中，与世人见面。我相信，几千年的沉默，这见面的地点一定是有讲究的。选择在中国四川省广汉市西北的鸭子河南岸，而不是别的地方，都是天意的安排。谁能说得清楚那三个黄土堆的来历，"三星伴月"所伴的岂止是一轮弯月，还是悠悠岁月。于是，有了今天的三星堆，这个缘分的节点。

我非常清楚，再大的虔诚，我也只是一位过客。与这三星堆博物馆每天千千万万的过客一样，匆匆地来，匆匆地去，三星堆很难记得住我。但惊鸿一瞥，我却再也难以忘记了。它会让你浮想万端，为之神往。比如此刻，我在三星堆博物馆的一隅，站在一棵被称为"青铜神树"的扶桑之前，仰望枝头一只只意欲飞翔的神鸟，竟有一种莫名的飞翔冲动。当然，飞翔并不是单纯的展翅蓝天，而是对人类未来理想美梦成真的向往。

神鸟站立在青铜神树的枝头，脚跟结实而有力，头微微仰望，两眼直视苍穹。

文物是古文明的背影。在三星堆出土文物中，这样的青铜神树有许多棵，虽高低、大小、形态各不相同，但其神，都是惊人一致。这足以说明了神树在三星堆文明，不，应该是三星堆所呈现出来的古蜀文明，甚至华夏文明中的地位。一号青铜神树就在眼前，虽经几千年岁月熏染，但枝叶、飞鸟仍栩栩如生。

神树并不神，其实就是扶桑，原本就是一种植物，又名“若木”“建木”，只是后来被用来表达人们的生存之地和生存之道，就被神话了，甚而直接列入神话词条，继而以物名地喻事。在农耕文明时代，扶桑就是扶农，扶生命，扶理想；而所谓的“扶桑国”，其实就是东方式的“理想国”。显然，神话中的“其土多扶桑木，故以为名”更合乎逻辑；而“扶桑在大汉国东二万余里，地在中国之东”就不尽然了，至少中国之西的三星堆神树可以作证：蜀地有扶桑。

这里并不是要说树，而是要说助力神鸟栖息飞翔的扶桑，在古蜀人中的地位。

并不仅仅是传说，传说的背后是生命的原型。为什么不选择马桑、杨树、珙桐等作为神树寄托梦想，而要选择扶桑？因为当时的古蜀人认为，扶桑是沟通人间和天上的神树。

我终于明白了，这就是你飞翔的理由，三星堆青铜神鸟。

“蚕丛及鱼凫，开国何茫然！”哪里仅仅是指蜀道难，更是一种广义的生命哲学。无论蜀人还是其他什么人，在那个蛮荒年代，怎么生存下来，不至于走失，怎离得开扶桑？我的老家四川青神县，其得名也是“青衣蚕丛，教人农桑，人皆神之”。这不知是否与三星堆的神树神鸟有关系，但作为生命哲学，扶桑却是共同的神。

是的，扶桑扶桑，扶的不是树，而是国人古老的飞翔梦想。

是这样吗，扶桑之上，仰望太阳的神鸟？

不管神鸟回不回答，怎样回答，反正我是坚信不疑的。

我以我的自信，解读三星堆青铜神树神鸟，以一号青铜神树为标本。神树分为 3 层；树枝上栖息 9 鸟，有人说象征 9 个太阳，是“九日居下枝”的写照。我总是逃不出马斯洛的规律，认为它代表了人类需求的 3 个层次：生存安全、温饱小康、精神自由。神树出土时已断裂。有人猜测，那尚未复原的顶部还有一个太阳。10 个太阳，与《淮南子 · 本经训》上的“逮至尧之时，十日并出，焦禾稼，杀草木，而民无所食”相印证。他们栖息在扶桑之上，每日轮换。我更相信，那只尚未发掘和修复、象征“一日居上枝”的神鸟，正是人类梦想的最高层次；三星堆出土的立在花蕾上的神鸟和空心金杖，很可能就是扶桑意象的正反标本。

扶桑之上有神鸟，飞翔之上是太阳。不只蜀地，包括华夏，包括整个人类。

这种扶桑意象并非中国独有，在印度、亚述、埃及等文明中，也有过类似意象。比如亚述人的“圣树与带翼日轮”，北非腓尼基人的“圣树与太阳”，西亚米坦尼印章上的“日与树”纹饰、石梳上的圣树画，底比斯的神树壁画，古印度的“宇宙树”“太阳树”，古埃及的“天树”与太阳神霍鲁斯像，北欧宇宙树“伊德拉西尔”……都是神树崇拜的源流。

不是我牵强，这是神树神鸟的应有之义。

面前有《辞源》，诠释了扶桑树与华夏之“华”的历史文化渊源。我相信，不管是象形、会意还是形声，仓颉造字时总是有意义指向的。从“华”追溯到“華”，再到“花”，我发现了“木谓之华，草谓之荣”。可见，华（華）并非花，乃是一种树，神树；中国古人将测量日影的仪器称为“华表”，而且最早的华表之上，站着的并非狮子，乃是神鸟。

神树与神鸟，就这样融入华夏血脉，在三星堆落户，然后守候，等待飞翔。

因为，扶桑之上有太阳……

原载《四川经济日报》“悦读”副刊 2022 年 7 月 27 日

清照酒吧

张 劲

又是深秋。又是大雁南飞，残菊遍地。又见那位妇人，枯坐在那面熟悉的窗下，与淡酒厮守，与急风聊天。

枯坐到傍晚，窗外有了淅淅沥沥的雨声。一个寒噤，不经意间带出的两个句子，从她口中轻轻吐了出来：梧桐更兼细雨，到黄昏点点滴滴。

不用说，这妇人便是李清照了。李清照笔下的这一滴滴梧桐细雨，幽怨了宋，悲凉了元，从明淌到清，一直响了八百年……雨声不大，但叩人耳鼓。

时光流到20世纪80年代，我应邀协助操办市里的一次灯谜竞猜活动。当时电视荧屏上正在播出有关李清照的电视剧，学界也再次掀起了李清照的讨论热，于是我与几位谜家搜集编创，推出了五条灯谜。

五条灯谜都不太难，很快就被一些射谜高手猜中。第一条“太白床前明月光（猜一宋代文人）”，谜底是“李清照”。由太白带出“李”姓，床前有明月清辉朗照，这画面很美。

几年后，没想到我与“李清照”再次不期而遇。

当时某大学请我业余时间去帮助上点文学课，学生中有一女生名“李琴藻”，加之她又十分痴迷李清照，同学们都叫她“小李清照”。有一次我讲到李清照的“这次第，怎一个愁字了得”时，说作者所言之“愁”，不仅是愁中有苦，愁中有怨，愁中有恨，而且愁中有乐。

这位“小李清照”不能认同我“愁中有乐”的观点，递字条要我道个明白。我说，李清照善于言愁，也乐于言愁，她的许多作品都有一个愁的内核，她自己也是言愁高手。她借“言愁”来缓解苦闷，以饮酒来稀释和排遣忧愁，经过笔下的打磨，酒水的淘洗，文字的慢火熬制，愁的坚实硬核已经变松、变软，已经转化为一种写作的乐趣。作者从“言愁”中获得了对愁的一定解脱，寻觅到了丰富的审美愉悦，这是别一种“移情现象”，她把凄楚的愁变成了可供欣赏的美妙的艺术品了……

不知道这样的解释，能否被“小李清照”接受，反正课程结束后，我就再也没遇到过这帮学生了。

又过了几年，我去 E 市参加一个会议。报到后，独自出街闲逛。恰是“落日熔金，暮云合璧”，华灯初上的傍晚时分，信步行过两条街后，偶见街角一小店大书“清照酒吧”四字店招，心中不禁一动。待走近细瞧，见其店堂一侧有梧桐数株，玻璃窗边有装饰的假山喷泉，二者配合，倒也有几分梧桐细雨气氛。

此时晚风轻拂，落叶飘飞，店堂内有一伙客人你斟我酌，正于“三杯两盏淡酒”之际，高谈着近日股市行情。老板娘“守着窗儿”，一面笑吟吟地招呼着顾客，一面忙忙碌碌地指挥着服务生的行动。虽然也还是“到黄昏点点滴滴”，但她“滴滴”敲响的是计算机，手中“点”的是账目和钞票。那种梧桐细雨中“冷冷清清，凄凄惨惨戚戚”的气氛，是一丝半点也没有了。

端详片刻，我正欲转身离去，猛听见背后有人追来，连声高喊“老师留步”。来人正是那老板娘，一番自我介绍，才知老板娘正是那“小李清照”，“小李清照”正如那老李清照所言，与我“却是旧时相识”。

这位“旧时相识”，不过已由昔日在校读书的“小李清照”，变成眼前开店卖酒的“小卓文君”了。

我被邀进店内楼上落座，她又叫来自己的先生作陪。先生原来是她的校友，他手提啤酒、葡萄酒，还有茅台酒，笑嘻嘻地让我自选。我暗忖：这小两口选择卖酒为业，莫不是与李清照的影响也有点关系吧？

我们浅斟低酌，闲聊中话及昔日上课之事，“小李清照”叹道：老师可能要笑话我们“怎一个钱字了得”了。其实，在现代市场经济社会，愁与钱常常结伴而行。有钱固然不能完全消愁，但没钱却肯定生愁。同样的道理，有钱则居士“易安”，无钱则人居难安……不过，我们还是很崇拜李清照的，您从这店名便知我们的追求了。

她先生也以浓重的广东口音间或插话补充，归纳起来便是：我们开这夫妻店，想借梧桐来招商引凤，盼望财源如细水长流。我们以诚信为本，不嫌绿肥，不拒红瘦，欢迎酒朋诗侣常来，礼送香车宝马慢去，爱钱而尽量不染铜臭，求财而一定不忘纳税。我们一直都在寻寻觅觅，既想寻觅些物质的东西，也想寻觅些精神的东西，这样做，该不至于辱没老师您的教诲吧！

我笑道：士别三日便当刮目相看，何况咱们相别已久了。你们现在是老板，我是顾客，你们是闯市场的老师，我才是逛市场的学生呢。李清照不仅说过“寻寻觅觅”，还说过“争渡，争渡”，愿你们商海泛舟，码头争渡，物质、精神都双丰收吧！

出得店来，见一轮圆月已在梧桐树梢露出半个脸来，清辉流泻，树影婆娑。有一束月光，牵着窸窸窣窣的秋声，正好在那店招上悠悠徘徊。那镀金的行书字体，竟映射出异样的光彩——“清照酒吧”，似乎成了“请照酒吧”。由“清”而“请”，形容词变成了动词，陈述句变成了祈使句。

求请谁来照耀酒吧呢？是请月亮，还是请李清照？

不太清楚，却又是如此地明白。

原载《贵州日报》“娄山关”副刊2022年3月25日

雨与乡愁

侯修圃

我的故乡在平度西南乡，是一个东西长南北窄的平原小村庄。我从小受到雨的沐浴和水的滋润，感受彻骨，刻骨铭心。

故乡的雨，既与别处一样，又与别处不一样。每年夏天，雨水频频，故乡西湾的水平了口，但还是没有溢出，无风天气，像一抹镜面；碰到阴雨连绵，淅淅沥沥小雨，点点滴滴掉到湾里，水的镜面溅出点点小窝，急速扩张而成为涟漪；“细雨鱼儿出，微风燕子斜。”鱼儿欢腾嬉闹，不时地腾空而出，跃然而下，忽而东，忽而西，忽而南，忽而北，像天上的云彩，飘忽不定。也许云彩倒映水中，逗得鱼儿追云呢！燕子小姐举起剪刀，似乎要剪花，果然，飞出一高一低波浪式的曲线，把水剪得像一溜白色兰花；零星的几株荷花刚刚露出水面，荷叶铺在水面上，青蛙跳上去，舒舒服服地趴着，时不时地鼓起耳膜，扬起歌喉“咕哇、咕哇”地唱歌。倘若晴天，蜻蜓姑娘插着漂亮的双翅，早早地立在芦苇上，正应了“小荷才露尖尖角，早有蜻蜓立上头”的意趣。一只蝉攒着柳条打秋千，悠过来悠过去，像活泼的少女，还唱着“吻友、吻友”。欣赏音乐最易醉人，我被迷得醉醉的，希冀亮开歌喉和她们一起歌唱，一起舞蹈。倏忽，一只小鸟呼哒翅膀向芦苇扎来，陡然发现岸边有人，折飞向天，绕了一圈，恰似一方手帕，擦亮天空；微风吹拂，岸边杨柳摇曳，柳丝恰如拖在水面上的绿绿的裙子，被西斜的太阳照着，鱼鳞似的一抹艳红。

农谚：“有钱难买五月旱，六月连阴吃饱饭。”六月雨，很有特点：一般三日一小下，五日一大下，陡然一阵凉风吹过，似是来打前站的，天上乌云紧急聚拢，刹那间，密布暗黑，“咔嚓”一声响雷，大雨瓢泼一般，天上像万箭齐发，西湾平静的镜面被打破了，呈现出波纹、气泡、涟漪的景观。西湾周边的谷子、高粱、苞米、豆子被风吹得前仰后合，高树低灌跟着风的节奏一起一伏，响起一片“唰唰唰”声，恰如自然界大合奏。如果你撑一只小舟，披着蓑衣，戴着苇笠驾舟水域，就会感受到苏东坡老先生描写的“黑云翻墨未遮山，白雨跳珠乱入船。卷地风来忽吹散，望湖楼下水如天”的意境。可惜，北方大湾，鱼塘狭窄，无舟，就缺江南水乡的韵致。大雨过后，大朵乌云急遽地向南或向北飞奔。农谚曰：“云彩向北，一场大水；云彩向南，一场大旱。”太阳在云朵中时进时出，阵雨就变幻莫测了。

故乡的雨，在不同的位置，就有不同的感受。倘若你在家里，倚在门框上，从屋门向外瞧：前面那栋房子是砖混墙、屋顶斜坡黑色小瓦，瓦上泼水、跳珠，形似瀑布，顺流而下，如一道白色水帘，“哗哗”飞溅，地上冲出一道小沟，水就反弹出一道道浪花；天井里的水深没脚脖子，一个个水泡像漂浮的乒乓球，时起时灭，昭示着自然界的生灭规律。漂浮的草、木屑如坐着划子急速向阳沟流去。家家阳沟里的水奔向大街，集合起来像一条小河一起奔流向西湾。

那些年，夏天夜晚经常来暴风骤雨，照常是凉风做开路先锋，接着“咔嚓”一声炸雷，大雨倾盆而下。你躺在炕上，可听见雷声时近时远，近了似炸雷，远了像连续不断的隆隆炮声。大雨像架子鼓手，敲得院子里“叮叮、当当、嘭嘭、唰唰”，真像天然的打击乐器合奏；一道闪电照亮窗外的树，只听“嘎吱”一声，可能树枝被风吹断了。大雨渐渐地停了，还有滴滴答答的屋檐滴水声。除此，一片静寂，偶或传来“呱呱”的青蛙叫声，打破夜的宁静。第二天一早起来，并不是“绿肥红瘦”，而是断枝残叶，残红凌乱，一片狼藉，为收拾天井里的卫生平添了无尽的烦恼。十几岁来到青岛读书、工作，已 60 多年了。对故乡的山山水水难以忘怀，尤其是对故乡的雨有挥之不去的乡愁。故乡的雨，有形，有色，有声，有味；故乡的雨水像醇厚的老酒，我采一瓶，永远地珍藏！

原载《青岛日报》2022 年 3 月 8 日

齐长城的蝈蝈在欢叫

柳　萍

父亲的写字台窗前放着一只竹篾编的蝈蝈笼子，每次看望老人，还没等进到家门，就能听到蝈蝈嘹亮清脆的鸣叫。

据说，蝈蝈的寿命一般只有半年左右，而这只蝈蝈算到今天，已经在家里生活了 7 个月。它是一只来自齐长城的蝈蝈，是去年秋天我在马套齐长城的草丛中逮到的“精灵”，“献宝”给了向来喜欢蝈蝈的父亲。

父亲喜欢伴着蝈蝈的鸣叫声看书、写文章，感觉这样会有一种乡野清风的意境。他把蝈蝈笼放在植物的绿叶丛中，营造出一种野外的氛围，以便调整蝈蝈的心情，让它叫得更加婉转起劲儿。

一想到这只绿色小精灵是来自旷野山岭上古老的齐长城，饱饮天地珠露之精华长大，便觉得这叫声更加好听入耳。听着蝈蝈的叫声，眼前和脑海中便会浮现出孕育它的家园——重峦叠嶂中蜿蜒起伏的齐长城。

齐长城，是中国最古老的长城。它比万里长城还要早几个世纪，所以被称为“长城之父”。它位于山东境内，西起长清，东至黄海，全长 600 多公里，绵延在 1500 多座山峰上，被视作春秋战国时期齐国和鲁国的“分界线”。

齐长城最早载于《管子》：“长城之阳，鲁也。长城之阴，齐也。”唐代张守节《史记正义》中载：“齐宣王乘山岭之上筑长城，东至海，西至济州千余里，以备楚。”

去年的中秋时节，正逢天高云淡的好天气，我与媒体同行一起，行走考察钉头崖北面的一段齐长城。这段齐长城约有两公里长，位于济南市长清境内万德镇北马套村的东面。沿着钉头崖向北远眺，齐长城如一条巨龙盘踞于山脊之上，首尾隐藏在群山之中，通过它的走势能清晰地看出墙基的样子。

这段齐长城位于泰安、长清两地交界处，没有遭到人为破坏，得以原汁原味地保存了下来。所以我们看到这段完全没有经过后人加工、修复、改造的本色齐长城，心中不免庆幸和感慨。

脚下的齐长城，荆棘丛生，历经2500多年风雨侵蚀，城墙虽早已不复当年铜墙铁壁般坚实牢固，有些坍塌和荒颓，但蜿蜒起伏的宏大气势却依旧震撼人心。齐长城由夯土和石块构成，当年都是利用了自然地形，就地取材，把山川险要有机结合起来。古老斑驳的城墙，透出历史的厚重与深邃，几分苍茫，几多悲凉。如今的它已经不再是抵挡进攻的屏障，而是历史的见证。

小心翼翼地在齐长城遗址上行走，迈过城墙上面一块块掩映在草丛和尘土中的石头，仿佛走过一段段波澜壮阔的历史。它们不但见证了这片土地上曾经的金戈铁马、朝代更迭，也见证过世间的人情冷暖、苦难辛酸。

在石头缝间草丛里，有着众多的小生灵，各种不知名的鸣虫埋伏其中，抑扬顿挫地歌唱，此起彼伏地协奏着大自然的天籁之曲，城墙两侧，白色、粉色的野菊花灿然盛放，还有一簇簇红得玲珑剔透的野生酸枣，玛瑙般挂满枝头。

有那么一刹那，在蝈蝈的婉转清叫中，时光驻留，我竟有些恍惚。2500多年前，齐长城的这个地方不会也有蝈蝈的叫声吧？或许那时候正闪烁着刀光剑影、弥漫着烽烟战火，也未可知啊。

飞鸟偶尔在天空掠过，给静谧苍凉的空间带来几分动感。悠悠千里齐长城，多少曾经烟雨中。一段段城墙，诉说着一个个古老的故事，往昔的战争与喧嚣都消失在苍茫的历史长河中。

然而，古长城不寂寞。它沉静的外表下，是灵动的内里。岁月的沧桑带给它沉稳厚重，却也带给它生动内敛。不经意间，脚下会蹿出一只蚱蜢、一只蝈蝈，企图阻挡你的去路。待你要伸手捕捉时，却又以迅雷不及掩耳之势，腾挪躲闪得杳无踪迹，令人气恼又无奈。不过，身手敏捷的我终究还是捉到了一只在我面前大意挑衅的蝈蝈。大概没想到会成为我的手下“俘虏”，小东西气得肚子一胀一鼓的，随后便被我塞进了包中，带回城里。

在齐长城的城墙下，住着几户人家，开着农家乐饭店，院子里圈养着家禽。在城墙上能隐约听到农家传来的鸡鸣犬吠，还有村民呼唤孩子回家吃饭的叫声，把我们从时光的长城中拽回到充满人间烟火气的现实。

傍晚，夕阳中的齐长城，深邃而辽远，向着绵延的群峰山顶延伸，渐渐在暮色中沉寂模糊，耳边有呼呼的山风掠过，草丛的蝈蝈在鸣叫。

那只被我从山中齐长城上“领”来的蝈蝈，叫声清越、悠远，带着来自旷野的苍茫，带着天地的灵气和历史的回音，一路欢叫，声音响在齐长城，响在我耳畔，也响在父亲的窗前，声声不息。

原载《泰安日报》2021 年 11 月 6 日

二哥的水摊

张寄寒

一

端午节一过，盛夏悄然而至。家乡一年一度的龙戏如期开演。小学的操场上搭起了高高的戏台，请草台班子演戏两天。龙戏即为开戏的第一天，把镇上各条街道的龙管所里的水龙头，请到戏场的一张长条形的供桌上，举行隆重的祭拜仪式，祈盼风调雨顺，国泰民安。

龙戏的戏台搭在小学围墙内的操场上，围墙内外的观众都能看戏。我们学校放假两天。放假前，学校里已热闹起来，搭戏台的工人扛着木头、木板，在校园里出出进进。刚刚搭成的戏台上，爬满了我们学校大大小小的同学，他们在戏台上跳啊蹦啊！开心极了。

中午放学回家，我对辍学在家的二哥说：“明天我带你去我们学校看戏！”妈妈抢嘴说：“你二哥没空，明天去戏场上摆水摊，你们放假当二哥下手！”我一听，心里挺不好受，二哥是个中学生，摆水摊多难为情！谁知二哥却兴致勃勃地埋头翻阅一大堆教科书。我走近二哥身边问：“二哥，你在找什么？”二哥说：“我想用物理上学到的阿基米德原理做一只水箱，在水箱外出一根水管，让水管喷出水柱，然后在水柱上放一只乒乓球，它不但不落地，还会旋转。”我听得入迷，并产生了浓厚的兴趣。

我和妹妹放晚学回家，二哥正在忙碌着，他说：“试验成功了！马上做给你们看！”二哥把玻璃水箱的开关一拨，从水箱旁边的一根朝天玻璃管内喷出一条细细的水柱，一只乒乓球，放在水柱上立刻出现奇迹，水柱竟然能托起乒乓球，使它悬空不落地，并且能旋转。我和妹妹看得两眼发直，情不自禁地拥抱二哥欢呼！妈妈看了忍不住地发出笑声。

妈妈替二哥准备了五十只玻璃杯、五十块玻璃片盖、一只盛开水的铅皮桶、一只盛冷水的大脚桶、一只大勺、一只小勺、一张小方桌、一只小方凳，桌上堆着柠檬粉、薄荷水、糖精。这便是二哥摆水摊的全部家当。

入晚，我和二哥去戏场上选择水摊的摊址，龙戏的戏台骑跨小学围墙，走进戏场的必经之路便是校门口通往南湖广场的沿河小路。东找西找都不理想，我们突然发现南湖畔的一座石拱桥下有一块空地，我对二哥说："我们的水摊设在这桥堍吧。"二哥夸我有眼光。趁着一片明亮的月光，我们动手把桥堍空地上的野草拔掉，砖屑拾掉，一个水摊的摊址选好了。

回到家，妈妈在一只泥风炉前用菜萁烧水，她要烧满一缸薄荷水、一缸柠檬水。烧好后，妈妈让我们品尝，我和二哥喝了一小杯，二哥说："薄荷水凉！柠檬水甜！"

妈妈让我们早点睡，第二天起早去摆摊。躺下去了一直没有睡意，好不容易入睡了，梦见二哥的水摊上人山人海，二哥一个人忙不过来，我和妹妹想帮忙却使不出力，眼看一拨拨买水喝的孩子走掉了，心急火燎，一下子从睡梦中惊醒。

二

次日一早，妈妈在天蒙蒙亮便起身，给我们烧好一锅粥。我们起身时，东方露出一片鱼肚白，妈妈说："今天天热，是卖水的好日子。我们赶早出摊！"

我们和二哥吃罢粥，准备出发。二哥穿了白色短袖衬衫、米色西装短裤、白袜白跑鞋，一副城里的中学生的打扮。我穿的白汗衫、黑短裤、布鞋，妹妹穿的碎花短袖衫、短裙、黑布褡襻鞋。我们把水摊上的东西，从家里搬到戏场的桥边，来来回回跑了几趟，一个像模像样的水摊，抢先在戏场上摆了出来。

二哥把一杯杯薄荷水、柠檬水，整整齐齐地排在小方桌上，盖上了一块块的玻璃片。二哥制造的秘密武器也放在桌上，我和妹妹迫不及待地让二哥打开。二哥在一只玻璃水箱上轻轻地捣鼓几下，一根朝天玻璃管喷出一股水柱，一只乒乓球放在水柱上，水柱悬空托起乒乓球旋转。

这一幕立刻吸引了戏场上看热闹的孩子，围观的人里三层外三层，把二哥的水摊围得水泄不通。不多一会儿，桌上的薄荷水、柠檬水都卖空了。连戏场上的其他水摊的摊主也来看热闹。

戏台上传来一片热烈的唢呐声，一出戏演完，休息片刻，从戏场上涌来一群人，站在二哥的水摊前买水。顷刻间，薄荷水、柠檬水卖空，二哥让我和妹妹回家打水去。

回家路上，看到别人家水摊上的薄荷水、柠檬水，同样销售一空。

我们心急如焚赶到家，只见灶间一片烟雾腾腾，妈妈在泥风炉前烧水。我焦急地对妈说："二哥的水摊告急，摊上一杯水都没有了！"妹妹说："我看见别的水摊，水卖完，直接去南湖里舀！"妈妈生气地说："不可以这样！你们赶快把这桶刚烧开的水抬过去。"我和妹妹"吭唷、吭唷"地穿过热闹的戏场，边走边喊："当心！当心！"扛到水摊，二哥把一铅桶的滚烫热开水放到一只盛满凉水的木桶里，等它变凉。

可是，热开水一时凉不下来，我和妹妹拼命用纸扇给它扇风，前来买水的一个接一个，但都嫌水不凉，一个个都走了。我和妹妹急得像热锅上的蚂蚁，妹妹急吼吼地对二哥说："别人家的水摊上的水，卖完了都从南湖里舀！"二哥严肃地对我们说："卖湖水，我们不干！"我和妹妹听二哥的话，继续用纸扇不停地扇。二哥千方百计拿了一只水桶，提来一桶冒着冷气的井水，继续冷却热开水。

戏台上传来一片热烈的唢呐声，散戏了，看戏的人争先恐后来二哥的水摊上买水，不多一会儿，桌上的水卖个精光！

三

夕阳西下，戏场上一片狼藉。我和妹妹帮二哥收摊，两个来回便搬完。晚饭桌上，二哥向妈妈汇报卖水的情况，妈妈听了笑得合不拢嘴。妈妈表扬二哥做得对，掺湖水卖钱是不道德的！

次日一早，我们都睡过头了，妈妈把我们叫醒，吃罢粥后，她带我们去看灶屋间，那里有一只盛满水的大水缸。妈妈说："这是我给你们烧的一大缸开水，够你们一天的需要了！"天哪！妈妈一夜未睡，就在风炉前一瓦罐一瓦罐，烧满了一缸水。我们发现妈妈的眼睛都红了。

二哥的水摊出摊了。今天二哥拿了几根细竹子、一条破被单做了一个简易的遮阳棚。一个上午，戏台上还未演戏，戏场上依然人山人海，二哥水摊上的薄荷水、柠檬水一会儿就卖完了，我和妹妹又回家打了三次水都卖完。

我和妹妹吃罢中饭，边打水，边给二哥送饭。二哥吃饭时，我和妹妹看水摊，中午，买水的人特多，我和妹妹虽然忙得不可开交，心里却乐滋滋的。二哥的水摊离戏台不远，戏台上的演员可以看得清清楚楚。台上演出一个剧目，名叫《明末遗恨》，我看不懂，二哥边看边给我讲解："这个穿龙袍的皇帝叫崇祯，朝内大臣将军都离他而去，剩他一个孤家寡人！江山难保，走投无路，于是，崇祯皇帝在煤山上自缢。"听二哥讲戏，我对京剧产生了浓厚的兴趣。

下午演出开始后，二哥的水摊上生意清淡，二哥坐在小凳上边听演员唱戏，边自个儿哼了起来。二哥从小喜欢唱歌，他在小学读书时，经常活跃在学校的舞台上。听二哥有板有眼地哼唱京戏，也是一种艺术上的享受。戏台上幕间休息，戏场上的人一下子涌到二哥的水摊前。因为有妈妈准备了充足的水，二哥面对汹涌而来买水喝的人，不慌不忙地应对。

不多一会儿，桌上准备的薄荷水、柠檬水就卖空了。我和妹妹赶回家，抬出一桶冷开水，回到二哥的水摊，刚才几个排队没买到的人，仍等在摊前，二哥被他们的诚意感动，立刻给他们制作薄荷水、柠檬水。夕阳西下，戏场上人散了，清冷下来，二哥让我们帮他收摊回家。

龙戏结束，学校复课。上学到校时同学们议论纷纷，有的谈论舞台上的戏曲，有的谈论二哥的水摊。大家都说，二哥真能干，大家都喜欢看二哥水摊上悬空旋转的乒乓球，喜欢喝二哥水摊上的薄荷水、柠檬水。

原载《少年文艺》2022 年第 6 期

恰有金华一樽酒

李俏红

青花碗里盛着的金华酒，色如琥珀，绵稠柔润，香气浓郁；喝一口，甘美如幽兰，回味悠长。放了16年，早已没有了酒的青涩，甘爽醇甜的口感恰到好处地捕获了我的味蕾，让人越喝越想喝。

一直喜欢金华酒，很大一个原因是我生活在金华。走出家门，随时随地就可以和金华酒来一次亲密接触。

金华城的酒坊巷袖珍而迷你，小巷600多米长，走一趟不过十来分钟，却承载着千百年的金华酒文化。

其实，酒坊巷一开始并不叫酒坊巷，在宋时，它有另外一个名字，挺诗意的，叫桐齐坊。到了明代，有一个叫戚寿三的酿酒师在此开设酒坊酿酒，以精白糯米作原料，用红曲、麦曲作发酵剂，采用“喂饭法”分缸酿制，风味独特，自成一派。该酒色如琥珀，口味醇厚，成为酒中珍品，即金华“寿生酒”。其酿酒的水取自巷子深处的酒泉井，水好加上酿造技艺高，名气很快就传扬开来。后来，“桐齐坊”便更名为“酒坊巷”。直到清代中期，酒坊巷还酒肆如林，此处酿制的金华酒经码头上婺江，被源源不断地销往各地。

古时，金华地区婺江流域，东阳、义乌、兰溪等诸县所产的外销酒，统称金华酒，也称金华府酒。历代的名酒主要有：寿生酒、错认水、瀫溪春、东阳酒、白字酒等。据史载，吴越王钱镠偏安江南，岁岁向五代各王朝进贡，其中的绍兴酒和金华酒为定制的朝贡酒。

对于金华酒，我国古代文献中有大量的记载。

“县舍江云里，心闲境又偏。家资陶令酒，月俸沈郎钱。”唐代诗人韩翃的《送金华王明府》是最早提到金华酒的诗歌。南宋著名诗人陆游善饮酒，一生笔耕不辍，他的诗文风格，既有现实主义特征又有浪漫主义色彩。他在《龟堂独酌》里有“一榼兰溪自献酬，徂年不肯为人留”之句，点明他自斟自饮的酒就是产自金华兰溪的美酒。

元代诗家张雨有诗云：“鹤台道民掩柴扃，雁门才子宿寒厅。恰有金华一樽酒，且置茅家双玉瓶。”诗人虽然夜遇风雨宿寒厅，可内心按捺不住对金华酒的满心喜爱，忍不住写诗吟诵。在元代，金华酒流行全国，尤其是东阳酒备受欢迎，元人之间互相馈赠东阳酒多见于文献记载。散曲大家马致远《拨不断·菊花开》盛赞金华东阳酒：“菊花开，正归来……洞庭柑，东阳酒，西湖蟹。”文中将洞庭柑、东阳酒、西湖蟹并称为江南三大佳品。生活于元末的钱塘人李昱，其好友徐孟玑送来东阳酒，他欣然赋诗道：“故人远送东阳酒，野客新开北海尊。不用寻梅溪上路，春风吹气满乾坤。”诗中难掩获赠金华酒的喜悦之情。

这些妙笔华章，给金华酒平添了几分风雅韵味。

古典名著《金瓶梅》里写了许多饮酒的情景，经常提到各种名酒，写得最多的就是金华酒。如第二十回，李瓶儿教迎春：“昨日剩的银壶里金华酒筛来。”第三十四回：“西门庆看见桌子底下放着一坛金华酒便问：‘是哪里的？’”第三十五回写到吃螃蟹，月娘吩咐小玉：“屋里还有些葡萄酒，筛来与你娘们吃。”金莲快嘴说道：“吃螃蟹得些金华酒吃才好。”金华酒成了西门庆平日寻乐畅饮和逢节送礼的指定用酒。除了《金瓶梅》以外，明代还有许多小说中也描写了金华酒，如明代小说家邓志谟的《萨真人得道咒枣记》中：“开了碧澄澄的金华酒，煮了滑溜溜的玉糁羹。”顾起元《客座赘语》载：“京都士大夫所用，惟金华酒。”可见金华酒在明代是流行的好酒，也是当时社交场合必备的高档酒。

明人冯时化在《酒史》中说：“金华酒，金华府造，近时京师嘉尚语云‘晋字金华酒，围棋左传文’。”把金华酒一捧再捧，竟占字、酒、棋、文四绝之一。这说明了时人对金华酒的高度推崇。

李清照有没有喝过金华酒，不得而知，但按常理推断她肯定是喝过的，因为李清照是爱酒之人，在她的诗词中，把饮酒、醉酒及醒酒写得如此千回百转。她于南宋绍兴四年（1134 年）辗转漂泊，避难于金华，就住在酒坊巷内。也许正是金华酒抚慰了她深受创伤的心灵，温暖了她日渐疲惫的身心，她穿过酒坊巷，登上八咏楼，感慨万千，赋诗云：“千古风流八咏楼，江山留与后人愁。水通南国三千里，气压江城十四州。”从此一首《题八咏楼》气势恢宏，亦成千古绝唱。

清康熙年间，学者刘廷玑在他的《在园杂志》中写道：“京师馈遗，必开南酒为贵重，如惠泉、芜湖、四美瓶头、绍兴、金华诸品。”清乾隆年间，诗人袁枚在《随园食单》中说：“金华酒，有绍兴之清，无其涩；有女贞之甜，无其俗。亦以陈者为佳。盖金华一路水清之故也。”随园先生算得上是品酒行家，出于偏爱，他认为金华酒品质超过了绍兴酒，口感清甜，而无苦涩之味，大概跟水质有很大关系。可见，当时的金华酒是可以与绍兴酒相提并论的，甚至还略胜一筹。

在金华西南白沙溪北岸，相传曾有宋代的一个官办酒坊，系宋时金华地方之巨贾富商潘氏宗族所经营。酒坊原名“酤坊”，后“酤坊”被简称为“古方”，现在当地乡民依然习惯称“坊里”或“酒坊里”。岁月如梭，昔日的酤坊酒早已不为今人所知，连酒坊也没了踪影。只有空旷的场地中仍留有一片数百平方米的酒场屋基……

而今，金华酒虽然声名不再，但金华乡间的农家酿酒之风存续至今。到了做酒时节，家家炊新酿，户户透醇香。对于金华人来说，逢年过节，金华酒依然唱主角。

空闲时，和朋友坐在婺江边，倒上满满一碗金华酒，在夜风中闻着随风飘散的酒香，在酒香中想象唐宋的风雅、明清的市井……两旁是粉墙黛瓦的老建筑，月色迷离，恍若隔世。

原载《光明日报》2021 年 10 月 29 日

积蓄一生换一树丰腴

胡笑兰

我的住所附近有一片很大的桂圆林，林子依着茅洲河。因为它，我有缘与桂圆亲近。我想我常去那里跑步，一大半也是因为那些桂圆树。那些遒劲的树干、四散的枝柯，像是调皮乱窜的孩子，从不感到疲倦。它们让我的视野满是葱绿。

少时见到的桂圆都是干果。米黄色的壳，褐色的果肉，褐色的核。果肉的甜味刺激着味蕾，让人半天舍不得咽下去。只有产妇、老人或病弱者能有幸常吃，或者经济宽裕的人家，年节时备一包桂圆干馈赠亲友，那也是贵重得很。主人自己舍不得吃，往往拿去送人——这意味着付出了赤诚的热情，“你看，我把最好的都给你了”。得到厚礼的那一方，自然也不会轻易拆开。那包桂圆干代表一种友好的仪式，在各家周游。那已是几十年前的事了。

我在我的家乡从未见过桂圆树。第一次见到它，我这颗敏感之心便欣喜不已，投以新奇与探究的目光。也许每一个来到岭南又第一次看见它的人都会像我这样。以前读杨万里的诗：“桂树冰轮两不齐，桂圆不似月圆时。吴刚玉斧何曾巧，斫尽南枝放北枝。”诵读之际，眼前并不能呈现桂圆缀满枝头的画面，唇舌间亦没有它们甘甜的滋味。及至步履踏上此地，关于桂圆我才完成了从概念到具象的认知。

四月，那片桂圆树就开花了。那些细碎的花，靠近了看竟是一个个簇在一起的小星子，远看更像是一朵花，花萼四张着，像抱成一团的小刺猬。这时岭南已经很热了，太阳直直地晒在人身上，使那片树荫更加诱人。我在桂圆树下躲阴凉，发现树下的风都是香的、甜的，香和甜裹在一起。一些蜜蜂和蝴蝶腻在那里不愿离去。还有两只花蜜鸟，它们的身体被绯红、橄榄绿、亮黄的渐变羽毛包裹着。它们轻盈地跃动于枝梢，伸出长长的喙，品尝甜甜的花蜜。它们啾啾鸣叫，叫声清脆短促，声调里似带着欢喜。

这里纯净的清香引诱着我，让我恨不能也变成花蜜鸟，为桂圆树“做媒”。花蜜鸟是称职的月老，它默默地努力，并不表明心迹。它与枝头开出的花一同沐浴阳光，一同经历风雨。它懂得花的语言，并与花交谈，在花与花之间传递情意。这种自然界的关系由来已久，想是比人类的文明更为古老。鸟儿熟悉自然，熟悉植物，也了解花朵内心的秘密。于是，花蜜鸟尝到了甜甜的花粉，桂圆树完成了授粉。它们各自安好。我想，每一场劳作、每一种付出的价值与美感莫过于此吧。

桂圆树的躁动是隐秘的。七八月，桂圆树结果了。那些淡黄色的花似乎一夜之间换成了青幽幽的果，满树满枝都是。我站在那里，有些懊恼。但又一想，于这些桂圆树而言，我始终是一个旁观者，就那么一错眼的工夫，我没能看见它结果，也没见证它蜕变的过程。或许这世间许多事情都是如此，我们只见到结果却没经历过程，这更是让人心生敬畏的缘由吧。

起先桂圆很小，嫩绿里透点黄，像贵妇人颈项上的翡翠。过几天再来时，那些绿的小串珠儿长大了、变黄了，上面裹着黄澄澄的一层粉。那是桂圆保护自己的一层果粉，像是做了亚光处理，发出柔和的微光。

正午时分阳光炽烈，把桂圆也照得透亮。阳光慷慨地遍洒下来，果子吸饱了阳光，攒着劲儿长，我似乎能听见果子生长的躁动之声。入夜，桂圆在昏黄的灯影中安静下来，将果汁收藏。它们像一个个思想者，积蓄力量酝酿着下一场生长。桂圆变得浑圆，变成了深沉的黄褐色，而果脐突出显白色，看起来像是传说中龙的眼睛，因而得美名“龙眼”。才离枝的桂圆新鲜无比，汁多味甜，实乃干果所难以比拟。

与桂圆的相遇，让我看见生命的另一番景致。在这片富庶的大地之上，它再不是人们舍不得享用的“稀罕物”，但在我心里却留存了另一份“稀罕”——稀罕的是生命千变万化、生长丰盈的模样，它让人心生感慨。因缘际会，我到了南国，像一曲婉转的黄梅调，吸饱了水磨腔，又被海盐腔、粤曲腔滋养，由圆润到精致，须用一生的积蓄换得一枚丰腴的果。

原载《解放日报》2022 年 8 月 14 日

我想在西湖的一片叶子下隐居

半　文

其实，我需要的不多，有时，我只想在一片叶子下面隐居，躲一躲这个世界的纷繁与喧嚣。这个世界太大，我需要小一点。隐居在一片叶子下面，用叶子挡雨，用叶子遮阳，用叶子扇风，用叶子隔尘。这叶子多像是一个小小的世界，可以在叶子下面两小无猜地说说闲话，有一句没一句，长一句短一句。没有非说不可的话，也没有非做不可的事。喜欢的话，也可以坐在叶子上晒晒月亮、数数星星，数累了，就睡会儿。睡醒了，可以接着数。不想数也可以，看萤火虫飞来飞去，照亮这个世界。不必非要抓起来，放进丝囊。人家囊萤，是为了照亮一本书，照亮一个人的前程。事实，不放进囊里，它能照亮整个世界。这个世界，远比一个人的前程要辽阔很多。

这片叶子也不需要很大，不必棕榈、芭蕉、荷叶那般亭亭如盖。只需如桃，如李，如栀子，如茶叶，不必大，但最好自带香味。我喜欢香味，特别是来自时间深处的香味，像灵魂散发的芳香。请原谅我的奢侈，我需要的不多，但对香味还是着迷，虽然明知香味无用。但隐居生活，还是需要有些无用的东西，譬如一片茶树的叶子，譬如一缕茶的香味。

在西湖，我看到许多的叶子，譬如桃叶、李叶、春梅叶、樟树叶、杨柳叶、天堂草叶、酢浆草叶，花的树的果的草的叶子，都很好。西湖，是有山有水之地，枝繁叶茂。如果可以自己挑选，我希望是在一片茶树的叶子下隐居。虽然这个世界，可供挑选的机会不多，但我还是希望奢侈下，挑一片自己喜欢的叶子隐居。

茶叶好。“茶者，南方之嘉木也。”“嘉”是好。茶树是一棵好树，茶叶自是一片好叶子，西湖又自有好茶叶。在一片茶树的叶子下隐居，渴了，饮一滴叶上落下的水，就是茶饮。对我来说，茶是这个世界上最好的饮料。因为茶有历史。唐人陆羽说："茶之为饮，发乎神农氏，闻于鲁周公。"神农氏多远？远到我极目远眺，望不到边。过了神农氏，过了鲁周公，到茶圣陆羽所在的唐朝，茶就很流行了。陆羽走遍千山万水，只为一片茶。他曾在杭州西湖考察，写下"钱塘灵隐、天竺二寺产茶"。唐朝寺庙多，寺庙多产茶。是时，一片茶树的叶子，就是一个文化符号。

到《红楼梦》，茶是日常起居，亦是待客必备。想起"红楼梦"，自然想起那个槛外人妙玉，想起栊翠庵，想起伊精心收取梅花雪，以青花瓷瓮收着，埋在地下珍藏，用来沏茶待客，想起"一杯为品，二杯即是解渴的蠢物，三杯便是饮牛饮骡了"之妙论。对国人来说，茶是阳春白雪，也是下里巴人。茶是历史，也是现实。一片叶子，几乎覆盖整个华夏的文明史。生活在一片叶子下，一抬头，看见一片叶子上的经经脉脉，就像看见几千年的历史。长的短的粗的细的壮阔的狭隘的，几千年的文明史浓缩在一片叶子上。你看，或不看，都行。反正，它就在那里。想想自己在这个世界上能活的那些日子，不过蜉蝣一日，不过南柯一梦，便不必多想。渴了饮，困了睡，多好。

茶的叶子自带历史深处的芳香，虽不浓烈，胜在久远。茶香胜酒。在一片茶的叶子下隐居，灵魂便也自带香味。郑板桥有诗："茶香酒熟田千亩，云白山青水一湾。若是老天容我懒，暮年来共白鸥闲。"在西湖的山水之间，觅一片茶叶，正可过板桥先生的鸥闲生活。我没有白鸥的翅膀，不会飞。但我的思绪可以，上下八千年，纵横九万里，古今，中外。飞得比白鸥快，飞得比白鸥远。扶正自己，在一片茶的叶子下打坐，鼻中有清香，脑中有神明，让思绪，在一片叶子下飞一会儿。

此世间，茶不过两种状态：浮，或沉。浮是好状态，沉亦不错。初入杯，叶浮于水，看秋月春风。久而饱满，沉于杯底，几近圆满。浮更好，沉更好？想通了，不过是一片叶子的沉与浮。

茶人不过两种姿态：拿起，或放下。拿起，欢喜。放下，亦欢喜。弘一法师总结这一生，不过四个字：悲欣交集。欢喜好，悲伤亦好。隐居在一片叶子下，需要把这一生从头至尾捋一遍。浮浮沉沉苦苦甜甜，都是人生。人生百味，少一味不少，多一味不多，尝过便好。

"神农尝百草，日遇七十二毒，得茶而解之。"多好。对人生来说，茶不只是茶，茶也是药，是一味解毒的良药。在一片茶的叶子下生活，便不会中人生之毒。以西湖的山为杯，以西湖的雨为水，摘一片湖边的茶叶在水里，一天喝一杯，一杯喝一天，一片叶子，一日便过去。喝了长，长了喝，无穷无尽，无始无终，一生便亦过去。我相信，这叶子，在神农氏之前，已存在千年万年，在我身后，仍将存在千年万年。对这片叶子来说，我只是一过客。不过，我仍不可救药地迷恋这一片叶子。《神农食经》说："茶茗久服，令人有力、悦志。"这一片叶子多好：不仅可以解毒，还可以让人有力气，让人愉悦。这世上的快乐虽然不多，但用力找找，总能找到一点。譬如，在一片叶子下找找。譬如，在一杯茶里面找找。

《帝王世纪》云："神农氏在位百二十年。"一片叶子，拉长了神农氏这一生，身轻体健，延年益寿。虽这一生对一片叶子来说，不过一瞬，不过，还是想让这一瞬，能更久一些。这一片叶子下的生活，实在是让人向往啊。我喜欢去西湖。去西湖，在山山水水之间，转山，转水，转路，发现湖边的隐者不少。不过，现在湖滨太过繁华，不适合隐居。沿杨公堤，沿龙井路，向着西湖的山水深处再往里走走，走千步，望见漫山遍野的茶树，我莫名欢喜。找一片茶树的叶子，是否龙井？是否陆羽当年那一片？无所谓。我只想在一片叶子下隐居，闻得见茶香，望得见山水，多好。最好还能有一本书。"茶能醉人何必酒，书能香我不须花。"有茶香，有书香，人生便是圆满，这个世界便让人满足。

真没有，也算。反正，这世上也没有非读不可的书。反正，有这片叶子就好。一片叶子，就是一部长长的史书。没书的日子，抬头望望，看一片叶子的脉络，就是起伏的江山，蜿蜒的历史。

隐居在一片叶子下，我，就像自己的帝王。

原载《浙江散文》2022 年第 1 期

辑 四

忆蜀山

赵丽宏

脚下的石板路，沿着依山傍河的小街蜿蜒。路面石板经历了千百年风雨，被无数代人的鞋底踩踏，虽斑驳不平，却光滑如玉。石板路的中间是空的，石板下面是排水沟。在石板路上行走，可以听见自己的脚步声，走得急时，扑通作响，仿佛是从遥远的地方传来了鼓声。

走在镂空的石板街上，不仅能听见脚步声，还隐约有流水的声音，那是河水的韵律，是山泉的吟哦，是积水从屋檐滴落在街边石条上的回声。小街的两边，都是古旧的砖木房屋，精致的木门木窗，斑驳的粉墙，墙角的青苔，呼应着墙上那些留存着岁月痕迹的店招和标语。小街两边的房屋间，不时出现一条条极窄的小巷，仅可容一人侧身穿过，如深山中那些“一线天”。小巷虽不长，却让人感觉幽深，因为，两边小巷尽头的风景不一样，一边，是绿意蓊郁的山景，是山脚下茂密葳蕤的兰草灌木，另一边，是波光潋滟的河景，河水在斑斓天光下流淌。

小巷尽头的山，是蜀山；小巷尽头的河，是蠡河。

五十多年前，曾经踯躅在蜀山脚下。那时，我还是18岁的少年，第一次远离家门，在这里学木匠谋生。我的住地在离蜀山不远的一个村庄里，经常来蜀山脚下干活。遇见蜀山古镇时，心情郁闷，身体疲惫，没有旅游者的心情，但是古镇上的景象，还是让我惊奇。

对蜀山古镇的第一印象，是镇头那座蜀山大桥。这是蠡河上的一座古老的石头拱桥。初春之晨，稀薄的晨雾还在河面飘漾，蜀山大桥却是一番热闹的景象。高高的桥面上，行人熙熙攘攘，小贩在桥上摆摊卖水果蔬菜日用百货，人们在桥上大声吆喝，讨价还价，也有人站在桥头聊天拉家常。桥下，暗绿色的蠡河水在流动，河上船只来来往往，桥上的行人和桥下的船工高声应和，互相打着招呼。稍大的木船从拱桥的圆洞中穿过去时，有一番惊险的场面。艄公站在船头上，挥动一根长长的竹篙，在河面和桥墩上撑击点舞，船上的人和桥上的人都在紧张地大呼小叫，唯恐木船撞到石桥上。最终的结果，总是木船安全地穿过了桥洞……这景象，很像是《清明上河图》中那座大桥。走在这样的桥上，挤在杂色的人群中，我突然觉得自己成了《清明上河图》中的人物。

那时走过蜀山老街，总是脚步匆匆，没有看风景的闲情逸致。但是街上总有些独特的景物吸引我。蜀山镇附近，几乎家家户户都在做紫砂茶壶，那是天下少有的情景。做茶壶的人，男男女女，老老少少，不可胜数。他们有的沿街坐着，有的在门户敞开的堂屋里，也有在河畔的石桥边，在路边的树荫下，坐在低矮的板凳上，面对着一张质朴的木桌，盆盘中堆着紫泥，桌上摆着简单的工具，有一人埋头独做，也有二三人围坐合作。让人惊叹的是制壶人那些灵巧的手，紫泥犹如柔软的糯米糕，被这些手敲打着，揉搓着，拿捏着，搓刮着，塑造成一把把形态各异的茶壶。这些未经烧制的茶壶泥坯，看上去就是完美的艺术品，玲珑温润，闪烁着紫红色的光泽。

那时无知，曾以为这些紫红色的茶壶，就是成品，晾干后就是可用的茶壶。后来才知道，它们必须送进窑中经烈火焚烧，才能脱胎成紫砂壶。由砂石泥土变成紫砂茶壶，是一个奇妙的过程。而这个过程，就在蜀山周围完成。

我曾经问街边的制壶人，在哪里烧制这些紫砂壶，他们指着近在咫尺的蜀山说："就在山上。"我抬头看蜀山，只见山上云气飘旋，那是烧窑的柴火在冒烟。

做紫砂壶是蜀山人的日常生活，也是他们的生计。蜀山人离不开紫砂，而那些做紫砂壶的高手，也是蜀山人的骄傲。

古镇上有好几家茶馆，每天早晨，茶馆里人头攒动，很多人坐在茶馆里喝茶聊天。桌上，摆放着大大小小的紫砂壶，还有各式各样的紫砂茶盏。水汽、茶香和宜兴方言在茶馆里交融，形成浓酽的氛霭。坐在茶馆里的大多是老人，但我对茶馆有兴趣，心里常想着，什么时候有机会，也能进去坐下来喝一壶茶。一天下午，提前完成了一天的活计，我到镇上的一个澡堂里，洗净了身上的汗垢，然后走进一家坐落在山脚下的小茶馆。

下午的茶馆，店堂里茶客寥寥。我找了一张临窗的桌子坐下来，窗外，绿荫闪烁，那是蜀山的影子。一把紫砂壶端上来，茶香扑鼻。我用笨拙的动作把热茶斟入小小的茶盏时，从壶嘴里射出的茶水大半都溅在桌面上。就在我慌忙擦桌子时，邻桌的一个茶客站起身，在我对面坐了下来。这是一个面目清癯的中年人，穿着朴素，举止文雅，像是个当老师的。他伸手提起我面前的茶壶为我斟茶。茶水从壶嘴里射出来时，水柱有点歪，但还是不偏不倚地斟入小小的茶杯。他放下茶壶笑着说："这不怪你，这把茶壶做得不够好。"

"你也是做茶壶的？"我问。

他微笑着，不置可否。这时，店里的一个伙计跑过来，惊讶地问我："你不认识他吗？他是顾景舟，他是名人，宜兴最好的紫砂壶就是他做的！"

顾景舟？我从来没有听说过这个名字。

中年人见我一脸懵懂，笑着说："别听他瞎吹。"他说着，把自己的茶壶从旁边的桌子上端过来，一边喝茶，一边问我，"你就是那个上海来的小木匠？"

我诺诺地点头，又摇头答道："我刚来不久，还没有学会做木匠。"说心里话，我并不喜欢做木匠，在这里拜师学艺，曾被人告知，要先磨刀三年。每天的活计，除了为师傅磨刀，就是拉大锯，把粗大的树段锯成木板。一天下来，精疲力竭，浑身酸痛。我想，做茶壶，比干木匠活有趣得多。

他见我愁眉苦脸的样子，笑着说："你还小，应该读书。学点手艺也没错。"

我看着窗外摇曳的绿荫，突兀地问："这里不是四川，这座山为什么叫蜀山呢？"

"问得好！"他脸上的微笑没有消失，"这是因为苏东坡上过这座山。知道苏东坡吗？"

苏东坡我当然知道，我还知道他是四川眉山人，也知道他曾经游历天下，写过无数美妙的诗词。他生活的年代，距今九百年，想不到他也到这里来过。他来到这里，这座山就变成了蜀山？

他似乎窥见了我心里的疑问，慢慢地解答道："这座山原来叫独山，苏东坡来这里，上了独山，觉得这里的风景和他家乡很像，他说，此山似蜀。蜀山的名字就是这么来的。”

他喝了一口茶，看着窗外的绿荫，仿佛是自言自语：“蜀山脚下，还有东坡书院呢。”

东坡书院？现在还在吗？当时到处都在“破四旧”，蜀山的东坡书院难道还能保存？我问他东坡书院在哪里，他说：“在山的另一边，现在是学堂了。”

他放下茶壶站起来，拍拍我的肩膀，转身走出店堂，脚步悠然，感觉是飘出去的。我记住了他的名字，顾景舟。

很多年之后，我才知道顾景舟作为紫砂艺人的地位，他是承前启后的紫砂工艺大师。我在蜀山遇见他时，正是紫砂艺术被忽略的时代，也是他失意的日子。茶馆里邂逅的那一幕，在我记忆中却不是一个沮丧落魄的艺术家，而是一个平和睿智的读书人。我不会忘记他脸上那善意的微笑。

那天从茶馆里出来，我沿着山脚一路寻找，走到古镇尽头，绕过蜀山，在山的南麓，终于找到了当年的东坡书院。那时，这里已成为一所小学，但依然保留着东坡之名：东坡小学。我站在校门口，隔着门墙往里看，只见院落里古树参天，天井里散落着一地斑驳的树影。正是放学的时候，孩子们的欢笑声从里面一路传出来……

我在东坡小学门口站了很久，心里想象着苏东坡当年如何在蜀山脚下流连忘返。后来我才知道，苏东坡和蜀山的传说，并非虚构，苏东坡确实到过这里，被这里的山光水色和风土人情吸引，曾有过置田盖房、终老蜀山的念头。这些有苏东坡留下的诗文为证：“吾来宜兴，船入荆溪，意思豁然，如惬平生之欲。逝将归老，殆是前缘。”在他的一首词中，东坡先生这样抒发自己的情怀：“买田阳羡吾将老，从初只为溪山好。来往一虚舟，聊随造物游。有书仍懒著，水调歌归去，筋力不辞诗，要须风雨时。”东坡小学的古老前身，曾经是苏东坡住过的草堂，故被人们称为东坡草堂，后来，在这里建起东坡书院，再后来，成为东坡小学。

那天离开东坡小学，已近黄昏，但我还是不想急着回我寄居的村庄，我要登上蜀山顶看看。山不高，从南麓攀登，越过山峰，下山就可以回到蜀山大桥边。没有找到上山的路，我从树林和山石间择道攀缘。登临山顶时，正好看到日落，天边的云霞如无边无际的火焰，慢慢吞噬着一轮血红的残阳。从山顶俯瞰，蠡河是一条晶莹的光带，古镇的黑色屋脊在山脚下蜿蜒，像泼洒在山河之间的一道浓墨。我也看见了依山而建的龙窑，那是一条攀卧在山坡的巨龙，被古树掩映着，被烟雾笼罩着。巨龙的腹中，蕴蓄着熊熊火焰，那些被灵巧的手捏制成的茶壶和陶器，正在烈火中涅槃新生……

半个多世纪过去，山河依旧，但人间的景象天翻地覆。在我的心里，蜀山总是隐藏着一些古老的秘密，虽然只是一座小山，但是和我以后登临过的无数名山相比，蜀山的清丽奇秀，还有它的孤寂和诗意，它的云缠雾绕的烟火气息，成为一幅意境独特的画，烙在我的记忆中。

近日重返蜀山，看到了新时代带来的变化，陶都丁蜀，是富甲江南的名镇，紫砂工艺，早已成为举世瞩目的中华国粹。东坡小学又成了东坡书院，现代紫砂作坊星罗棋布，龙窑进了博物馆。蜀山古街上，石板路还在，老房子还在，当年的气韵还没有消散。在临街的小楼中，有顾景舟的故居，门口挂着牌子，成了供人参观的博物馆。我想，当年在茶馆里遇到的这位大师，那时就是在这里隐居吧。

原载《文汇报》2021 年 12 月 1 日

记晋江的三顿饭

张　陵

一

作家许谋清问我，还记得当年那顿饭吗？

20多年前，许谋清回到自己的故乡晋江挂职，深入生活，积累材料，准备写一批反映经济发达地区生活的作品。我那时在《文艺报》当记者，自然会追踪报道。许谋清当时已经领头在写一部晋江民营企业家的报告文学，也就带我认识几个参与写作的晋江的作家诗人，其中有文联主席黄良、文化馆馆长刘志峰。这两个人后来成为我感知晋江的向导和朋友。

有一天深夜，许谋清突然来敲我的房门，说有几个企业家想请我喝酒。我以为是当时晋江的传奇人物，到酒店后才知道是四个年轻的企业家。

四个人，有三个做运动鞋、女性内衣、男人领带的老板，还有一个生产实用瓷的。他们对许谋清很尊重，一口一个许老师的。他们并不急着开瓶，只是抽烟聊天，说说他们的发家史。听下来知道他们都是靠着侨资发家致富的，从“前店后厂”上手，如今生意做得风生水起，很有实力。

喝酒的时候，上什么菜记不得了，可酒还记得。说是美国加州的葡萄酒，圆瓶装，每瓶装3公斤，一下子上了6瓶，算下来有36斤。这种葡萄酒其实是一种低档酒，品质并不高，现在早就没人喝了，但当时他们特别爱喝，酒喝完了，尽兴了，天也亮了。葡萄酒后劲大，几个老板烂醉如泥，大睡不醒。我和许谋清大概被这阵仗镇住了，喝得非常谨慎。量不少，人没倒，许谋清还能摇摇晃晃去结账。

我很想知道这几个老板发展得如何。许谋清说，没有一个人最后成功。他们以前都是穷苦农民，突然暴富，成了有钱人，不知学习，只会花天酒地，创业失败一点儿也不让人吃惊。每天都有人破产，每天都有人创业。当年写报告文学的时候，作家们对怎样评价怎样写这些农民企业家，怎样看晋江现象争议很大。后来大家还是往大历史大时代看，才统一了写作思想。他们被历史被时代淘汰了，可晋江却挺起了恒安、利郎、安踏、特步、劲霸、九牧王、七匹狼……

二

我对黄良说，你请的那顿饭，吃得最满意。

黄良不当文联主席以后，去了文化体育新闻出版局当局长，从一个作家文人变成了政府官员。晋江城市更新，需要拆掉城市边上的老村子、老房子，宽道路，盖新楼。有个“城中村”，豪门府第、大姓祖屋、华侨大宅多，老百姓不让拆，反应还很激烈。有高人出主意，不让拆，就保护起来嘛。于是政府就有了文化街区——五店市的最早创意策划。黄良就是把这个策划变成现实的执行人。五店市的故事说得有板有眼，文化效应非常显著，那就是帮助大家凝聚起一个共识：寻找晋江的记忆，回望晋江走过来的路，激活晋江人心灵深处的乡愁。

赶巧那阵子我老在福建出差。黄良便常约我去五店市的工地看看，顺便帮他出点文化上的主意。当然，我帮他出不了什么好主意，倒是帮自己树立了一个实实在在的认识：保护可比拆迁难多了，搞文化街区可比房地产慢多了、累多了。边上有个开发商的高档花园，模型做出来，楼花就卖光了。一开工，几十台吊车一起上，轰轰烈烈，热火朝天，半年就立起十几幢高楼。五店市这边则死气沉沉，没有什么动静。工地上到处老砖旧瓦，破门框烂木梁，好些是从乡下拆过来的。虽不值几个钱，却像宝贝一样，被仔细编了号，小心堆放着。黄良陪我一路走，一路讲解，不厌其烦，如数家珍。我也听不太明白，一个上午听下来，知道五店市的老房子中有明清时期的建筑，但不多，时间跨度也就四五百年，修旧如旧地体现了福建闽南地区的民居建筑特点和文化风格，寄托了闽南人的情感和乡愁。

看我走不动了，黄良才想起肚子饿了，应该吃饭了。不去酒楼饭店，就在工地的食堂吃。有一座华侨留下来的三层洋楼，临时征来当指挥部。上面两层当办公室，下面一层当餐厅，请了一个农村阿姨每天做饭。标准的四菜一汤。煎带鱼、红烧肉、白灼虾、炒青菜，外加紫菜蛋汤，米饭管够。桌子是农村常见的四方饭桌，四个条凳围着，每个条凳坐两人。菜一上桌，所有的人一阵狼吞虎咽，话都顾不上说。其实，菜很家常，做得一般，没什么特别。我特别喜欢的是那白米饭，真叫香喷喷，直飘到我的心坎上，一入口就知道是新米。记得我下乡当知青的时候，这样的米饭一口气能吃上两斤。如今不能这么吃了。不过，那天我吃了三碗。我还可以再吃，想到要给晚来吃的人留下点，才有所节制。

五店市传统街区建成后，指挥部撤销了，黄良回到机关，餐厅关门，这么好的米饭也吃不上了。我后来在晋江吃过许多好饭，但再也没有吃过这么香这么可口的米饭。

三

刘志峰说，到晋江不去围头吃海鲜，等于没来。实际上，我多次到过围头，也没吃上过海鲜。

早些年，刘志峰总带着我去安平桥、草庵、张瑞图书法碑林、郑成功府邸遗址、施琅故居。他说还是看看古人的东西有意思。他还说企业就少去啦，到处一样，没啥意思。我慢慢听明白了，他是担心我像其他人一样，一到工厂企业就拉广告、写软文，丢文化人的脸，让人瞧不起。

去年秋天，我和北京的两位作家来晋江开会。结束后，刘志峰说，去围头看个朋友，保证让你们吃到围头的海鲜。接待我们的是老朋友洪水平。他当了20年的村支书，现在还在当。不过，这次他是私人会朋友，比较随意。其实，不管公务还是私事，只要远方来客，他总要带着去参观围头的战地公园。

往日的战场被开发成了特色乡村公园。公园不大，20分钟就可以走完。面朝大海，天气晴好的时候，可以清晰地看到对面的金门岛。当年炮战的痕迹到处可见，还有一条地下坑道，四通八达，颇有战争氛围，能给人很多历史的体验。

如今硝烟逝去，老百姓都富了起来。围头可能是整个晋江沿海地区最先富起来的村子，乡村振兴也走在前头。文艺作品《围头新娘》中那些嫁到金门的女孩子，如今，有好些人拖家带口回娘家住，觉得还是娘家日子过得好。

公园的中心位置，建了一座“八二三”炮战的红色展馆，收集了不少当年的照片和实物。当地文旅部门不断在收集当年的老炮、旧炮和炮弹，有些还是从海对面征集过来的，费了不少周折。

那天饭局定在一个很不起眼的乡村酒楼，要了一个最大的房间，能看到半个渔村，能看到大海，也能看到金门岛。洪水平脸黑个小，很能聊天，大概什么场面都经历过。

突然，他打住话头，变得满脸歉意：“不好意思，有件事忘了说。今天的海鲜，重头戏是吃鲍鱼。各种做法都有，大家都尝尝。鲍鱼是我们家里自己养的，和别的地方不一样，要多吃。”

原载《中国艺术报》2022 年 1 月 22 日

谁挽碧色染黄沙

刘益善

陕西榆林之北，有面积达 4.22 万平方公里的毛乌素沙漠，是中国四大沙漠之一。2021 年秋天，我到榆林探访心仪已久的毛乌素沙漠。

南方人大多没见过沙漠，我少年时在乡下看过电影故事片《沙漠追匪记》，那一望无垠的沙漠，沙漠上奔驰的解放军马队，解放军马队追击匪徒时的狂奔，几十里几百里见不到一棵树。那是我人生第一次知道世界上除了有山有水有生长水稻麦子的田地外，还有沙漠。这次到榆林，我弄清楚了，《沙漠追匪记》是 1958 年由上海电影制片厂在毛乌素沙漠上拍摄的。这就是说，我的沙漠意识是从毛乌素开始的，这真是一种缘分。

在榆林市内，经过榆林学院，我看到这所大学高大的教学楼，宽阔的操场，林立的学生和教工宿舍，掩映在一片绿树红花中。这无疑是一所美丽的大学。与我同行的榆林学院的朋友告诉我，榆林学院在 20 世纪 80 年代只是一排窑洞，四周还是一片沙漠。

到榆林，必登镇北台。我站在与山海关、嘉峪关同称为万里长城三大边关的镇北台下，仰望高大巍峨的城墙，心里怀着崇敬和遐想。讲解员以为我发现了什么，过来给我指着城墙大约三四丈高的地方说，你看那里颜色很深吧，那是当年沙漠掩埋到的地方。我惊叹着，如果沙线再往上爬一下，这个镇北台就被埋掉了。讲解员说，榆林城因为沙漠的原因，曾经三次迁徙，那时是沙进人退。

还有，毛乌素沙漠在没有治理之前，每年给黄河倾倒 5 亿吨黄沙，讲解员说，黄河之黄，毛乌素沙漠是有推卸不掉的责任的。

是的，我来的时候，毛乌素大沙漠已经被治理了 93.24%，这就是说，我体会不到那千里沙原、万里无绿的无助与悲摧，走不进那沙尘肆虐、遮天蔽日、人类无处可逃的死亡之境，听不到远处驼铃传来苍凉和跋涉之苦的呻吟，看不到落日之下大漠孤烟直插长天的壮丽景象。这一切都没有了，毛乌素的沙漠已经成了过去。

在地图上，毛乌素那一片土黄色已经被染绿了。

是谁让毛乌素沙漠的荒凉不毛成了过去？是谁让毛乌素沙漠的冷酷凶残作恶人类成了过去？是谁让毛乌素沙漠往黄河里倾泼泥沙成了过去？是谁把毛乌素沙漠的黄色染成了碧绿？

这些人无疑干的是伟大的事情。我要见把毛乌素染成绿色的人，我要见让毛乌素沙漠成为过去的人。

我和朋友在榆林市辖下的神木市锦界镇沟掌村，见到了神木市生态保护建设协会会长张应龙，他拥有“全国劳动模范”“全国治沙标兵”等二十余项荣誉，被当地乡亲称为“治沙疯子”。

在生态协会暨治沙展馆里，我们与张应龙握手、喝茶、交谈，我立即感觉到这是一个有追求有担当，且意志坚强有内蕴的人。

张应龙带我们看了展馆后，又开车带我们看了他的 10 万亩长柄扁桃园。我们的车辆穿行在林木掩映的水泥路上，领略着松树、柏树、柳树、白杨树散发出的一种综合浓郁的清新，尽情地享受着毛乌素沙漠被治理后吐放的负离子。我似乎有点儿陶醉了。

张应龙 1963 年生人，1995 年他离开神木家乡，辗转天津、北京，在一家外企做到副总，年薪 22 万元，当时算是高薪了。

张应龙在外企工作的时候，有一次去德国考察，参观了德国的防沙造林工程，感到非常震撼。想到家乡的毛乌素大沙漠，他当即下了决心：把德国先进的防沙造林模式运用到改变家乡的生态环境上去。2003 年，他回到神木，先是承包了 19 万亩沙地，投入 100 万元。2005 年，他变卖家产，再投入 390 万元，并且辞掉外企高管职务，一门心思地在沙漠上创业。

张应龙在毛乌素一共承包了 43 万亩沙地。开始治沙时，这里没有路，汽车进不来，运砖、运树苗、运沙全靠电动三轮车，条件特别艰苦。那时候风沙大得要命，风一吹呼呼的，上百万元修条路，一阵大风就能吹没了。

当时家人特别不能理解，认为张应龙投这么多钱是不是疯了，他姐还拉他去西安看精神病科。张应龙说，我为什么治沙？我不为挣钱，我只是要看着自己亲手种下的树苗一天天长大，周围的黄沙一点点变绿。其实不是我改变了沙漠，是沙漠教育了我。18 年间，张应龙失败过，孤独过，绝望过，但看着自己承包的沙地逐年变绿，他感慨道："我从树身上看到，它们能在沙漠里顽强生长，积极向上地生存。难道我自己就不如一棵树，就不能在困境中坚持下去？"

张应龙成功了。他成立了生态协会，他联系了中科院、中国林科院、西北大学等科研机构，运用团体的力量，运用科学的力量。他和当地政府密切合作，他为周边的农民创造就业机会，与乡亲们一起在沙地里流血流汗，殚精竭虑，心无旁骛，一往无前，不留退路。他有进攻精神，有当地党和政府的支持，有科学的力量，他能不成功吗？

张应龙领着我们登上了一座三层楼的瞭望台，瞭望台像古代的一个城堡，居于张应龙承包的 43 万亩沙地中间。张应龙在瞭望台上给我们指点他的林地，哪里是樟子林，哪里是长柄扁桃林，哪里是杂木林。他说，种树植草，关住了沙，保住了水，这不是最终目的。我们的目的是用沙，从已治理的沙地上要财富，要沙漠为人类作贡献。协会现在有生物科技有限公司、土壤环境技术有限公司、生态农业有限公司等分公司。葡萄酒、长柄扁桃食用油、微生物菌种、生物有机肥料、无害养殖的畜禽、鸸鹋养殖繁育、欧洲雁种苗繁育等产业，就是我们防沙治沙、护沙用沙、可持续循环利用的模式。我们的产业发展了，周边的农民也因为我们给他们提供了就业机会而富裕起来。

在瞭望台上，我朝东望，一片绿色；我朝南望，一片绿色；我朝西望，一片绿色；我朝北望，一片绿色。我们在一片绿色的海洋上，我们在一片绿色的森林里，我们寻找毛乌素沙漠原来的那一片无垠的土黄色，却不见了踪影。

张应龙和他的协会、公司的人们，是染绿沙漠土黄色的人。

在榆林林业展览馆里，我看到了榆林人民治沙的详细介绍。榆林 380 多万人民从 1959 年开始，一代一代，不分男女老少，都参与了治理毛乌素的战斗。

他们中有补浪河女子民兵治沙连，40 多年里，300 多名女民兵前赴后继地让 14425 亩荒漠变成了绿洲，800 多座沙丘消失不再，营建了 33 条防风固沙林带，创造了治沙史上"人进沙退"的奇迹。

他们中有井背塘村普通农妇殷玉珍，抱着“我不能让沙子欺负死，种树是为了活下去”的信念，32 年的时间里，在沙漠里种下了 70000 多亩森林，被人称作“沙漠女王”。

他们中有年幼因风沙威胁被迫 9 次搬家的石光银，他从小便笃定要治沙。他变卖家产，痛失爱子，无论遭遇到怎样的困难，都没有在沙漠面前低头。1984 年，他成立了全国首家股份制农民治沙公司，带领 7 户村民一起进驻狼窝沙，用 13 年的时间将 5000 亩荒漠变成了绿洲。“治沙已经成为我一生唯一要干的事业。只要我一天不死，我就要植一天的树，我的后代也要把这件事情继续下去。”

他们中有毛团村百岁老人郭成旺，他带着一家四代植树种草 40 多年，子孙接力，让 4.5 万亩荒沙变成了绿洲。

他们中还有牛玉琴、李守林、杜芳秀、朱序弼、漆建忠等一大批治沙英雄，这些人的治沙事迹，每个人都可以写一本大书。

在榆林的几个日夜里，我沉浸在榆林治沙英雄的事迹里，心里对他们怀着深深的崇敬。我到毛乌素看沙漠，毛乌素的沙漠已经不存在了，沙漠变成了绿洲。我想，在中国的地图上，毛乌素沙漠的黄色应该修改成绿色。

在榆林，我看到了一群携着绿色把黄色抹去的人，他们是勇士，他们是英雄，他们是新时代不可战胜的人们。

谁挽碧色染黄沙？榆林百万造林人。

原载《生态文化》2022 年第 4 期

洨河之春

朱　鸿

花随春来，仿佛一夜之间，校园就变了颜色。

迎春花最是敏感，先围着图书馆开了，璀璨若金。接着是绿萼梅，站在女生宿舍的窗下吐蕊了，明如翡翠。旋即，白玉兰列队于文渊楼南侧的路旁绽放了，高洁之气尽显。群芳纷纭而至，争艳竞盛，郁金香、附地菜、酢浆草、阿拉伯婆婆纳、紫荆、红叶李、樱花、芍药、牡丹、桃花，呈五彩斑斓之势。

散步校园，我难免会慨叹巧夺天工之技。人工能构思，其有对称，有错落，有铺排，有点染，遂使百花及草木在建筑之间展现了精致的艺术。

不过欣赏之心是变化的。一天，我在校园踱着，走着，蓦地起了野趣。兴之所至，骏奔洨河，欲在此觅得一种自然之美。

潏水出终南山大峪，经樊川西流。滈水出终南山石砭峪，经御宿川西流。潏水和滈水交汇于香积寺西南一带，谓之洨河。洨河数里，其三角洲风光旖旎，何况天朗气清，平添了一缕怡悦。可惜洨河三角洲正在改造，有铝板围挡。

不过终南山在望，便乘兴赴其阴岭寻秀。

几十年前，我曾过洨河。那时候，我不懂洨河西流，至秦渡镇注入沣水，也不懂沣水北流，止于渭水。那时候，是暮春三月吧，地气上腾且渐暖，城南遂万物向荣，生机勃勃。潏水、滈水及洨河的汇合之处，更是郁郁葱葱，不逊江南。

这是一个清明的世界，可以安慰心灵，显示某种疗愈的力量。生态几乎是原始的，被涵养和保护着。天很蓝，阳光很丰盈，很干净。白杨钻天，垂柳依依。茂密的灌木和鲜嫩的绿苔温润胜玉，遍布水岸。沙滩或续或断，皆平平整整，清清白白，略无杂物。

潏水沿神禾原北坡西流，至香积寺转向，南流五百米，以逢滈水。潏水窄，并不急。微波触藻，细浪撩荇，一群一群的小鱼随僧房的诵经之声游到了洨河。滈水沿神禾原南坡西流，其摇摇曳曳，以遇潏水。滈水从容潺湲，于是小鱼就穿越着荫翳游到了洨河。水彼此聚在了一起，不过小鱼还是各玩各的。

洨河三角洲丛林蓊郁，鸟也极多。麻雀叽叽喳喳，结伴而起，结伴而落。孤独的燕子轻快地飞至潏水，飞至滈水，噙一嘴青泥，又轻快地飞去。斑鸠一边取食，一边张望，似乎颇为警惕。乌鸦好歌以骚情，白鹭性洁而神秘。一对灰喜鹊在白杨的枝杈上做了窝，但愿风雨不要掀翻它。

两个妇女踏着一条小路悠悠走来，左右看了看，遂选浅湾蹲下去，拨水洗衣。跟着妇女的一个童子，提着笼投下河捞鱼玩。他用绳子拉着笼，挺着胸，跳跃着逆水而行。一个妇女喊了一声“小心”，就继续揉其衣。童子也不应答，只顾跑着。

有蝴蝶在那两个妇女的头上旋了几旋，再三升降，完成了仪式似的，翩然而去。一只蜜蜂盯着蒲公英的黄蕊采一下，移开，又采一采，专心致志的样子。漂亮的蜻蜓款款而翔，很是优雅，又突然俯冲，以其喙在水面上一点一点的，乐此不疲。

环洨河三角洲方圆几十里，是一片一片的稻田。在空明的阳光下，禾苗成束，簇簇青茁。稻田之间，或种芙蕖，其根为藕。踏着埂子至塘上，满目莲茎直立，莲叶似伞，莲之花在孕育。

小鱼游一尺，一拐弯，游几寸，一闪烁。遂想起课本里的诗：“鱼戏莲叶东，鱼戏莲叶西，鱼戏莲叶南，鱼戏莲叶北。”

自夏商周以来，关中就是上上之田，樊川和御宿川的黄壤尤为膏腴。江南可采莲，不过潏水、滈水和洨河所经之畴，也是可以采莲的。

须臾之间，终南山就到了。

在地理上，越是靠近终南山，便越是远离都市。岚烟缥缈，黛壑幽邃，一瞬我竟觉得茫然，不知该进哪一个谷口为妙。实际上我仍沉浸于过去的洨河春色之中，也许这是一种感受的需要，心理的需要，思想的需要，乃至整个活的精神的需要吧！

不禁回首，北望长安。青葱映云，天香溢郭，鸣禽在野，鸣禽在邑，鸣禽所在必有欣欣草木以长养。

原载《光明日报》2022 年 4 月 20 日

纳达齐牛录

杨　方

我在伊犁河右岸的杏树下睡着的时候，梦见自己在伊犁河左岸的纳达齐牛录旅行，那是一个我从未在现实里去过的锡伯族小镇，街道遗址般安静，房屋各不相同又很相似，有雪白的墙壁和红色的屋顶，屋顶上都蹲着灰鸽子。空气中有股马车的气味，似乎有辆马车刚从小镇跑过。我想在小镇找一家民宿，最好门前种着蜀葵和海娜花。一颗熟透的杏子从树上掉下来，砸在我脑袋上，于是我中止了旅行，猛然从梦中惊醒。睁开眼睛，刚好看见落日像一颗熟透的杏子从鼻尖滑落下去，我以为自己被落日砸了一下，感觉有点头晕。苏慕让我闭上眼睛再躺一会儿，按她的说法，熟睡的人如果突然惊醒，就会生病，因为灵魂外出还未返回体内，必须慢慢醒来，好让灵魂有足够的时间赶回来。

我听从苏慕的话进入假寐状态，以等待我的灵魂从伊犁河左岸那个叫纳达齐牛录的地方赶回来。我不清楚纳达齐牛录距离伊宁市有多远，也不清楚灵魂的速度是多少，灵魂赶回来的时间，我算不出来。几分钟后，苏慕拍拍我的脑袋，示意我可以醒来了。我不知道她是根据什么来估算灵魂赶回我体内所需要的时间的，也许灵魂正慢吞吞地走在半路上呢。

我跟苏慕说起我的梦，苏慕预言我在某一天，会真的去纳达齐牛录，看见那些房子和街道，闻到空气中马车跑过留下来的气味，找到我在梦里去纳达齐牛录时留下的痕迹。

我没打算去纳达齐牛录。既然已经在梦中去过了，我就没有必要在现实中再去一次。我不想去验证纳达齐牛录是否和我梦里的一样。如果一样，就等于我去了两次。如果不一样，我会怀疑我真实看见的纳达齐牛录不是纳达齐牛录，梦里的纳达齐牛录才是纳达齐牛录。

苏慕怀疑我被杏子砸坏了脑子。她没法理解我的一些怪想法，我学的是文学，思维可过去可未来，时间混沌，也缺乏地理概念，很近的地方我觉得很远，很远的地方我以为很近。苏慕学的是医学，思维里布满了血管的分布、神经的走向和器官的功能。我们两个人的想法从来不会交叉。

我拿出手机查了一下，纳达齐牛录距离我并不遥远，只有十来公里。按照我的奔跑速度，只需要一个多小时，我就能跑到纳达齐牛录。我六七岁的时候，跟二舅母到伊犁河边的菜地里买西红柿，西红柿还没有熟透，二舅母摘了一筐半红的西红柿，她从西红柿地里直起腰，用沾着西红柿叶子味道的手，朝着地平线外的天空随手一指，说那里就是纳达齐牛录。她那样的一指，让我莫名地觉得纳达齐牛录是一个遥远的地方，远到我永远都不可能去到。我甚至觉得，纳达齐牛录有可能根本就不在地球上。二舅母是从纳达齐牛录嫁到伊宁市来的，平时很少回娘家，如果不遥远，她完全可以经常回去看看。二舅母总夸纳达齐牛录水磨磨出的面粉，说用它烤出的锡伯族大饼特别香。纳达齐牛录有四五间水磨房，每个磨房里的水磨，都白天连着黑夜地磨着小麦，仿佛全伊犁的小麦都是被拉到纳达齐牛录磨成面粉的。比马车车轮大十倍的磨盘，在巨大水流的冲击下，发出巨大的声音，淹没了其他的声音。纳达齐牛录的人听不见鸟叫，鸡叫，狗叫。纳达齐牛录的人嗓门都很大，发出的声音有五十个人那么大。他们在纳达齐牛录说话的时候没觉得什么，去了别的地方，能把人吓一跳。二舅舅说，自从二舅母嫁过来后，院子里果树上聒噪的乌鸦都无影无踪了，它们被二舅母的大嗓门给吓跑了。纳达齐牛录的牲口，叫声也特别大，牛哞像虎啸，马嘶像龙吟。如果一头毛驴走在路上，突然昂昂大叫起来，人们会说，这驴一定是纳达齐牛录的，别的地方的驴，叫不了这么大声。但是纳达齐牛录的冬天会安静得出奇，冬天河水结冰，水磨全停在那儿没法转了，就好像地球也跟着水磨一起停止了转动，这时候的纳达齐牛录，静谧得像个世界凹坑，一点声音都没有。习惯了水磨声的纳达齐牛录人，怀疑自己的耳朵聋掉了。他们轻易不开口说话，因为他们不习惯在没有水磨声的时候小声地说话，那样感觉怪怪的，觉得自己像是个偷藏了声音的贼娃子。因为冬天的这种静，纳达齐牛录的人可以听见春天来到的声音，某一天，水磨发出轰响，其他声音也就跟着响了起来。水磨的声音是纳达齐牛录春天到来的标志，巨大的磨盘转动起来，纳达齐牛录一年的生活也就跟着转动起来。

我从未去过纳达齐牛录，却对纳达齐牛录心怀想念。这有些莫名其妙，事实上除了水磨，我对纳达齐牛录还什么也不知道。我不知道纳达齐牛录街道的走向，河流的分布，屋顶的倾斜度，鸟群飞过的痕迹，每晚月亮经过的路线，以及高大树木上纸一样开放的花朵在春天结束的时候，会以一种怎么样的姿势飘落下来。它的学校，乡村图书馆，民宿，饭店，马厩，干草垛，房舍会有着怎样的风格和情调？它摇篮里的婴儿，麻袋里的种子，将生长出怎样的生命？每次回伊犁，我都计划着要去纳达齐牛录看看，不知为什么，每次都没有去。几十年过去了，我也只是在刚才的梦里去了一下。我梦里的纳达齐牛录没有关于水磨的任何细节，或许潜意识里，我知道水磨像很多老旧过时的事物一样，已经随着时间的流逝而消失了，就算没有消失，也跟遗址一样废弃了。比马车轮大十倍的磨盘，再也不会转动起来，发出巨大的水磨声。

二舅母是锡伯族人，苏慕也是。苏慕家住伊犁河左岸，伊犁河左岸是察布查尔锡伯自治县，基本上所有的锡伯族人都居住在伊犁河左岸。上学时，苏慕每天骑自行车，穿过伊犁河左岸大片的胡麻地、红花地、甜菜地和啤酒花地，穿过300.84米长的伊犁河大桥，伊犁河右岸一座紧连一座的苹果园，来到学校。苹果树开花的季节，她的头发上会沾着掉落的花瓣，像个花仙子。冬天，苏慕身上落着寒冷的白雪。有一次西伯利亚寒流经过伊犁河谷，苏慕为了御寒，在棉衣外面套上了她祖母的黑粗呢子大衣，大衣又黑又长，苏慕走进教室的时候，我们惊恐地以为进来的是一个包裹着头巾、浑身透着严寒之气的老巫婆。那天的早自习课，那件黑粗呢子大衣挂在教室的后墙上，散发出浓重的巫气。教室里出奇的肃静，几个平时调皮捣蛋的男生，也不敢发出声音来。那时候我们的世界充满了未知，我们才十几岁，我还从来没有到过伊犁河的左岸，伊犁河左岸的锡伯族和哈萨克族、维吾尔族、蒙古族不一样，他们不是伊犁土著，而是从遥远的嫩江流域迁徙到伊犁河谷来的，每年的四月十八，锡伯族人都要举行隆重的活动，以纪念他们两百多年前悲壮的大西迁。这一天，锡伯族人会像我们过年一样，把房间打扫得干干净净，准备各种丰盛的吃食，穿上传统的旗袍，在“穆娜尔”的琴声中跳舞，比赛射箭和骑马。苏慕热情邀请我们去伊犁河左岸参加四月十八的西迁活动。

我知道苏慕有多平常和平庸，她根本不具备对世界先知先觉的本领，她看不见某些事物向她传递的信息，感知不到很多东西发生的变化。她预言要发生的事情，从来就没有发生过。就在刚才，在我睡觉的这棵老杏树下，苏慕还预言我在某一天，会真的去纳达齐牛录。她打赌这个预言会毫无悬念地发生，因为她知道我迟早会去。这也许是她唯一灵验的一个预言。

我突然想到，为什么是某一天？为什么不是现在？我一口吃掉刚才砸在我脑袋上的那颗杏子，落日杏黄色的光正在消退，头顶的半个月亮，已经透出白纸一样的薄影子来。我跳起来，含混地跟苏慕说了一声，苏慕想喊住我，但是我已经跑远了。我跑出杏园，跑过伊犁河大桥，我感觉我的脚没有沾地，如果我跑快一点，在天黑前我就能跑到纳达齐牛录。兴许还能赶上那辆马车，我已经闻到了它留在空气中的气味。

原载《散文》2022 年第 10 期

玉米记

冯敏生

一棵棵玉米，像一个个英勇挺拔的战士，在秋日的旷野里，在秋阳高照之下，始终都是挺立的，包括一穗穗直立向上的金色的玉米棒子。

春天的时候，土地苏醒之后，一只粗糙的手，把一粒粒金灿灿的玉米放进松软的泥土里，一把锃亮的犁铧，一把粗糙的老镢头，将玉米粒掩埋、整理。一只只鸟雀紧跟其后，“叽叽喳喳”，迎着泥土的清香，在田垄上盘旋，争先恐后地在垄沟里捡食白胖的虫子、嫩草根。一阵细雨的滋润，一阵微风的抚摸，玉米芽儿破土而出，在风中展开一对嫩绿的小手。经过除草、施肥、浇水，经过阳光和雨露的沐浴，玉米苗由两三对叶子变成五六对叶子，树一样疯长，渐渐长得比村里的壮汉们还要高。村里有人把它叫作“玉米树”，把玉米地叫作“玉米林”。

站在村后的山冈上俯瞰，棵棵玉米树挺拔林立，玉树临风，宛如一支正在接受检阅的雄壮队伍，整整齐齐地列队延展到天边。

夜晚，皓月当空，晚风习习，当你从玉米林旁边走过的时候，玉米正在快活地拔节。夜风袭来，婆娑的玉米叶随风舞蹈，“沙沙”作响，碧浪翻滚，格外壮观。

到了收获季节，金灿灿的玉米棒子被一双手掰下，一棵棵玉米树于是就躺在大地上。玉米棒子被装入布袋里，或者架子车、农用车上，被运送到场院里，晾晒堆放在农家小院的院子里、台阶上。有的堆成一座座“小金山”，或者索性穿成金灿灿的玉米串子，挂在搭建的“人”字形木架子上，或者屋檐下。经过风吹日晒，玉米越发变成赏心悦目的一片片金黄，就连边上晾晒玉米的大姑娘小媳妇也被染成金黄色的了。这就是村里的“晒秋”。一直到下雪的时候，方才脱成玉米粒，经过石磨子碾磨，变为玉米面、玉米糁子，成为村里人碗里、口里的美味佳肴。

玉米的生长是自由的，一望无垠的大平原，或者随便的一道山洼、一处山坡，河岸边的沙土地，都便于玉米立身安家。即使陡峭的岩石上的一小片黑砂土，或者山林里用几块青石头围起的石堰，在上面堆些泥土，玉米也能成活生长。

玉米是属于村庄的。碧绿的玉米绿意盎然地环绕着村庄，村庄宁静地躺在玉米的怀抱里。玉米睁开眼睛，就能看见青砖黛瓦的村庄，几缕青烟在晴空里摇曳，一条小河从村旁蜿蜒流过；看见村里的人们，日出而作，日落而息；听见村里农家小院里的欢声笑语，鸡鸣犬吠。玉米之于村庄、之于村庄生活的乡亲们，自始至终，满含着浓郁的乡情乡愁。

玉米的经历充满传奇色彩。春播后，躺在泥土里的玉米种子，要防备喜鹊、乌鸦、山鸡等，它们总是成群结队翻开泥土偷食。这时候，村里人会吆喝着大狗小狗们去驱赶，这些鸟只好逃向遥远的天际，或逃向地头几棵沧桑的老树上。长大结穗的玉米，在未收获前，夜间还要面临野猪、獾猪等野兽的偷袭。这时候，村里人要排着班去“护秋”。明月当空，萤火闪烁，夜深人静之时，野猪、獾猪们纷纷下山来，乘机潜入玉米地里偷吃玉米。“哗啦哗啦”，响声此起彼伏，野兽们把玉米地糟蹋得狼藉不堪。此时，玉米地旁柴草棚里护秋的乡亲们，急忙“咣咣”地敲着锣，扯起嗓子“嗨哟嗨哟”地大声喊叫，他们的喊叫声，回荡在山谷中。其间，村里的猎狗们闻声而动，把野猪、獾猪追赶得嗷嗷直叫，狼狈逃窜到山坡的树丛里。动物们偷吃后剩下的玉米，才留给村里人来收获。

玉米弥漫的清香，来自一穗嫩玉米棒子。立秋前后，掰下一穗穗嫩玉米棒子，轻轻剥开外面的绿色苞衣，露出里面金黄的嫩玉米粒儿，用手指轻轻一掐，玉米浆四处飞溅。此时，无论煮着吃还是烤着吃都香甜可口。吃着这种香甜烤玉米，你会有一种发自内心的幸福。那些山里的采药人、放牛娃，在山坡上肚子饿了，可以掰来几穗嫩玉米棒子充饥。随便捡来些干树枝，堆起来点燃，把带苞衣的玉米棒子放进燃起的火堆里，待柴火燃尽，火堆里散发香气，用木棍拨出玉米棒子，剥掉外面已经烧得黝黑的玉米苞衣，焦黄鲜嫩的玉米就露出来了。为了防止烫手，随手折一段木棍子串起来吃，满口溢香，甜润爽口。

高山玉米因为种植地区海拔高，昼夜温差大，光照时间长，甜度更高，品质更好。将用石磨加工的玉米面、玉米糁子，做成玉米面馍、玉米面饼、玉米粥和玉米搅饭，口感细腻，软糯而香甜。特别是土豆玉米粥，外搭一盘小葱凉拌青萝卜丝儿小菜，简直是舌尖上的绝配。还有那玉米黄馍，烤成黄馍片，配上红油豆糁辣子、香椿辣子和青椒辣子，满口香辣而酥脆，那其中的美味妙不可言。村里人最开心的，莫过于在冬季的村口或村巷里，爆玉米花的外地人来了，随着“砰砰”的声响过后，大人小孩子们嬉笑着围上去，争着捡拾地上爆好的白花花的玉米花，那诱人的香气，在村庄上空缭绕。

父母去世多年后，在外漂泊多年的我，就在秋日的一天，和友人回到家乡的老屋，点燃土灶台，熬一锅玉米粥。喝着玉米粥，配上一盘凉拌青椒水萝卜丝，这种乡情不仅温暖了我自己，也温暖了友人。

我倚在木门旁，遥望着家乡那一眼望不到边的郁郁葱葱的玉米地，忽地泪流满面。

原载《中国民族报》2022 年 9 月 9 日

行走在苍茫的大地上（节选）

安　宁

我在巴彦淖尔，只想看一眼黄河。这条奔腾不息的河流，裹挟着孕育了我生命的一粒沙子，流经九省，浩浩荡荡，最后在我的故乡——齐鲁大地注入渤海。当我想起它，我的心便会生疼。这被一粒沙子硌出的疼痛，时刻提醒着我的来处，我出生成长的华北平原；也时刻提醒着我的归处，最终将会把我埋葬的蒙古高原。

夜色缓缓下沉，仿佛一滴饱满的墨汁坠入黄昏。就在天地温柔交融的瞬间，我透过飞机的窗户，瞥见广袤无边的库布齐沙漠，在幽静的月光下，犹如巨大的魔毯，铺展在大地上。被长年累月的大风吹出的每一道褶皱，似乎都在向着夜空呐喊：荒凉啊荒凉！卧龙般蜿蜒向前的黄河，随即出现在面前。它横亘在洒满月光的蒙古高原上，静寂无声，似乎早已陷入混沌的睡梦之中。广阔无边的河套平原与绵延起伏的库布齐沙漠，被闪电般的黄河倏然劈开。漆黑的阴山山脉化作一头猛兽，在乌拉特草原与河套平原的夹缝中匍匐向前。微弱又恒久的星光，正穿越距离地球几万光年的神秘宇宙，抵达裹挟着泥沙滚滚东流的黄河。

这月光下恍若梦境的高原，让人心醉。一切正在下落的声响，都轰然消失。只有陷入黑夜的大地，在暗涌中闪烁着隐秘的光泽。

多年前的夏日，在从内蒙古开往故乡的火车上，我以同样惊鸿一瞥的方式，途经过黄河。携带着几千公里的泥沙，浩浩荡荡奔赴生命最后一程的黄河，在烈日炙烤的平原上，蒸腾着雄浑磅礴的力。水汽裹挟着热浪，以一览无余的荒蛮推进的方式，扫荡着一切阻挡一条巨龙般的长河成为汪洋大海的障碍。夏日的风黏稠，窒息，浑浊，干燥，带着一种巷口枯坐的百无聊赖。人在缠搅上升的热气中，仿佛因缺氧而探出水面大口喘气的鱼。只有站在黄河岸边的人，能够在干热中沐浴清凉潮湿的风。这源自青藏高原又洗去一路尘埃的风，这行经我迁徙并定居的北疆大地的风，这遥远的带着远古祖先梦中呓语的风，飞过巴颜喀拉山，穿过秦岭，越过阴山，行经黄土高原，掠过华北平原，最后在渤海上空缓缓停驻。当火车穿越黄河大桥，我看到生命中血液一样奔涌的河流，它因行经阴山脚下肥沃的土地，而在华北平原愈发沉郁，舒缓；仿佛它正与我一起，抵达人生的中年，不再愤怒，远离嗔怨，祛除锋利，剪去欲望。被盛夏烘烤着的黄河，在没有波澜也无起伏的大地上，抛去万千的沙尘，只让最洁净的魂魄融入大海。

这是我第一次与黄河相遇，并看到它以悬浮大地的轻盈姿态，汇入深蓝的海域，义无反顾地终结自己作为一条长河的命运。它依然以河流的名字，在大地上日夜不息地歌唱，仿佛北方的流浪歌者。但它又神秘地消失于波澜壮阔的汪洋之中，杳无踪迹。它的“消失”，又是某种意义上的新生。生命以更为开阔的方式，存在于宇宙中的一个星球。它不再记得青海的花儿，黄土高原上苍凉的呼喊，也不记得阴山脚下猎猎大风中的苏勒德，华北平原上翻滚的金黄麦浪。当它忘却生命的形态，以一滴眼泪的咸，离开大地，汇入深海，它便凤凰涅槃，获得永生。记忆与忘却，咆哮与寂静，存在与死亡，就这样消除了对立，化为浩瀚无边的宇宙。

几年后，我站在内蒙古河阴古城附近的黄河浮桥上，仿佛看到两千多年前，与我同样迁徙到这片北疆大地的王昭君，在渡过浮桥前，内心涌动的对于命运的敬畏与不安。北地大风凛冽，卷起漫漫黄沙，沙蓬草裹挟着尘埃在大地上流浪奔走，天地化作呼号的野兽，发出震动山林的吼叫。这塞外的苦寒，让一个女子对遥远的故土生出无限的眷恋与哀愁。命运在酷寒中张开巨大的手掌，一段浮桥，化为命运之手的两端。走过去，一切历史都将改变，而那草原上不停迁徙的命运，也将自此相伴一生。命运站在河流的对面，露出钢铁般的冷硬与威严。最终，一个南方的女子，选择了顺从命运的召唤。

而我，站在浮桥的一侧，注视这古老又生机勃发的黄河在风中发出的激越声响，仿佛听到跌落平沙的大雁跨越千年的动人的歌唱。青冢上的草黄了又绿，绿了又黄。树木在秋天从容地死去，又在春天安静地苏醒。河边的芦苇，在蒙古高原无尽的长空下，自由地起舞。这空灵不羁的舞蹈，与奔涌不息的河流，追逐着飞沙走石、日月星辰，在大地上永不疲倦地歌唱：长乐未央，长乐未央……

塞外大风日夜不息地吹过黄河，仿佛一头永不被驯服的猛兽，它带走了无数昌盛或者衰败的王朝，却将一个西汉女子的哀思，刻进大漠平沙，并跟随一条漫长的河流，抵达她的生命从未抵达的远方。长夜叩响着门窗，河流撞击着两岸，出塞的女子在哀怨的琵琶声中慢慢沉入梦乡。这北方河流掀起的浪涛，与南方江水激荡的回响，缠绕相生，不弃不离。它们从西部遥遥相望的两座山脉一起出发，行经万里江山，共同谱写出荡气回肠的民族生存史。这历史的瞬间，沉入一个弱小女子的梦中。她在击穿黑夜的浪涛声中醒来，知道迁徙的命运早已融入血液，纵使她百般不舍，终将走过浮桥，化为历史悲壮又闪烁的某个部分。

在阴山岩石上刻下人类崇拜的先人，他们雕刻出的犹如面临末日审判般惊惧的双眸，一定也曾注视过荒凉的大风席卷起这条翻滚的长河。在严苛的自然面前，他们无能为力，只能祈求上天。于是他们刻下山川，刻下河流，刻下飞马，刻下日月，也刻下生死。他们仰望星辰，也俯视大地。洪荒宇宙中盛满先人的敬畏，荒蛮的大地上江河游龙一样咆哮。古老的黄河日夜冲刷着阴山脚下的大地，带走无数的王朝，也留下肥沃的泥沙。逐水草而居的人们，犹如被大风吹散的蒲公英，在黄河滋养出的河套平原上野蛮生长。月亮高悬在阴山上，将一半微寒的光，洒在乌拉特草原，又分另一半温暖的光，给万物蓬勃的河套平原。它也不曾忘记乌兰布和沙漠，一千多年前，这里曾是人类繁华的家园，城池遍地，牛羊满坡，而今，只有大风吹出的流沙下埋葬的坟墓与朽骨，在清冷的月光下，讲述着白云苍狗，沧桑变幻。

这浮天载地的长河，曾因凌汛决堤，带来遍地阴森的死亡，也因缓慢深情地“几”字改道，冲击出水草丰美的万里沃野。就在这里，我吃下一口面食，整个被黄河浸润的瓜果飘香的秋天，便都回荡在我的齿间。夏天里千万亩葵花追随着太阳，在河水中投下绚烂的笑脸。秋天里它们与无数的庄稼一起谦卑地低下头颅，身体自由地舒展在大地上，以深情的目光，最后一次注视风起云涌的天空。野草抚过它们枯萎的身体，发出窸窸窣窣的温暖声响。一粒饱满的种子在阳光下炸裂，跌入草丛；一队出巡的蚂蚁迅速捕获上天的恩赐，在涌动的黄河浪涛声中，浩浩荡荡拖回岸边的巢穴。秋风从遥远的某个地方吹起，带来一缕若有若无的花香。就在这个时刻，桂花迷人的甜香飘满长江沿岸的大街小巷。人们走到撒满银桂的树下，抬头看看澄澈明净的天空；人们又走到落满金桂的树下，低头看看落叶纷飞的大地。就在落花的私语声中，一条蜿蜒北方的大河，与一条横亘南方的大江，听到彼此的召唤，朝着浩瀚的太平洋奔涌而去。

刻下阴山岩画的先人，用惊骇的眼神，向万年后的世人呈示着远古时代，人类对于宇宙星空、生命万物、咆哮江河的惊惧与好奇。生命从何处来，又将去往何处？河流隐匿在哪儿，又消失在何方？肉体与灵魂，哪个更接近真实？死亡与新生，谁是开始，谁又是终结？天空与大地，会不会在人类永远无法抵达的边界处相接？落入河流与葬入泥土的生命，谁会腐朽，谁又会永生？一只从恐龙时代飞来的蜻蜓，如何穿过几亿年的沧海桑田，抵达苍茫的蒙古高原？

在巴彦淖尔，阴山下的先人没有告知我们答案，只有一条人类永远无法驯服的河流，穿越今古，生生不息。

原载《十月》2022年第1期

三声狗叫（节选）

周蓬桦

雪橇犬灰娃

在热炕上睡了一个长觉，睡到自然醒，伸了个舒服的懒腰，而乌力早已起床，牵着他养的雪橇犬到河边溜达去了。远远地，能听到乌力呵斥狗的声音：“嗨！哪儿去——回来！”透过木窗棂，可以看见那只名叫“灰娃”的白花雪橇犬在雪地上撒欢，倚着一株岳桦树梳毛蹭痒，一会儿又一溜小跑，在结冰的河湾留下一串爪痕。

昨晚，啃着新出锅的热气腾腾的野猪肉，乌力向我讲起了他的牧羊犬。那年夏天，他在巡山时误入一片原始森林，在一处水塘边发现一幢木屋。乌力踩着厚厚的腐殖败叶悄悄走近，又停留脚步经过一番观察，断定这是某一部族的猎人后代留下的。数十年前发布禁猎令后，他们大多更弦易辙，靠种植草药和养殖鱼虾为生，由于长期独处山林，他们早已习惯了自由散漫的日子，也放弃了融入外部世界的想法，便选择在森林茅屋过完一生。他们是山林中的悲伤的寄居蟹，在经历数十个春夏秋冬过后，回归泥土，自然消亡。

乌力走进这幢被废弃的茅屋，推开虚掩的木门，竟然看到破败的屋舍内还保留着主人生活的面貌：屋梁上悬挂的红灯笼，土灶前的干柴草，桌子底下装有大米的瓦罐……令乌力惊讶的是，铁锅台上的一把小葱居然还没完全枯萎，剥掉一层葱皮，露出新鲜的葱白，乌力咬了一口，满嘴的猛辣味道。这说明屋主不久前还在这里生活，每晚点亮灯笼。是什么让他丢弃了自己热爱和眷恋的山林？这里究竟发生了什么？主人究竟去了哪里？

都成了一个谜团。乌力知道在森林里，类似的荒屋有很多，他本人无意探究，因为不会有结果。可就在他要离开的时候，却隐隐地听到哪里有一丝微弱的呼吸声，夹杂着若有若无的呻吟声，他顿时警觉起来。起初，他以为是躲藏在某处的狐狸呢，找了半天，在屋后发现一个草垛，草窝里居然瑟缩着一只奄奄一息的狗！它全身沾满草屑和土灰，像一只灰不溜秋的小怪物。乌力用木棍拨弄它，竟然没有任何反应，它已经虚弱得没有一点力气了，连眼皮都懒得抬一下。乌力断定这是一条失去了主人的雪橇犬。这真是一条生命力顽强的小家伙，不知是靠什么意志活下来的，看样子像是生了重病，怕是坚持不了两天。乌力决定尝试救助，就从屋内找了一条破麻袋，打算把它背下山。

一路上，乌力背着病狗，一颗流星在夜空滑落，他嘴里不停地喃喃自语，向山神祈祷护佑，不要遇到虎狼和棕熊，不要让蟒蛇缠住了他的脚。最后，凭借指南针的引领，走出了这片森林。

把狗背回家后，乌力到河中汲了一桶水给它洗澡，熬了点小米汤喂它。它瑟瑟地抖着身子，不肯吃。乌力找来屯子里的兽医独活大叔前来诊治。独活大叔即便在夏天也戴着白线手套，他连声惊叹，说这条狗命真大！因为它身上生了好几种病：皮炎、外耳炎、下痢、心丝虫病等。失去主人后，它在森林里像个孤儿，承受着几个月的风雨雷电，靠吃草、虫子活了下来，如果不是碰巧遇到乌力，恐怕只能撑一两天了。

独活大叔走后，留下一堆救狗命的药。从此，除了每天的巡山采药，乌力把全部心思都花在了雪橇犬身上。一个月后，这只命大的雪橇犬终于恢复了体力。让乌力印象最深的是立秋那天，狗跑到河岸上，对着远山发出一阵汪汪的吠叫——这是生命的叫喊呀！他原本在茅屋里拿一盆水往身上冲凉，听到狗叫，激动地跑出门，跑到河岸上，扑倒在地，一把抱住狗，在草地上痛痛快快地打了个滚儿……此刻，那只恢复了健康的狗承受着乌力的爱抚，从嘴里发出一阵模糊不清的“呜哇”声，只见它从眼角里往下淌泪。乌力当即给它取了名字——灰娃。嘿！——灰——娃！这小小的雪橇犬像刚出生的孩子，有了自己的名字，有了一个新家。

在接下来的日子里，灰娃就像是河岸上的小白桦树，似乎一夜间奇迹般地长高长大，很快成了一条闻名乡野的雪橇犬。

令他没想到的是，屯里人围绕着这条狗，进行了一些艺术加工和编排演绎，让这个故事风一样传播开来，传得神乎其神，有人甚至扯到狐仙身上去，说灰娃是狐仙成精降临人间……乌力听了，只是摇头笑笑，并不多做解释。

一天，他牵着狗从山里归来，被眼前的一幕惊呆了：他的茅屋前围满了人，老幼兼备，有人对着柴垛前的狗窝磕头，有人点燃了纸钱，风一吹来，弄得满天都是纸灰，像翩翩飞舞的虫蛾。

此后，类似的事情还时有发生，都被乌力用极其温和的方式处理妥当——除了无边呼啸的山林，他太爱屯子里的乡亲了，不忍用生硬或粗暴的态度对待他们。他知道山凹屯子里的人都善良，只是文化水平有限，对事物的理解能力不够。尤其是一些老人，习惯用陈旧的思维解读一切，一有点风吹草动，便祈求神灵的护佑。“其实，哥——”乌力对我说，“人们都想多了，世界哪有那么复杂？”

我表示赞许地点头。尽管乌力出生在神秘的山林里，而且父母双双过早离世，他却依靠自学和接收外部世界的信息而绕开了各种蒙昧，这也是我们之间能够建立友谊和对话的缘由。在他眼里，这条雪橇犬和世界上的狗没有什么本质不同，只不过略显聪明就是了。重要的是，雪橇犬是他的生活伙伴——帮他拉柴，和他一起上山采货，时常和他怄气，陪他度过冬天的漫漫长夜。

写到这里，我的眼前出现了一个画面：在暴风雪下，地动山摇，响着树枝断裂的声音；而茅屋内炉火正旺，火光映照着乌力清秀的脸，一绺黑发遮住了右眼；那只雪橇犬偎依在他的脚下，伸长了舌头，打着哈欠，摇着尾巴……

三声狗叫

我见过狗追流星的情景——那天晚上，阔大的雪野一片洁白，蒸腾的雾气从河边袅袅升起，夜游的鸟和蝙蝠似乎飞满了夜空。突然，唰唰唰——三颗流星快速划过天际，一颗挨着一颗，落在了不远处的雪窝里。当时，我愣住了，因为我从未见过流星以这样的方式降落，仿佛从天空落下三颗明亮泪水，又似神灵点亮的三盏灯笼——我早就听说，白山一带的流星很小，像粒粒萤火虫，捡起来拎在手里，可以当马灯。当然，这只能是传说。

而流星的每一次降落，都惹得机警的雪橇犬驻足仰头，顷刻后一路狂追，身后雪沫飞溅。

“汪！汪！汪！”

随着三声狗叫，沉睡一冬的白山和错落有致的屋舍被骤然唤醒，先是屯子里的狗跟着叫，接着是远处林中藏匿的狗也叫起来。一时间整个山野一阵骚动，叫声此起彼伏，像过春节放鞭炮，又像野鸭扑通扑通的跳河声，生灵们都睁大了机警的眼睛——那些流浪的野猫和野獾，藏在树洞中的浣熊和松鼠，松枝上的啄木鸟和白嘴鸦，灌木丛中的红狐，柴草垛里的黄鼠狼，以及泥土中冬眠的蛇和蜷缩成一枚枯叶的土鳖虫。

此刻，它们都翻转身体，全神贯注，侧耳谛听，像人类迎接节日那样，迎接三声狗叫。

这些大地上的野性生灵啊，对声音、气味和节气变化有着天然的敏感，哪怕出现一点微小的动静，都逃不过它们的耳朵、眼睛和鼻子——它们是天才的美食鉴赏家、星象学家、气象预测工程师、房屋建筑师和高尖端的地形学家。

由此可见，造物主是多么公平——蚁类虽小，小到被其他物种视而不见，但正因为此，它们拥有生生不息的庞大家族，已经在地球上繁衍亿万年之久。与之同时代的恐龙，一度猖狂到不可一世，却早已灭绝，只剩下博物馆里一具具庞大的骨架。

比较之下，人类的整体文明尽管发达，但感觉系统堪称迟钝，即便进入科技时代，却依然在诸多自然灾害面前束手无策，付出巨大代价。尤其要命的是，人类的免疫和抵抗能力在飞速下滑，活得越发娇贵，冬天怕冷，夏天惧热，春天乏力，秋季伤怀而消沉……这是长期生活在象牙塔中养成的“城市病”。

在这个关口，每一位有人文情怀的思想者或大地赤子，都应该到山野中来居住一段时间，穿上草鞋，戴上斗笠，披上蓑衣，迎接风雨的沐浴，体验一下另一种人生的滋味。要弯下腰身，放下板结的旧有经验，运用精密逻辑，进行一次深度田野考察，做一番调查研究。从原生态中吸取精气，详细了解每一株树的生长过程，细数每一道年轮中储存的信息；去探索每一块石头与每一株植物的成因，它们与这片森林的关系；熟悉众多生灵的日常活动、食物生态链和居住环境，接触和抚摸一下潮湿的泥穴、古老的山洞和风雨中飘摇的鸟巢。

观察自林中冉冉升起的日光，斑驳的光线穿越枝杈，照亮树身的伤疤。

当然，除了以上事物，这里还有大面积的流星雨，三声狗叫后是苏醒的森林：河流解冻，春天再度来临，林间遍开野花。乳白色炊烟袅袅被风吹远，蓝天徐徐降下圆号的深沉旋律，群山遥相呼应——大地响起一支古老沧桑的歌谣。

原载《散文》2022年第3期

黑夜中的光

周　莹

小时候，我家住在山脚下的村庄里。村庄周围是一片高高低低的稻田，旁边是一座山峰。山梁上住着一户人家，是我们的亲戚。他家的大门，正对着山脚下的小河。河的旁边，就是我们的屋子。站在我家门口，也可以看到他家的屋子，以及在屋子周围走动的人影。两家之间的距离，大约六七里路的样子。

我们家的水田多，每年总要和住在山梁上的亲戚换工。

初夏时，插秧的季节来临，他就会来到我家帮忙。然后我家又去他家帮忙。这样的做工，叫作换工。他们用山上的苞谷或者洋芋，换取山脚下的稻谷，再去加工厂脱粒成大米。住在山顶上的人家没有水田，而他们的坡地却十分宽广，种的洋芋和苞谷又特别好吃。那些年，我家习惯用稻谷去换他家的苞谷和洋芋。尤其是每年的洋芋种子，都是用稻谷换来的。一斤稻谷换五斤洋芋，他们还喜欢得不得了。这种换工换粮的方式，一直持续着。

记得有个晚上，天上连一颗星星都没有，月亮早已钻进云层里躲猫猫去了。吃完晚饭，那个亲戚要回去了。屋外，却是伸手不见五指的黑暗。

父亲就对他说："给你搞个火把吧，要不然路上看不见。"于是，爷爷找来了干篾片，捆成了一根长长的火把。

"舟舟，你帮我把火把点燃啊。"那个亲戚对我说。他在我家干活，总习惯喊我拿这个拿那个。我虽然有点调皮，但也勤快。他一喊，我就立马行动，速度之快，让他赞叹不已。

我接过父亲递过来的火柴，一下就划燃了。我小心谨慎地把燃烧的火柴对准火把。被父亲浇了煤油的火把，"轰"的一下就燃了起来。

火把的光，照亮了我家的庭院。顿时，庭院外那棵高大茂密的老樟树，就像一把结实的大伞，密密地覆盖在我们的头顶。火把照亮了他，照亮了我们。我们身边的世界，变得亮堂堂的。

一刹那，一股竹笋和泥土夹杂在一起燃烧的气味，扑鼻而来。接着，一缕缕火光的温暖气息弥漫开来。漆黑的天，耀眼的光，映照出他眼里的惊喜。第一次为他人点亮了一束光，我心底涌起的温暖和喜悦，像潮水一般翻滚。

“老表，你看看，养个小女儿就是好。你家小女儿多勤快哟!”他夸奖道。

我却噘着嘴辩解：“不是小女儿，是大女儿呢。我爹还有一个小女儿，她就是我妹妹。”

他举着火把，转身，准备走，却又没有走。

他看着我父亲：“下次，哪天干活，需要帮忙的话，你站在门前的树上，喊一声，我听到了，就答应你。”

父亲连连点头。以后每次需要帮忙时，父亲就架着梯子，爬上水田旁边那棵粗壮的核桃树，对着山梁，使出浑身的力气，吼一嗓子：“老表，明天给我家干活哦。”随后，从对面的山梁上，传来一句粗犷的应答：“老表，晓得了。我明天一大早就来嘛!”

就这样，父亲再也不用走路去他家请工。如果他家要干活，他也会站在山梁上，冲着我家门口的方向，扯着嗓子大喊：“老表，明天来我家干活哦!”接着，父亲就会把双手合成喇叭状，回复：“听到了，我明天一大早就来嘛!”

是什么把他们的声音传递到那么远的地方去的呢?

是风，把他的声音传了过来；又是风，把父亲的声音传了过去。风，成了他俩的传话筒。每当他们喊话时，我总会使劲地吸吮着鼻子，感受那一丝丝甘甜清爽的风的味道。

那天晚上，我看见了火把的映照下，亲戚那张慈祥的脸庞上挂满了坚毅与从容。他脸上的坚毅和从容，与父亲脸上的表情，是多么相似啊。难怪他俩是老表呢!

“回吧！不早了!”父亲催促他。

“好的。是该回家了!”他眯着眼睛，笑了一下，才说。

握着火把的他，转身就钻进了黑暗中。只有他头顶高高举起的火把，闪耀着一束明亮的光。那束光，在黑夜中，跳跃着，移动着，闪烁着，并一路前行。

我站在院子门口，痴痴地望着夜幕下的那束光。那束越走越远的光，仿佛钻进了我心里一样，令我激动不已。

他举着火把，沿着弯弯曲曲的山路，朝山上走去。夜空是黑黝黝的，远山是黑黝黝的，村庄是黑黝黝的，唯有弯弯曲曲的小路上，那一根明亮的火把在燃烧着。摇摇晃晃的火把慢慢朝前走去。我站在黑夜中，一直看着，看着。

劳累一天的父母，洗漱之后上床睡觉了。奶奶收拾完碗筷，也躺在床上睡觉了。弟妹们早已进入了甜蜜的梦乡。爷爷还在堂屋里洗脚，只有我一个人，还站在门口，望着山林中的火把，出神。他怎么还没到家呢？黑夜中那束光，像星星那样明亮。我的眼睛，盯着那束光慢慢移动的方向，直到那束光，消失在山顶上的屋子前。

“你表叔，他回家了吗？”父亲隔着板壁墙问我。

“火把不见了，应该是回家了啊。”我肯定地说。

“舟舟，睡吧！回家就放心啦！”奶奶在卧室里喊我。

由我点燃的那束光，走了很远的路，才把他带回家呢。没有那束光，他的路，就会更加艰难，甚至是寸步难行啊。

那一夜的梦里，都是一束光在移动的不同场景。那一束黑夜中的光，让我感到幸福和快乐，温暖和喜悦，痴迷和激动。也许，那束光什么也没有带给我。但深思一下，我又发现那束光，带给我太多说不清道不明的感受和思考，并让我从此不再害怕黑夜。我知道凡是黑夜，就会有一束光，从某个地方或者方向冒出来，照亮我眼前的世界，为我驱散四周的黑暗。火柴是一束光，火把是一束光，家庭的温暖是一束光，成长的希望更是一束光。

没过多久，父亲去他家还工。归来时，依然是黑夜。夜色包围着整个村庄，甚至整个山谷。父亲需要火把的那束光，才能回家。

天已经完全黑了。

表叔也为父亲准备了一根篾片做的火把。我期待着父亲举着火把，从山梁上的小路上回家。黑夜中，那一闪一闪的火光，深深地吸引着我的眼眸。

那束光，还没有出现。

等得我的眼泪都要掉下来的时候，山梁上的道场边，才出现了一束隐隐约约的光。那束光，忽闪忽闪的，还左右摇晃着。忽然，有山风吹过来，那束光变成了曲里拐弯的形状，随即又变成一道笔直的光。

“火把，亮了。”我忍不住大叫起来。

原载《小溪流》2021 年第 11 期

千年仙藤的微妙

陈惠琼

我是“千年仙藤”，植在增城何仙姑家庙以北 400 米处，我的模样是一棵巨大的藤伞。

当我是一个初生的孩子，我的力量，就是生长的力量。无名日子的感触，攀缘在我的心上，正像我攀缘在榕树的身上。缠绕着古榕树登高。许多事情我撂下不管，甚至身上的叶子也会丢失。不考虑凡世的是非，不理睬人们的褒贬。我心里潜藏多年的勇气陡增。

我的枝条一分为二，二分为四，四分为八……

凡是植物必定有根，村民何伯却说找不到我的根。《城事特搜》派出记者特搜，像顺藤摸瓜，想顺藤摸根。一条一条又一条……看来“特搜”刚刚找到的也不是真正的根。难道我的根是那么神秘？这是我的奥秘：“根是地下的枝，枝是空中的根。”矛盾之处，也是矛盾消失之处。我不喜欢裸露拘束的根，喜欢想象延伸的根曳动在温暖的土壤里，并联想起根使树枝产生花和果。

一个又一个四季叠加起来——构成我美好的居所和梦想之地。我这株独藤已成林，跨度超过 30 米，搭建的绿荫，遮地 400 多平方米，远望如绿色的彩带。六月的太阳成就了我，一颗心在我臂弯里跳动。我像一个女子换了装束出嫁，在绿色的梦中吐着雪花，羞涩地绽放，让游人心跳，游人亦喜欢尽情享受“六月瑞雪”之吉祥。

秋天，我凸出的骨头，显示出苍劲的轮廓。我所生长的，是人类的愿望，是环保之所求。我借助于我的仙骨一藤，使人们不会错过人生途中的风景。我如生活的千丝万缕，盘缠交错，渴望拴住最新的梦想。亦似蜿蜒的盘路，渴望通向远处。更像一根绊人的绳索，把似是而非的事物圈起来。我凝结成一条生生不息的藤链，无畏雷雨，无畏风寒。我是一条自强不息的根，不怕人情之冷，不怕寂寞之痛。

渐渐我的生命有了奇迹，经植物研究所专家鉴定，我学名“白花鱼藤”，茎最粗部分周长为 2.3 米，为目前世界的花藤之冠。虽然我被申报吉尼斯世界纪录，但也不会爬在名望的背上自吹自擂。为了保护大自然的成果，人类派看守站在门口。当互不认识的游人来观看我时，我的梦便一起与他们曳动。

但我还是要告诉人们：我是坚韧的藤，我是倔强的根，我生命的状态是“稀有植物”。

在焦渴中我总是盼望着什么？是人类主动地在找寻绿色秘密的身世吧？

原载《增城日报》2022 年 2 月 15 日

夜听昆曲

李鸿雁

那些个春风沉醉或枫叶染窗的夜晚，花草虫鸟们睡了，阿猫把肥肥的小爪搭在我臂弯，眯着眼也睡了。夜静下来，亮一盏灯，等一个归人。这样的时刻，或斜倚床头或半卧枕上，最适合翻一本闲书听一段昆曲。低低的音量经过夜色晕染，那音色便像沐着月光走了千里万里，走过山川河谷、穹林苇塘，行云流水般愈发清俊温润、悠远绵长，可能你一下子听不太懂那些念白唱腔，只是，仅意境瞬间就空灵唯美了你所有的想象，似一片云栖于耳畔继而软柔柔地铺满整个心房。

丽音缥缈中乘着时光的翅膀，撩开岁月的珠帘，思绪随着夜风飞回几百年前的秀水江南。

帷幕徐徐拉开，俏脸挂着粉黛的美娇娥、青衫风流倜傥的贵公子，像从一幅幅画卷中缓缓走来。看《西厢》月圆，郎有情妾有意，终是喜结连理。《牡丹亭》里，诉说不在梅边在柳边的生死情深。最是含泪泣血《长生殿》，唱不完绝代红颜为君亡的千古遗恨！无论香闺女儿怨，还是两地相思苦；无论前朝兴亡之叹，还是故国不堪回首；无论良辰美景奈何天，还是落木萧萧黄叶地……无不淋漓尽致、风姿万千地摇曳在眼前耳边，那檀板，那鼓点，声声入耳。那琴音，那笙箫，丝丝入心。

人常说听戏听戏，一个“听”字，的确更为恰切，且常听常新。昆曲以听的方式去感知，方更为传神也！

“月明云淡露华浓，倚枕愁听四壁蛩。”《玉簪记》里一对璧人经过初相遇、伤别离一番曲折后结为天作之好，遂了有情人终成眷属的夙愿。“遍青山啼红了杜鹃，荼蘼外，烟丝醉软。牡丹虽好，他春归怎占的先?”《牡丹亭》中丽娘她春梦寂寂，情思万千，即便春风似剪，怎么也剪不断，理还乱。“愿此生终老温柔，白云不羡仙乡。”《长生殿》前，三郎贵妃只羡鸳鸯不羡仙的海誓山盟，终归都在马嵬坡前飞逝如烟。“寒风料峭透冰绡，香炉懒去烧。血痕一缕在眉梢，胭脂红让娇。”《桃花扇》里，李香君为爱血溅香扇的贞烈之举，令人唏嘘扼腕。可怜她小女子，弱体香躯病卧空楼，寒窗孤枕夜漫漫，好生凄然。这一段段华美绝伦的唱词，皆为成就昆曲不可磨灭无可替代的贡献与经典，几百年后的今天，听之，仍令人无比动容和感叹。

一声勾人耳，四句摄人魂的音律，“像古代水磨漆器，又似水磨糯米粉一样细腻软糯，低回婉转，悦耳动听”。云水一样纯净的昆曲，其寄情诗酒、清赏雅玩的高贵血统，一诞生即注定了无法流于穷街陋巷的不俗之宿命。

只可惜今人能懂这古老音韵的已是少之又少。世态浮华，人心浮躁，再回不到从前。

昆曲源自人声却属于自然，调清曲绮，意境辽阔，如出谷山溪、黄莺恰啼，几乎没有夸张的修饰、高昂的旋律，却能让人从吴侬软语中听出小楼昨夜又东风的春景、夜雨忽而涨秋池的秋意。闭目细听，依稀仿佛如仙似幻的一众佳丽正自光阴深处娉婷而来，她们或轻抚琴，或斜别簪，或半捏帕，或粉颈桃腮，或明眸皓齿，或梨涡浅浅……那种云娇雨怯、玉软花柔的仪韵，令人顿生惜玉怜香之感。一时，竟难以笔墨尽述之，正可谓只能意会，不能言传。

除却词美声美，昆曲之美，还美在身段、水袖、眼神与指尖。

那如青葱玉笋般的纤纤素手，轻盈盈遥指远方，便成巍巍春山；娇颤颤轻点近旁，便可见秋水微澜。身段袅娜间，百媚顿生。眼波流转时，柔情万种。一指一点便勾勒出昆曲隽永灵动之美感。且看水袖在半空舒展翻转，再看云步于台上轻移蹁跹，道不尽的风姿楚楚、唱不完的魅力款款。

“兰之猗猗，扬扬其香。不采而佩，于兰何伤。”在历代闺秀中，冷魅清傲、仪态万千、风华绝代的张爱玲，其性情与文字更接近于昆曲的本真，不沦于庸常、不被很多人所懂，压根也不屑于被谁所懂。如空谷幽兰，不以无人来赏而不芳，亦如昆曲一样，你可以不听，但并不妨碍它成为中国戏剧之母。

由此，常感叹世间女子，不一定系出名门却完全可以把自己修炼成一枚妥妥的闺秀。永远不要嘲讽那些处处讲究格调、追求完美的女子，更不要讥讽那些身处逆境却活得无比通透的女子，她们可能困顿、落魄，但永远不会潦倒。那种骨子里透着的高贵高级感是她们与生俱来的底线。不怠不辍不堕，不辜负生命中的每一天，更不允许自己沦为随波逐流的庸脂或俗粉。

闺秀如昆曲。秀外而慧中，不喧不哗，以自身求静尚雅的气韵，把起起落落的日子过得诗意而从容。她们或顺风顺水或命途坎坷，但无论晴雨，她们走过的每一步都是风景。踩着细细的高跟鞋，踩着细碎的光阴，一袭旗袍裹着蕙质兰心，裹着白玉样的皓腕和美腿，持一把檀香小扇，一折一合间都是岁月带不走的典雅和风情。走着、摇曳着、蝶变着，终是在一转身、一回眸、一莞尔后，静静离你而去了。

人间忽晚，山河已秋。此时，北雁正南飞。夜凉如水，轻掖一下薄被，翻过这页书，昆曲再响起……

原载《都市》2021 年第 12 期

草木味道（节选）

屈绍龙

早春四月，清晨不冷不暖。风很大，到处树颤花摇，连草也迎风舞动起来。屋外的绿地上，能挡风的只有一行榆树和栗子树，但它们嫩叶尚未长出，只能听凭风长驱直入，摇动了这一方春色。

农舍后面的斜坡上覆盖着茂密的柏树林，两侧的花园和草地上还长了些榆树。农舍的正前方，一条小溪蜿蜒流过，像是为草地镶了一条银边。跨过小溪，前面又是一片柏树林场，墨绿色的枝叶就挂在水面上方。白嘴鸦多在树上筑巢，春天的时候，这片深谷里到处回响着它们嘎嘎的鸣叫声。

小树林与周围的草地之间有一道堤垄，垄上满是野生的紫罗兰。这种花没有香味，盛开时花瓣又宽又大，几乎能与三色堇媲美。还有酢浆草，花开时白茫茫一片，长达数周。这些花在有些地方是银白色，在有些地方则呈淡紫色。野花通常如此，生长地点各异，颜色也各有不同。

在靠近水源的地方，也有各色植物相互竞艳。莎草抽出三棱形的花茎，狭长的叶子上有一道道的棱纹，深色花穗高高挺立，布满了浅黄的花粉。水杨梅沿着地面匍匐，花茎细长，枝蔓攀爬得整条沟渠都是，到了秋天就长满带软刺的小绒球。薄荷散发着强烈而独特的气味，绝不会被认错。苦苣菜的花儿颜色洁白，偶尔夹杂一丝淡淡的黄颜色，这是蜜蜂钟情造访的花儿。

每周我都会来到小溪旁边，坐在白杨树下欣赏风景。路旁的牛蒡叶子逐渐舒展开来，花儿也竞相绽放。蒲公英、白屈菜、金盏花和忍冬的花开成了一片金黄色的花海，简直占尽了春色。紧紧簇拥着它们的还有些紫色的连钱草、红色的野荨麻和雏菊。黑刺李、马栗树和山楂树也相继吐蕊开花，而整片草地因为长满了毛茛而变得一片金黄。

溪水流淌，如往日般清澈甘甜。下游的拐弯处长满了茂密的莎草，柔嫩的蒲草则占据了上游，一副此地非我莫属的神气。水面四周还能看到野山鸡和田鼠出没，不过水中却没有鱼儿的踪影。我的正前方，朝南的方向则是一片空旷的草场和宽广的麦田，温暖和煦的风不时吹来一团团的白云，草场和麦田明暗交错，时而被阳光普照，时而被云影笼罩。

淙淙流水蜿蜒穿过草地，朝我的方向奔来。溪水微颤，似乎随时都会漫过溪岸。水流平缓处波澜不兴、闪着微光，如同打磨抛光的明镜，唯有柳树的倒影投在水面，微风骤起，荡起粼粼波纹。

视线越过长满谷物的绿色斜坡，可以看见轻薄的雾气在远处林间缭绕，群山若隐若现。白杨树娇嫩的新叶色泽浅淡发白，尚不能像大片叶子那样哗啦啦作响，只在风中发出微弱的沙沙声。马栗树的枝叶无力地垂下了头，宽大的绿叶一时无力遮挡阳光。依稀看见远处路上零星散布着白色的斑点，那是黑刺李树丛凋零的花瓣。

有个角落里长满了山茱萸。山茱萸春季开花，赏心悦目，秋天则挂满深红色的浆果。霜冻过后，有些叶子的边缘会变卷翘，颜色也会变成深红色。这里还有两三片绣球花树丛，它们在六月开满白花。这种野生绣球花不像公园里培育的那样呈雪球状，而是呈扁平的环形，外圈的小花最为洁白，靠近中心的部位则略显淡绿，惹人怜爱。

端详着，想象着——到了夏天，在温暖的阳光照耀下，粗糙的墙、茅草屋顶、爬满常春藤的窗户定会镀上迷人的光辉。灰蓝色的炊烟从高高的榆树旁边袅袅升起，园子里树影婆娑，开满了五彩缤纷的鲜花。

原载《山东文学》2021 年第 10 期

瓦窑边上是牛坡（节选）

韦光勤

那个被人叫作“瓦窑”（汉语称呼）或“红窑”（壮语称呼）的村庄，有五六十户人家，三百来人。村子的东面是直上直下的峭壁悬崖，西面是高低起伏的土坡土岭。它们挺立或匍匐在苍茫的天地间，高大、雄浑、坚硬、磅礴，不可撼动。山的那边有一条河流，叫古城河。坡的那边是牛坡，还有一条细细的溪流。溪流没有汉语名字，我们把它叫作“雨”。在我们当地的语言系统里，“雨”是比名叫“达”或者“拉”的河流要小许多的溪流。它娇小、澄澈、温婉，姿态婀娜，如豆蔻少女的发辫，终年在山林峡谷间摆动、飘荡。“雨”从北面遥远的高山峡谷间逶迤而来，淙淙奔流，沿途制造了数量众多的清幽碧绿的水潭。它们像红薯藤上的红薯，不规则地散落在垄上，大小不一，形态各异。

“雨”的两岸蓬勃着参天的古木，也泛滥着一丛一丛的草珠子。夏秋时节，草珠子由绿而褐而紫而白。它们外实中空，光洁圆润，质地坚硬，一如晶莹剔透吉祥如意的佛珠。村里那些缺乏雪花膏化妆品的女孩子，一到夏秋时节就跑到溪边把它们成串摘下来，回家撒在簸箕里晒干，然后用花手帕包好，藏到床头或柜子里。晚上便拿来细细的丝线，就着煤油灯将它们串起来，做成一只只手镯或一串串项链，戴在手腕上或挂在脖子上，能让她们美上大半年。或许是出于这个缘故，草珠子在乡间也就有了“菩提子”“观音籽”这样禅意绵绵的雅称。

“雨”把巨大的山岭从中间剖开，东面是陡峭的石山，西面则是几架绵延起伏的土岭。这些土岭构成了一片宏阔的牛坡，它是瓦窑人世代放牛打柴烧炭讨生活的地方。对于放牛的场所，瓦窑人习惯叫它牛坡，不叫牧场。我私底下想，还是叫牛坡显得更为贴切些。因为在牛坡这两个汉字的笔画间，有无边的芳草和成群的牛马。在过往漫长的岁月里，牛坡上奔跑着大群大群的牛马，也奔跑着瓦窑人最初的磅礴时光。

放牛是一件盛大而隆重的事件，动静很大，地动山摇，马虎不得。每天正午，放牛的竹梆声总是准时响起。从村头响到村尾，又从村尾响到村头。这竹梆声敲给牛听，更重要的是敲给人听。梆声如军号，一旦响起，栏里的牛便焦躁不安，不停地在栏里转圈，踩得粪水四溅，滋滋作响。栏门一打开，牛便争先恐后，狂泄而出。牛蹄与青石板撞击的踢踏声，牛奔跑拥挤的呼呼声和此起彼伏的哞哞声，响彻村庄上空。而此时正在田里与主人战天斗地的牛，开始变得狂躁不安，原本温顺如猫的它们不再温顺。它们狂躁地踩碎脚下的天光云影，剧烈跳跃，猛烈甩动自己的脖子，试图甩脱那沉重的牛轭和主人手中的麻绳，与同伴一同奔向那绿草如茵的牛坡。

小时候放牛，都要经过一座砌在土坡边上的瓦窑。瓦窑顶上常年竖着一股白烟，那是瓦匠在烧瓦。瓦匠是村里的一个本家叔叔，打得一手好瓦。从瓦窑这个村名的来源看，打瓦手艺当为他家祖传。那座瓦窑所生产的瓦片，让泥土长出了翅膀，飞到半空中，为瓦窑人和他们的牛营造了一个温馨宁静的家园。

放牛时两人一组，全天候看守，不得擅离岗位。他们把牛赶上牛坡后即守在路口，以防那些牙口好且不安分的牛在中途跑路，糟蹋那些被农人视为命根子的庄稼。通常情况下，两个人轮流看守，时不时还得爬到岭上观察牛群的动向，目测牛群散落的距离远近，好在傍晚时能够准确而快速地将它们归拢到一起。

在漫长的守候和等待中，放牛的人便轮流去砍柴，找竹笋，寻稔子，摘杨梅，为的是傍晚回家时不至于两手空空，被人耻笑。而最能消磨时间也最有乐趣的还是钓鱼。“雨”里生长着两种我叫不上名字的鱼，有鳞的个头大些，无鳞的个头小些。两种鱼都极精明，钓上一整天，运气好的可以钓上一小碗，也就是半斤左右，运气差的则两手空空。钓鱼的工具倒是简单，一把钓钩，一截胶丝，一根钓竿，再加上临时在野外或菜地里挖来的一小包蚯蚓，就足够了。而钓竿选择却有讲究，有一套严格的程序，比如砍钓竿时需从根部一刀斩断，不能拖泥带水。为图吉利，还得一个竹节一个字，反复念“猫鱼肉”“鱼蛇蚂拐”“得吃不得吃”之类的口诀。当然，这只是心理上的安慰，鱼钓得钓不得，除了有必要的技术，还得有些许的运气。

那棵樟树，很老了，看上去像一个巨大的蘑菇。它在村头站了好几百年，为瓦窑人遮风挡雨。它看山看水，看云看雾，看生看死，看离看合。瓦窑人许多隆重的仪式都在这里举行，比如孩子参军在这里出发，学子赶考在这里启程，外出谋生在这里起步。甚至一些与死亡有关的仪式也在这里操办。比如那些凶死的人，按照习俗，他们的灵柩不能进村，只能停放在这老樟树脚下，接受亲人的眼泪和旁人的叹息。在上肩起步上山安葬之前，他们的棺材必须在原地飞速转上一圈才能上路。在瓦窑人的观念里，这样的转圈让那些凶死的人，魂灵找不到自己生前的家的方向，不会三更半夜跑回家翻碗柜揭锅盖找吃的，惊扰到阳间的亲人。更多的时候，樟树脚是纳凉歇脚的所在。对于那些从樟树旁南去北往的外村人，无论认识不认识，瓦窑人都会大声招呼：

“表，进家吃粥先啊！”

那一声亲切得让人骨头酥软的“表”，那碗照得见人影的稀粥，让砧板一样光滑坚硬的日子变得柔软蓬松，温暖无比。

小时候，我一直搞不懂，瓦窑人为何有那么多的“表”，而且那些“表”进得家来，吃的都是粥，而不是米饭或者别的东西。后来才明白，那不过是一句因为穷而没有多少实际内容的客套话，是人心与人心的交换。那些南来北往的“表”，真要进了家门，估计连粥都没得喝。然而，那清脆的一声声“表”，在很长一段时间内，为瓦窑人营造了一个温情脉脉的乡间世界。

樟树脚下平整开阔，是牛群的集散地。每当竹梆声远远地在暮色中响起，各家各户的老人或小孩——青壮年此刻还在田地里死扒苦做——便纷纷赶到这里守候，睁大双眼，伸长脖子，借助昏暗的光线，在牛群中辨识自家的牛，并把它赶回自家的牛栏。倘若牛群里没有自家的牛，处置的办法通常有两种：一是尽可能地寻回那任性贪玩的牛；二是任其自然，等待某块玉米地或某个菜园主人的惊呼和诅咒。

原载《广西文学》2022 年第 9 期

辑　五

丹顶鹤的天堂

李朝全

丹顶鹤是一种吉祥鸟，在中国文化中它经常被称为仙鹤。丹顶鹤寿命很长，可达50—60年，在鸟类中属于长寿家族，因此中国人常用“松鹤延年”来祝愿人健康长寿。

丹顶鹤是鹤类中的一种大型水禽，体高可达1.5米，双翅展开可达2.4米，细长的脖子细长的腿，通体多为白色，头顶一处鲜红色，颊、喉、颈和尾羽为黑色。丹顶鹤身姿优雅，叫声嘹亮，善于舞蹈，舞姿优美曼妙。而丹顶鹤对于爱情又是坚贞不屈的。一对雄鹤和雌鹤，一旦确立为伴侣，便终生不渝。双鹤对舞更是一个令人动容的场景。雄鹤与雌鹤对面时，头部朝天，双翅频频震动，在同一节拍里发出高昂悠长的叫声。雌鸟亦即刻响应，抬头向天，却不振翅，而在一个节拍里发出两三个短促尖细的复音。这种夫唱妇随、琴瑟和鸣式的二重奏，不仅是对爱情的表白，亦是对其他企图入侵者的拒绝与警告。丹顶鹤出于求偶本能的兴之所至却淋漓尽致的舞蹈，倾情投入，十分优美动人。人间的舞蹈大多是从动物习得的，尤其是像天鹅、丹顶鹤们的舞蹈更是人类舞蹈最好的老师。

丹顶鹤是一种珍稀动物，全世界仅存约2000只，其中90%栖息在中国。每年4月至10月，大约有500只野生丹顶鹤生活在黑龙江齐齐哈尔和大庆之间的扎龙湿地。到了10月下旬至次年的3月初，丹顶鹤便南迁至江苏盐城等地栖居。每年在盐城越冬的丹顶鹤数量在800只左右。

鸟儿用翅膀选择落脚的地方。作为一种标志性的动物，丹顶鹤对于环境的要求极高，唯有生态优良的地方才会进入它的法眼。盐城因地处长江与黄河中间地带，同时又有大片的滩涂和湿地，最寒冷的1月份平均气温在0~2.5℃，终年水面不结冰，拥有无比丰富的动植物资源，可以为丹顶鹤提供优良的栖息、捕食场所。因此，每年冬季到盐城去赏鹤，已然成为成千上万游客赏心悦目的佳事。

盐城地处里下河平原，面朝大海，土地肥沃，物产丰饶，堪称“鱼米之乡”。这里植被葱茏、生态优美，适合慢生活深呼吸，是丹顶鹤等世界珍禽的栖息地，也是麋鹿等野生动物的大乐园。

盐城保护区位于暖温带和亚热带过渡地段，受海洋性和大陆性气候双重影响，年均气温在14℃左右，降水丰沛，无霜期长，因此成为植物和动物的天然王国。在保护区内，已知植物450种，鸟类402种，两栖爬行类动物26种，鱼类284种，哺乳类31种。其中，国家重点保护的一级野生动物就有丹顶鹤、东方白鹳等14种。还有像“自带餐具”、嘴巴像小勺子的勺嘴鹬之类的珍禽。

从1986年起，盐城自然保护区建立了专门的鹤场，对丹顶鹤进行孵化繁殖和野化训练。

35年来，丹顶鹤驯化区已研究总结出了一整套成功的孵化和训练的经验。为了增强丹顶鹤的体质，需要对丹顶鹤进行训练，每天在野外放飞两次。驯养师用嘴发出特殊的语音来呼唤丹顶鹤，听到呼唤的丹顶鹤就会条件反射似的迎风起飞。

把鹤群放出到草地上，驯养师先发出“呼嘟、呼嘟、呼嘟”的口哨声，就像是在催促丹顶鹤“快跑、快跑、快跑”，丹顶鹤一听见指令，当即迈开细长的双腿，快跑起来。待它们跑到一定的距离，驯养师的口哨立即变成了“嘟、嘟、嘟”，就像在喊“飞、飞、飞”，于是，一只只丹顶鹤便展开巨大的白色翅膀，逆风飞起，直冲蓝天，不停地扇动着翅膀，在空中盘旋，滑翔。这时，驯养师又发出了“嘟——嘟——嘟——”的呼唤声，仿佛在呼唤“落下、落下、落下”，那些空中翱翔的精灵，听见这一声声召唤，一只只便像飞机着陆似的，逐渐地减速，降低高度，滑翔，收翅，双脚着地，向前冲了几步，随后，稳稳地降落在了碧绿的草地上。而后，驯养师便走上前来，往地上抛撒一些玉米粒等食物，犒劳这群听话的大鸟。丹顶鹤对这些穿着白大褂的驯养师充满了亲切之感，一面“抠——抠——抠”欢快地叫着，一面啄食着地上的粮食，偶尔啄一口草根或草叶。在草地上撒够了欢，然后它们便随着驯养师的口令，跟着他们回巢。

湿地上，到处芳草萋萋，苇荡密布，长满了白茅、芦苇、盐蒿等野草，植被繁茂。而在茂密的草地和灌木丛中，地上、水里还有大量的土海参、红蟹、小鱼、小虾等。这些都是丹顶鹤的美味大餐。那些土海参，大名瘤背石磺，又名海赖子，栖息在海边的高潮带，是介于海洋和陆地过渡带的生物，被认为是一种进化的贝类，分布于黄海南部与东海北部，位于江、浙、沪一带的沿海。瘤背石磺是一种珍贵的水产品，其祖先原本是有贝壳的，后由于生活环境的变迁，贝壳逐渐退化，演变为珍珠样的小颗粒隐埋于皮肤之下。这种底栖软体爬行动物营养价值极高，市场上每斤售价30元以上，而如果到餐厅里去点一盘土海参的菜，则需花费100多元。丹顶鹤日常所食便是这样高营养的海鲜美味。

丹顶鹤的夜栖地通常都选择在中间是水、外围是芦苇的地方。这样，如果有大型的动物要侵入进来，在穿越芦苇时就会发出“沙沙”的响声，这就能及时地提醒丹顶鹤危险的到来，使其能够及时躲避。盐城因为湿地辽阔，河汊密布，湖荡处处，同时又有大量的芦苇白茅，因此成为鸟类栖居和生活的天堂。

养鹤场为了进行人工繁殖，就需取走雌鹤所产的蛋。通常，雌鹤产蛋都是周期性的。当它产下两枚蛋后，驯养师在繁殖区观察到雌鹤产蛋后，就要两人配合，每人拿着一把扫帚拦着一只丹顶鹤，然后再偷偷地从巢中取走一枚蛋。其实，这一切根本瞒不过鹤，当驯养师取鸟蛋时，雌鹤和雄鹤都会发出尖锐的警告声“哇嘎——哇嘎——哇嘎”使劲吓唬对方，但是在扫帚的威力面前，却不得不退却。当蛋被取走一枚后，过了三四天，雌鹤就会再补下一枚蛋，维持巢里有两枚蛋，这时它才会开始蹲下来孵蛋。孵蛋时，雄鹤和雌鹤轮流孵。驯养师为了确保不伤害到鹤蛋，需要戴着透明的塑料手套，小心翼翼地去取蛋，然后再以最快的时间送往孵化室。鹤蛋重量接近半斤，有四个鸡蛋大。

孵化室维持着三十几摄氏度的温度，恒温恒湿，专人照看。鹤蛋放在孵化器里进行32天左右的孵化，孵化成功率可以达到95%。只有个别的鹤蛋孵化失败。这或者由于是新搭配成功的“新婚夫妻”下的蛋，雄鹤和雌鹤未能成功交配，因此未能受精；或者由于蛋的质量不佳，在鹤蛋孵化发育前期就已夭折。

通常，到了31天左右，小鹤就开始啄破蛋壳，同时发出嘤嘤的啼叫声。从鹤蛋破壳到雏鸟出壳，需要经历30小时的漫长时间。雏鸟孵化出来后，需要安排专人24小时精心照料，每两小时就要去查看雏鸟的状态。开始时，小鹤须放在孵化器中24小时，让蛋黄充分地吸收。随后再送进育雏室。为了给雏鸟保温，保育箱里还要悬挂上灯泡，以提高箱内的温度。

“鹤雏才出壳，便具凌云概。”小鹤见到的第一个生命就是穿着白大褂的驯养师。驯养师一边“嘟嘟嘟”地轻声召唤小鹤，一边用镊子夹起鸡蛋或者鱼肉来喂养，从而让小鹤逐渐培养起对驯养师及其声音的条件反射。每一只小鹤都住在一个单独的“房间”里，防止彼此之间相互感染。小鹤长着黄色的绒毛，发出像小鸡一样“唧唧唧”微弱的啼叫声，十分惹人喜爱。保育箱里的温度和湿度都是恒定的。

过了一个月，只要天气晴好，驯养师每天都要抱着小鹤出去到露天里晒太阳，一天两次，以促进维生素D的吸收，帮助小鹤茁壮成长。而喂养的食物更是精心挑选的，包括鱼肉、鸡蛋和特殊的饲料。等到小鹤长得再大一些，就可以喂它吃黄瓜和其他的杂食。驯养师一边喂食一边嘴里发出“嘟嘟嘟”的声音同它交流，就用这样的方式和鹤从小建立起亲密的关系。久而久之，这些人工饲养的丹顶鹤，只要一听见“嘟嘟嘟”的召唤声，便会立即做出反应，而且对这些穿着白大褂的驯养师、对人类也有着一种特殊的亲近感。

等到一岁左右，丹顶鹤头顶开始变红，到两岁时就基本成熟。成熟后的丹顶鹤，驯养师就要将年龄相仿的雄鹤和雌鹤放在一起，让它们“自由恋爱”，寻找自己的“意中人”。通过相互的鸣叫、舞蹈交流，雄鹤和雌鹤渐渐地培养起感情来。这种耳鬓厮磨青梅竹马的关系，让每一对雄鹤和雌鹤最终都能牵手走进婚姻的殿堂。——倘若突兀地将一对陌生的成年雄鹤和雌鹤放在一起，那么它们不仅不会交配，而且还会相互打架。通过自由恋爱青梅竹马的组合，雄鹤和雌鹤从此便将长相厮守，终生为伴。它们对于爱情的态度很像天鹅。天鹅一旦配偶去世，便会哀哀啼鸣并且终生不再觅偶。

人工饲养的目的是为了培养优秀的鹤，同时对其进行野化训练，培养其飞翔本领和猎食能力，待到适当的时机，再选取其中优秀的丹顶鹤进行野外放养，将其与野生丹顶鹤合群生活，使这种濒危的鸟类不断地得以保存并发展壮大。

丹顶鹤通常夫妻两只齐翼出行或以家庭为单位出行，有时也会几个家庭组成一个阵列一起迁徙。每天清晨丹顶鹤从天亮前便开始鸣叫，日出后开始觅食。随后沐浴、休息，将头插进翅膀中睡觉。经过漫长的休息，午后醒来后又继续觅食，捕食鱼虾和软体动物。夜里则栖息在水网密集的苇荡中。

海为龙世界，云是鹤故乡。到了每年的 2 月底，春风徐徐吹来，亚成年鹤便开始成对起舞，它们已经逐渐熟悉并接纳了对方，双方已从恋人发展成了爱人。气温的不断攀升，春风拂荡，也让它们的心情躁动了起来，它们跃跃欲飞。等到 3 月初，更暖烈的阳光照射过来时，它们就将展开翅膀，成对北飞，穿过蓝天，穿梭白云，飞跃大江，飞越黄河口、辽河口，最后到达扎龙湿地，到北方良好的生态环境中去生儿育女，繁衍后代。而到了 10 月下旬，年轻的夫妻便将携带着它们刚刚 6 个月大的幼雏，从北方陆续飞来盐城，继续抚养幼鸟。

鸟类的生命就这样循环往复，不断轮回，生生不息。丹顶鹤，这种吉祥鸟在盐城这片得天独厚的水土中找到了它们最好的栖息地。这群天地间的精灵，这些飞翔在天空里的主人，它们自由地翱翔，自由地栖息，舞动着优雅的舞姿，鸣唱着生命的赞歌，日复一日，享受着自己美好而动人的生活。在盐城，在扎龙，它们用翅膀选择的家，就是它们生活的天堂。

原载《中国社会报》2022 年 1 月 24 日

塔　畈

杨海蒂

大别山的秋天到了，原野色彩斑斓，山峦层林尽染。

这是我第一次走进大别山，来到古皖国封地潜山。潜山古称皖山，潜水古称皖水，潜城古称皖城——安徽简称“皖”即源于此。作为先秦时期就有人类活动的历史文化名城，潜山有着数不清的辉煌历史、灿烂文化，素有“皖国古都、二乔故里、安徽之源、京剧之祖、黄梅之乡”的美誉，而我最感兴趣的是王安石、苏东坡曾在此任职为官。

事实上，我并未在潜山市区驻足，连就在眼前的天柱山也未能亲近，在淅淅沥沥的小雨中，我们一行人径直奔向了大别山腹地的塔畈乡。塔畈，这个别致的名称，得于山中田畈有座“大圣塔”。塔畈地势藏风聚气，为板仓、万佛湖、天柱山环抱，山水交会之处冈岭四合。因四周群山如龙腾云天，在久远的古代，塔畈被称为龙山。

雨后的塔畈，满目青翠欲滴，空气格外清新。塔畈真是一个美丽的乡村：田野阡陌纵横，村庄屋舍俨然，民居白墙黑瓦，小桥流水人家。虽“芳草鲜美，落英缤纷”，但塔畈并非“不知有汉，无论魏晋”的桃花源，生活在 21 世纪，塔畈人很有经济头脑。塔畈有一个专售菖蒲的迷你市场，让我对这儿的乡民刮目相看。菖蒲是中国传统文化中的灵草，被文人视为“花中四雅之一”、当成书房清供上品，端午节则家家户户门插菖蒲以驱邪防疫。塔畈人品位不俗。

塔畈早已进入信息时代。在塔畈乡“玺承电商产业园”内，手机壳等各种数码 3C 产品，分门别类挂满了货架，款式新颖，琳琅满目。杏花村人张祖星，原本在省城合肥生意做得风生水起，为报效乡梓，毅然将公司搬迁至塔畈村，很快吸纳二十多家电商入驻，带动周边村民就业，助力山乡脱贫致富。

杏花村与塔畈村相邻，穿流塔畈乡的塔畈河、彭家河，就在杏花村汇聚出境。在塔畈河畔，一个外形似老农气质却儒雅的大汉，对我们的领队左瞅右瞅、欲言又止，把这位一向超逸洒脱的沪上名流看得很不自在。过了一会，两人几乎同时喊了起来："韩可胜！""储张杰！"原来两人是潜山野寨中学同窗，失联四十年后竟在故土重逢，引发一片欢呼连同唏嘘。这还能不喝上几杯？酒酣耳热之际，两人互揭老底，你说我暗恋校花，我说你痴迷班花……

在大家的哄笑中，央视《味道》栏目组到来，农家乐里更加热闹。《味道》专为"塔畈石斑鱼"而来。此鱼学名光唇鱼，只有一根手指粗，肉质细腻鲜美无比，韩可胜先生大呼"人间至味"，可惜只能野生野长于塔畈。为造福家乡也造福食客，浙江海洋大学水产养殖系主任储张杰教授返乡创业，带领一群自己培养的硕士生扎根于塔畈，历经数载寒来暑去，终于人工繁殖出强农富渔的大别山光唇鱼（即"塔畈石斑鱼"），并在乡间展开实地教学，"把论文写在田野大地上"。

在潜山市地图上，塔畈状如一枚茗叶。塔畈正是中国名茶之乡。潜山种茶历史悠久，潜山茶叶色绿形美、香郁味醇，自北宋沈括始，几乎历朝历代都有赞美潜山茶的诗词，现如今，"彭河牌""天柱仙芽""天柱剑毫""天柱毛毛月"等系列茗茶香飘万家。塔畈茶更是名声在外，北宋乐史《太平寰宇记》记载其为贡品，清代文人罗庄著诗赞其"山茶风味犹堪夸"。无论时光如何流转，无论朝代怎样更替，一年又一年，塔畈茶花如期绽放，一代又一代，塔畈茶人守望家园；一座座美人髻般的茶园，一圈圈五线谱般的茶垄，造就茶博会金奖产品"塔畈"牌白茶，造就远近闻名的"生态茶乡"……塔畈人借自然之手、洒辛勤汗水，建造自己的美好家园，创造自己的幸福生活。

原载《中国青年报》2022 年 4 月 12 日

小星球

沙　爽

这是真的：有时候只要一抬眼，奇迹就会出现。

那确实是一只石榴。它旁边的两只，也是石榴。我已经瞪着它们看了几十秒钟，好像眼前街景铺展，楼群中间突然升起了一颗陌生的星球。

搬来这个小区已有半年多了。我住在四号楼，21 世纪的建筑物，但是除了两部电梯，整栋楼房的布局与 20 世纪七八十年代的筒子楼并无二致。一条长长的走廊贯穿整个楼层，走廊在东，阳台朝西，冬季罕有阳光入室，盛夏西晒有如失火天堂——为什么一定要设计成这样？

站在阳台上看出去，对面就是一号楼的单元入口。再往北，二号楼和三号楼。这三栋楼共用一个小区大门，门口有保安把守。明明是同一个小区，为什么四号楼单独被排除在外，只配做另外三栋楼的屏风？

商业划分出服务，资产划分出阶级。人与人之间的分野，就像同一个小区的商品房和回迁房，泾渭分明。

留神观察，对面三栋楼里的住户，以年轻人居多；而住在四号楼里的，多为中老年。我的邻舍，是一对中年夫妻和他们的老母亲；邻舍的邻舍，足有五六口人之多——区区六十平方米，真不知他们是如何挤下的。有一天为了什么事咨询这家的主妇，她眉头紧皱，扫我一眼，懒得搭腔。大约人在那样的环境里，是很难涵养出好脾气的。

刚搬过来的时候，因为时常停水，去问邻舍的男人，他说这栋楼的供水设施是直上直下的，我家和他家并非同一个管道。他家有水，不等于我家也会有；至于我家为什么停水，要问我的楼上和楼下。我跑上去敲 401 的门，没人；又敲 501，开门的是一对八十多岁的老夫妻，他们告诉我，从一楼到四楼才是同一个管道，总阀在 101。他们问我是租的房子吗，老家在哪里。聊起来，老先生年轻时曾经当过兵，部队就驻扎在我老家的Y市。见他们如此年迈，儿女似乎也不在身边，我想问问他们，是否有什么需要我帮忙，但转念一想，刚见面就这样问，似乎并不妥当。

一个人初到异地，又是独居，总觉得不安。且这楼没有门禁，外人出入无阻，加上墙壁隔音欠佳，总有些奇怪的响动，让人疑神疑鬼。我的房间位于最尽头，走廊里没灯，夜间走在里面，不开手机手电筒，黑灯瞎火的，着实吓人；开手电筒呢，想到旮旯里可能埋伏着某个坏人，手电筒会让自己轻易成为攻击目标——真正是左右为难。偏偏初来乍到，总有些工作做不完，下班时天色已然黑透。拐进小区大门，迎面撞见一间灵棚，里里外外摆满花圈和花篮，镶了黑框的遗照在供桌上默然静立，一盏白炽灯昏黄地照在上边。忙不迭垂下眼皮，屏息从灵棚侧旁绕过去，总觉得有身影尾随在后，后颈上凉飕飕的，汗毛直立。一口气奔上三楼，早早掏出钥匙，飞快地开锁进屋，一把按下门侧所有的电灯开关，伴随“咔嗒”的一声轻响，身后的影子终于被挡在了门外。

小区门口有个修理自行车的小摊，周围摆了一圈各式各样的小板凳。只要不下雨，总有几个老人坐在那里闲谈。我留意过几次，501的那对老夫妻并不在其间。就这样每天出来进去，慢慢地，也能依稀认得出其中的几张面孔，但是倘若在别处碰见，却也不一定能够辨识出来。人到了暮年，无论男女，看上去似乎总有几分相似。

就在老人们坐的小板凳后边，生长着一丛凌乱的灌木，叶片细碎，枝干歪扭，野生野长的样子。灌木与老人，看上去彼此互为背景；而所有的背景总是退往远处，如同被时间的风沙蚀过，划痕遍布，模糊不明。

或许正是因为老人们的存在，让我每次走到小区门前，总会下意识垂下目光。在中年与暮年之间，只隔着一道低矮的山峦。然而中年的谵妄在于，总是难以坦然面对暮年的降临。我因而并未发觉，就在那些老人们的头顶上，榴花似火，将一个个庸常的晨昏点燃。这些稍纵即逝的焰火，一旦错过，就再也难以重逢，连同那相遇中的惊喜、欢悦、疑窦，甚至幻觉——谁的人生不需要一点幻觉加持呢？

这些花朵的火焰，蝴蝶的幻境，是如何慢慢鼓胀，膨成混沌初分的小小星球？这天生多籽的果实，近似于某种胎生的动物，至死保留着与母体相连的伤口：一颗凹陷向内心的六角星星。

时序已是仲秋，留在枝头的石榴，大约是最晚熟的几只？或者，楼角的土质过于瘠薄，这棵石榴树，总共只结出了这几枚果实？石榴已然熟透，主人何以迟迟没有采摘？前几日，我整理杂物间，发现了一根拐杖，它有四只万向轮，向各个方向皆滑行自如，独立时亦站得很稳，像一只矮脚长颈的小兽，里面活着一颗倔强的老灵魂。从扶手的高度估算，它的主人应该是一位男性。我的房东是一对六十岁上下的夫妇，而拐杖的主人，想必是他们的父辈——他会是那个种下石榴树的人吗？

暮色降临，眼前的这几只石榴色泽朦胧，悬而未决，仿佛即将溶解于步步逼近的长夜。

多年以前，我家的院子里也曾经有一棵石榴树——说是“我家”并不确切，因为那是我公公婆婆的家。婚后最初的一年多时间里，我们与公婆同住。两栋房子围成“L”形，分别构成了院子的两道边长，一座长方形花坛则占据了这院子的大部分空间。花坛正中挖有一眼鱼池，里面游弋着十几条金鱼，那棵一人高的石榴树就种在鱼池旁边。必须承认，那是我第一次见到真正的石榴树，而在此之前，我一直以为石榴是最难养活的植物——我母亲曾经试种过不止一次，那些石榴苗养在花盆里，从来未能连续熬过两个冬季。

我结婚时，正值9月下旬。到了10月份，婆婆收获了十几只石榴，全家人分吃了数只，又有几只送给了来访的亲友，还剩下的几只，婆婆收在厨房的柜子里。

过了几天，婆婆说，柜子里的石榴怎么少了一只？

我说，不知道呀。

婆婆狐疑地看我一眼，没有再说什么。

这旷日持久的羞愧，从来不曾被稀释过。但为了某个人，它是值得的。

那时候莲香还在Y市。作为初中同窗，与莲香之间的友情是如何展开的，我早已无从追忆。只记得那时的晚自习极其漫长，而我已开始近视，一旦轮换到靠窗或者靠墙的位置，书写在黑板另一侧的那些习题，就变成了混沌的湖水，除了反射日光灯的一团白光，剩下的，就是些线条凌乱的涟漪。每一次，都是莲香匆忙把那些习题抄写下来，隔着好几位同学，将本子传递到我的手上。初中毕业，我们考进了不同的学校。有一年中秋，有人送给莲香的父亲两盒月饼。是那种极新鲜的月饼，用料考究，饼皮松软，沁出枣泥馅诱人的甜香，仿佛前一天才刚刚出炉。莲香家五口人，所以她分到了两块月饼。我们这两个高中女生，还都文质彬彬地戴着近视眼镜，就那样坐在我们学校门口的花坛边上，一人一块，把月饼吃掉了。

再后来，我们都毕了业，进了各自的单位。某个周末，莲香家里做锅烙。她母亲负责包，莲香负责掌勺，烙得最金黄的几只，她用一只大碗盛着，偷偷藏在碗橱的最深处。吃过午餐，家里来了亲戚，听说表哥还未吃饭，莲香的妹妹说，她看见碗橱里还有几只锅烙呢——谁知却是遍寻不见。莲香的母亲说，别找了，没看你姐一下桌就不见了？那几只锅烙，一定是给沙爽送去了。

那是一个刚刚丰足起来的时代，多数人的味蕾平生第一次舒展开来。只是那时候，我们还太年轻，除了手中大把的时间，能够支配的事物是如此之少，无论索取还是给予，总是不能坦然。

再再后来，莲香就职的那家国营贸易公司濒临倒闭，她辞职前往北京发展。又过了几年，她嫁给一位跨国公司的白领，随夫君移居威海。

二十年天各一方，音信杳然。我几次动念寻找莲香的联系方式，终究还是放弃了。反过来想想，莲香若要找我，似乎也并不困难。人类的内心有两种恐惧同时存在：失落的恐惧，以及失落之物终于寻回却已不复如初的恐惧。或许，横亘在我和莲香之间的，并不是漫长的离别，而是我们早已明了了时光的真相：世事的熔炉会将相同的材质淬炼成迥异的星体，让它们身不由己，屈服于各自的星系。

原载《福建文学》2022 年第 3 期

缅甸的妙乌

王子罕

初识缅甸是五六年前。在一本著名的旅游手册封面上，一盏火红的热气球正飞越一幢奇特建筑。它是由红砖和圆锥尖顶垒成的，地点是蒲甘。朝霞给这座庞大庄严的佛塔镀上一层艳而不俗的玫瑰色，让它在温婉的日光中熠熠生辉。

更让我浮想联翩的，是大佛塔背后青葱开阔的大平原，那一路延展的地平线上，大地与晨雾之间密密麻麻点缀着不计其数的金色佛塔，它们与这座大佛塔有异曲同工之妙。距离的远近拉伸出深邃的透视图景，伟大与渺小在这幅画面中被展现得淋漓尽致。

于是，亲眼一睹缅甸蒲甘的日出，便成了我心中的念想。直到三年前，我趁工作假期，挤出一周时间游历缅甸才得偿所愿。

去一个地方前，我总是竭尽所能地做好攻略。翻遍网上的图文介绍，我放弃了最初的想法：不去蒲甘，而想专程去连当地人都知之甚少的小镇——妙乌。

妙乌位于缅甸与孟加拉国交界的边境邦——若开。这个边陲小镇曾是阿拉干王国的首都，16 世纪时与欧洲各国通商，鼎盛一时。如今却衰落成缅甸旅行社都不会专程组团去的小镇。

何以如此？或因去妙乌实在不便。我从大城市曼德勒下飞机，要坐二十多小时的盘山路大巴才能到达。

大巴的座位上没有安全带，它奔驰在尘土飞扬的泥沙路上。车在黑夜的荒郊野岭行进，我战战兢兢，难以入睡，只盯着仅能照亮前方两三丈远的车灯，还有手里离线地图上五秒一拐弯的前行指示箭头。不过，这一切辛苦都是值得的。我去过六十多个国家和地区，每去一处，缘由和目的不尽相同，但所到之处都能触及我的内心深处，带给我纯粹的美感体验。妙乌就是这样一个让我灵魂为之所动的地方。

表面上看，妙乌与蒲甘一样，都有万千佛塔。但我放弃堪称缅甸旅游名片的蒲甘，专程去不知名的妙乌，主要是因为妙乌的佛塔多为石质，在时光的魔法下被染上一层古朴的黑色，这与妙乌佛塔圆润敦实的造型很相配，比起高耸且有棱角的蒲甘佛塔多了稳重，少了张扬。

另外，在人、自然与建筑的相映成趣上，妙乌之“妙”更胜一筹。作为山地小镇，妙乌的佛塔多位于小山顶或半山腰。摄影爱好者会喜欢这样的布景：佛塔连同绵延起伏的山脉、袅袅升起的炊烟晨雾、小而精致的农田，拍摄日出日落时，镜头能轻松框进一幅饱含层次的画面。

当放下拍照的执念，在村里漫步，那些曾经宏伟庄严的佛塔寺庙，就隐藏在无人清理的杂草、悠闲度日的牛羊群和饭点前飘起的炊烟中。有些塔顶由于年久失修而坍塌，暴露在微风中的佛像总是微笑着凝视来往的世事变迁。不远处，便是刚收起的金黄稻谷，它们坦然铺开，晾晒在小道旁，还有忙完农活后归家的赤脚老叟。路遇脸颊上涂着天然植物护肤品特纳卡的女子，她们无不咧着嘴，向我露出质朴纯良的微笑。

与妙乌比，蒲甘广阔的平原和飘扬的热气球是一道独特风景，但热气球本身是商业化的标签，与传统建筑不太搭配，还有一种为迎合大众美感和需求特意做出来的突兀感。妙乌则不同，它是没被污染的自然而然的存在，是一种从内里透出的质朴天然。

在妙乌，我遇见一对意大利摄影师夫妇，他们二十年内来这里四次。据说，现在的妙乌和十多年前的蒲甘颇为相似，还没被商业化。在交谈中，我们达成共识：风景固然重要，但更重要的是当地人简单纯粹的心灵。

此次妙乌之行，友善、腼腆、真诚的村民给我带来不亚于古迹风景的感动。在偏远的缅甸乡村，我竟有一种回家的宁适感。在这里，就算没有点亮夜路的电灯，没有伙伴同行壮胆，我也感到十分安全和踏实。

不过，我边走边想：这样的原色还能持续多久？这座宝藏山村不断在世界旅行者的视野曝光，它会不会也开始变味？我看到有僧人为了赚钱，整日坐在景点摆好姿势，供游人拍照。还有人付费给僧侣，让他们全程陪同游人。在妙乌的纹面人部落，竟有人把老太太拉出来站成一排，毫无敬意地用镜头对着脸，咔咔咔拍上半小时。

走的地方越多，越感叹美好纯粹的东西不断让位于粗暴速成的赚钱工具。如今，数年过去了，缅甸留在我心灵底片上的，已不是手册上的蒲甘，而是一个人踯躅行走过的妙乌。

只是不知道，现在的妙乌是否值得我再跑一次。

原载《美文》2021 年第 12 期

午夜呓语

肖亚豪

昨夜，我梦见了你。你背对着我站在夕阳中，那匹枣红色的老马在低头啃食地上的洋芋，你们的身影在落日的余晖中被拉得长长的。冷风呼啸着掠过附近的山冈，你弯下腰来，抡起锄头挖洋芋，再把洋芋装进竹篓里，系在马鞍上，自己也背起一竹篓洋芋，牵着马缰绳，迎着夕阳消失在远处的山脚下。

我起身，盘膝坐在火塘边，摸出烟斗，抽起了兰花烟。烟丝燃烧的时候，火光明灭，照见了床头边熟睡的小孙子稚嫩的脸蛋。窗外断断续续地传来秋雨声。我突然发现，三十年了，你的样子早已在我脑中渐渐模糊。我拼命回想，却只能忆起你身体的大致轮廓。至于你的面庞，却成了抽象的虚空。

我们本来是两个素不相识的人，是命运将你我紧紧地捆绑在一起。十七岁，那是什么都不懂的年龄，我骑在骏马上，被我的族人送到你家。在那间后来陪伴了你我大半生的土坯房里，坐在靠近横梁的一个小角落里，透过罗锅帽和纱巾间的缝隙，看到在送亲队伍中忙里忙外、进进出出地招待客人的你，我的心里充满了落寞与不甘。那时的我就像山上的索玛花一样美丽，你却其貌不扬，而且我们年龄相差九岁，如果不是父母之命、媒妁之言，我们的生命应该不会有太多的交集吧。我想，凭我的容貌，我应该嫁给比你更高大威猛的男人。但是那个年代，女人的婚姻全由父母决定，违背父母的意志就等于背叛了整个家族。谁也没有勇气这么做。

你应该还记得那间石磨房吧？去年春天，当万格山上的洋芋花盛开的时候，我回了一趟老家，顺便去老屋看了看。一切都还是老样子，只是房前屋后长出了狗尾巴草，院子里的野草中开满了格桑花。老屋的墙脚被田鼠啃了好多洞穴。我拂去头顶的蜘蛛网，进入磨房里，拭去厚厚的尘埃，发现石磨还好好地堆叠在那儿。我有些伤感，如果人命也如磐石一样坚硬那该多好。我想起刚成亲那会儿，我老是躲着你。每当夜幕降临的时候，我的心里就充满了惶恐。我知道成亲意味着什么，可我并不能立刻接受生命中突然闯入一个陌生男人的事实，也没有做好和你一起生活的准备。每天傍晚，吃过晚饭后，我没有进入我们简陋的婚房，而是一头钻进石磨房里，在地面铺开披毡，和衣入睡。有一天晚上，屋外正淅淅沥沥地下着微雨，我在蒙眬中觉得有人朝我走来。猛然间，你捂住我的嘴，在我身旁躺下来，轻声细语地安慰我。我的心融化了。我不曾想到你粗犷的外表下竟隐藏着这样温柔的心。这种温柔，贯穿了往后我的一生。这辈子，你没有和我红过一次脸，更没有对我动过一根手指头。你说你要把我当小妹妹一样呵护，要我把你当作一位大哥哥。在你去世以后，我才慢慢意识到，这可能是世间最好听的情话。

我们的大儿子出生那年，你驾上马车，去城里卖洋芋。回来时为我买回一件红色的毛衣，还在路边挖回一株小小的樱桃树。当天下午，我穿上新毛衣，忘了自己早已为人母，兴奋得像一个小孩子。我们在屋前的荒地上种下樱桃树，撒了一层羊粪蛋子。没过几年，树长高了，夏天的时候，樱桃树上结满了火红的果粒。我总是站在树下，看你将樱桃粒摘下来，放进畚箕里。去年，我回老屋时，看到樱桃又开始泛红了。

天冷了，再过一阵子就该降霜了，过了彝族年，万格山上又开始下雪了吧？如果你还在世的话，估计又得为堆积的洋芋操心了吧？你会半夜爬起来，为牲口添点草料，猫着腰去储物室里为洋芋盖上一层层披毡以防被冻坏。你真是劳累的命，农村的孩子，上几年学，能识几个字就行了。你却执意要通过卖洋芋供孩子们上学。我们的第四个孩子也要到上学的年龄了。我真是不争气，那一年夏天，我不慎摔坏了腰，从此再也干不动重活了，所有的农活都落在了你的身上，而我只能在家里做做饭，喂喂猪。看到你早出晚归地拼命劳作，我心疼得要命。那些年，每天晚上一回到家，你已累得直不起腰，草草吃过晚饭便瘫软在床上；第二天一早，雄鸡报晓声一响，你又爬起来赶去地里忙碌。苦荞、燕麦，还有那几十亩洋芋都要你亲自侍候。大儿子考上大学那年，亲友们来我家道喜，还没请他们吃完饭，你把人家撂下，牵着马，乘着月色一趟趟地去地里驮洋芋，忙了整整一晚上。如今，大儿子上了大学，分配在省城工作，小儿子读了医专，回到县城当了医生，两个女儿读了师范，都在乡下当了教师。如果你多活一会儿，能亲眼看到孩子们参加工作该有多好，可眼看要熬出头了，你却突然走了。

直到现在，我还是觉得你折了自己的阳寿为我续了这三十年的命。先病重的是我，可我活过来了，你却突然走了。如今想起当时的情景，我还是觉得无法接受。在县医院二楼，我躺在病床上，为自己能躲过一次死劫而庆幸。可谁知道，你此时正在隔壁的重症室里躺着呢。来探访的亲人突然多了起来，到了第三天，又全都不见了，只留下我们的小女儿照顾我。现在想想，我那时真傻，我已经要准备出院了，还有必要让那么多的亲人每天来医院病房里看望我吗？他们是来送你最后一程的呀！

我出院那天早晨，空中飘着雪花。坐在一辆双辕马车上，接近村口时，孩子们才将你已亡故的消息告诉我。天地笼罩于白茫茫的积雪中，蹲在一株杜梨树下，我的脑中一片空白。孩子们告诉我，你的坟就在这棵杜梨树下。我不知所措，慌乱中摸出烟斗，想抽一锅兰花烟，手却抖得厉害。孩子们为我装了烟丝，点上火，我将烟斗叼在嘴中，盯着早已被积雪覆盖的坟包，在雪地里站了整整一个下午才被孩子们背回家。

胰腺炎，到底是一种什么病呢？我到现在依然搞不懂。每天傍晚，在屋后的篮球场边，我和一群老年朋友围拢在一起聊天打发时间。你不知道，在城里，能说得上话的人不多。不像那时我们在万格山顶的村庄里，每天晚上都能围在火塘边，点上松明子和串门的邻居闲聊到深夜。这儿不兴那一套。你走后的很长一段时间，我觉得大半个自己也随你而去了，每天恍恍惚惚的。小儿子到县城成家后，我也跟着他来到了这儿。日子倒是清闲了，但没人陪着我说话，整天闲得发慌，只有到了晚饭后，才和几位跟我一样上了年纪的老人聚在一块儿聊聊天，解解闷。有一位年轻时见过世面的退休干部告诉我，急性胰腺炎一发作，就像点燃了火药引子，死亡率很高。这种病还和酒精有关。我想，村里的男人哪有不喝酒的呢？你的酒瘾还不小呢。如果早知道这些道理，你能少喝点酒，不要那么劳累，兴许到现在还活得好好的呢。

这几年，只有我一个人守着空空荡荡的屋子时，我常常想起过去的一些事情。也许人老了都是这样的吧。有时我真觉得人生只是一个无聊的过程而已。尤其是人老了之后，孤零零地活在人间真是一件痛苦的事情。你如果还在的话，也许会说我享了这么多年福还不知足。我的确比你幸运多了，也比我年轻时的那些同伴都要长寿——他们如今都已经不在了。今年火把节的时候，孩子们都回来了。那天，一大家子近二十人聚在我周围拍了全家福，可惜你不能上框了。如果我的身子骨还允许的话，明年，我会再回一趟老屋，去你的坟上看看你。对了，儿子去医院上夜班了，儿媳妇工作也忙，小孙子一断奶就跟着我睡了。我得把烟灭了，不然孩子要醒了。我们重逢的日子应该不远了，只是，隔着万水千山，隔着阴阳两界，隔着三十年的日日夜夜，到时，我该如何辨认你那已在我脑中日渐模糊的脸庞呢？

原载《延河》（下半月刊）2022 年第 4 期

天下风情

凸 凹

卡内蒂的“自传三部曲”，让我不忍释卷，以至于通宵达旦。实际上，年过半百之后，已没有让我“兴奋”的读物了，因为经年不断的阅读，不免有了餍足的麻木，一如周作人的感觉，尽管太阳每天都是新的，但天底下实在没有什么新鲜的事情，书自然也是如此。

之所以还能“兴奋”地读卡内蒂，是因为他的叙述，能勾起我对儿时的回忆，让旧时的京西生活随之频频浮现，并不断地与之“互文”，陶醉在“共鸣”之中。卡内蒂虽然出生在保加利亚，并在维也纳、苏黎世和巴黎的近郊、德国的小镇不停地游走，但他的生活样式、生命感受，与我的却没什么太大的差异。其中大量的习俗和风情，多多相似，令人会心之处也比比皆是，疑似“我”的自为的生活。

保加利亚乡下的店铺里，除了生活日用品之外，“还有小刀、剪刀、短把镰刀、长柄镰刀和磨刀石。从农村前来购买东西的农夫们久久地在商品面前，用手指来检验刀刃的锋利程度”。这不禁令人莞尔，因为京西故乡的人们，也是靠手指在刀刃上的滑动来检验锋利的。我的四祖父是个木匠，斧子、锛子、刨子等带刃的工具，一旦钝了，他都是在磨刀石上边磨边用指头试快慢。“快慢”就是“利钝”，是京西状锋芒的一种口语。由于好奇，我便常凑在他的身边，也就跟他学会了用左手的大拇指试“快慢”。所以，读到卡内蒂的有关文字，我不禁眼前一亮，左手的大拇指也充血发热。

卡内蒂家里有一个用人，是个“忧伤的”亚美尼亚人。进入冬季，他每天都在劈柴。柴棚已满，他还是劈柴不止，并哼唱着伤悼爱情的歌曲，让卡内蒂感到勤劳是忧伤的新娘。我也跟着忧伤起来——因为儿时总是饿饭，弄不来粮食的父亲就怀着愧疚与忧怨不停地劈柴，也是柴棚已满还不停歇，且一边发力一边唱酸曲《钉大缸》。最终的结局都是被呵斥之后(呵斥的人，当然都是女眷)，愤愤地把斧子扔在一边，悻悻地躲到一边去，暗自垂泪。

这被随意丢弃的斧子，让我感到，在某个时刻，一定会上演相同的戏剧，便心跳加剧了。果然如期到来——

姑姑索菲的小女儿劳里卡是卡内蒂的同学和玩伴儿，劳里卡善写字，还特别预备了一个好看的本子，在本子里用好看的蓝墨水写好看的字母。“这些字母对我的吸引胜过我曾经见到的一切好看的东西，于是我恳求她让我看看。”但无论怎么恳求，都不允，还嘲笑他是个坏小孩，没有看的资格。恼怒之下，他一眼看到了被丢在一边的斧子，便俯身抄起，一边追赶一边喊：“现在我要宰掉劳里卡！现在我要宰掉劳里卡！”这虽然是写在纸面上的喊声，我的耳畔却真的响起了一个锐利的声音：“现在我要砍死你，省得你没完没了地唠叨！”这是父亲挥着斧子追赶母亲的喊声。

斧子当然都没有真的砍下来，但却都败坏了相互之间的关系。母亲对父亲说：“横竖是贫穷的日子，我已过够了，咱干脆就离了吧，省得你一不小心再做了杀人犯。”“我不答应，”父亲赶紧跪下，“我又没有真的想砍你，是斧子它自己不知不觉地就跑到了我的手上了。”于是，他们糊里糊涂地就和解了。但卡内蒂却没有那么幸运，他终于等来了劳里卡对他的报复——

“劳里卡与我又能相处了，起码我们有时候还能在一起做捉人游戏。有一次，盛着滚烫开水的几口铁锅放在平台上，我们在铁锅之间跑来跑去，太挨近铁锅了，劳里卡就在一口锅旁抓住我，推了我一把，于是我便跌进沸水中。除头之外，我的全身都烫伤了。我在床上躺了好几个星期，在昏迷中，我大喊父亲。但当时父亲在英国，这对我来说是多么倒霉的事情啊。我便对他产生了绝望的思念，觉得他如果能及时地赶来，我就得救了。我只有一个念头，其实那是一个伤口，一切都汇进这伤口，那就是父亲的远离。后来我听到了他的声音，睁开眼之后，看到他把手轻轻地放到我的头上。于是，我没有疼痛了。”

多少年之后，卡内蒂已经成了名人，他回归故里探亲，就住在姑姑索菲的家里。他们谈起已出嫁的劳里卡，索菲姑姑告诉他，儿时的事情劳里卡几乎什么都不记得了，但那高高举起的斧子却还清楚地留在她的记忆里，她经常梦见它，最近一次是在她的女友订婚失败之后。卡内蒂并没有太大的愧疚，因为有他的烫伤做抵。索菲姑妈生气地说：“然而她并没有把你推进热水锅里，是你不小心自己掉进去的，你也没有在床上躺了好几个星期，因为你只是有些小烫伤。你的父亲也没有从曼彻斯特赶回来，路途那么远，路费又是那么贵，他不可能到你床前送来安慰。”

卡内蒂终于“醒悟”了，劳里卡的报复是他“预设”的，为的是扯平他的斧子之举。父亲的安慰也是他想象的，为的是逃避父亲的责怪，因为他爱戴父亲，深刻到有些敬畏。

卡内蒂的自传读到这里，我心潮起伏，因为它诱发了我“共鸣之上”的“共鸣”——

我与堂姐二美是小学同学，放学之后，在我家房后的大墙上玩攀爬游戏。反复三次，优胜者得到五分钱的奖励。前两次二美赢了，第三次她又要赢，恼怒便充盈了我的头脑。因为我是男生，个子又比她高，输掉五分钱是小事，但输掉面子却很难承受。情急之下，我故意在她脚上碰了一下，大叫一声“跌”了下去，然后躺在地上，放声大哭。哭声惊动了父亲，他来到我身旁：“你是怎么回事儿，还不赶紧站起来。”我说：“我站不起来了，左脚摔坏了。”我告诉他，我和二美玩儿爬墙游戏，她怕我赢，就从墙上把我踢了下来。二美有口难辩，困惑地看着我们父子。父亲笑一笑：“小伙伴玩儿游戏，免不了磕着碰着，所以二美，你也别放在心上。”这种不名之怨，让二美很难受，她狠狠地瞪了我一眼。父亲把我抱到了土炕上，给我揉脚。“疼不疼？”父亲一边揉一边问。“疼，疼。”脚还真的摔坏了，有真实之痛。父亲又揉了一个时刻，再问我：“还疼不疼？”虽然依然有些疼痛，却回答道：“好多了。”因为儿童不惧怕疼，惧怕的是家长的斥责，既然父亲不怪罪，又那么悉心疼爱，就能忍受了。一如卡内蒂所说，我不疼痛了。

但奇怪地，时间久了，二美竟真的认为是她把我踢下去了，因为她的脚毕竟真的碰到了我，便怀着歉疚一心一意地对我好；这种好“催眠”了我，我也不知羞耻地认为，就是她踢翻了我。

读完卡内蒂，我感慨多多——

第一是感到，世界之大，不管东南西北、古今中外，基本人性、生活习俗、地理风情大有相同、相通之处，阅读的所得或者享受，是在其中寻找到生命的“验证”和生活的“共鸣”，以加固对真善美的信仰和“活着真好”的信念。所谓习俗，是天下的习俗；所谓风情，是天下的风情。要有全球观念和人类意识。

第二，让我更好地理解了孙犁。孙犁先生说过，我们的读书，应该是性情的读法——读那些跟自己习性相近的、情感相通的书，只有这样，才能融入我们的血液、进入我们的心灵，才能对我们发生作用。那些高头大论、玄奥大著，即便是名篇经典，如果与我们“水土不服”，诱发不了我们的阅读兴趣，也没有必要硬着头皮读下去。因为心悦才能诚服，读书和创作，即便是高尚的精神劳动，也是要计算生命成本的。

第三，不要迷信权威。弗洛伊德以终生的心理医生的职业积累，成就了他的心理分析专著，博得权威的大名。但是，魏宁格仅活了 23 岁，只写了一部《性与性格》，却成了“经典之上的经典”。卡内蒂说，他喜欢魏宁格而不喜欢弗洛伊德，因为后者有太多的推理因素，而前者是向内心深处挖掘，所以更能触动人，也更可信，因为生命原初的本能的存在，是人人都具备的，是不用实习的，也是不用经历的。

原载《中华读书报》“家园”版 2022 年 8 月 10 日

黄河之畔是家乡

屈松林

我的家乡在黄河之畔，每次站在气势雄伟的黄河三门峡大坝上，我都会被这波澜壮阔的黄河所振奋，忍不住激动、呐喊……

在汹涌东下的黄河急流中，巍然屹立着砥柱山。上古时代，因这座山堵塞了黄河的河道，河水不能畅通。夏禹治水时，凿宽山两侧的河道，使河水分流而过，这座山就像一根高大的石柱，迎着滔天水势，力挽狂澜，毫不动摇。

极目远望，黄河远不止一种颜色。它串联起多彩河南广袤的空间，孕育出悠久的中华文明。

春夏秋冬，黄河四季，我的家乡是一幅五彩斑斓的画。

黄白红紫，色彩艳丽，自然天成，让人流连忘返，啧啧称赞。

黄色是家乡最雄浑夺目的色彩。黄河自陕西潼关进入河南，从北穿过三门峡全境。河南段河道总长 711 公里，孕育了厚重的仰韶文化、黄河文化和现代文明。每次走进西坡遗址，探寻黄土地上的文化根脉，无不为黄帝时期部落首领议事的大房子所震撼。中国社科院考古研究所在考古发掘报告中写道：“铸鼎原聚落遗址群是仰韶时期中原地区的中心聚落，也是当时社会的政治、经济和文化中心。它的影响北过长城，南达长江，在史前中国的历史舞台上扮演着非常重要的角色，具有较强的辐射力和影响力。”

从黄河三门峡大坝一路向西，数百公里的绿色长廊沿黄河蜿蜒，绿色廊道、生态廊道、安全廊道、人文廊道、幸福廊道多姿多彩，令人目不暇接，心旷神怡。黄河南岸，水波潋滟，鸥鹭齐飞，绿树成荫，一碧万顷。沿黄生态廊道上，山和水融合，动与静相宜，九曲黄河与五彩大地交相辉映，一幅壮美图画徐徐展现。

在函谷关黄河观景台，夕阳下的黄河金光四射，动人心魄。每到初夏，黄河岸边的贵妃杏园，客商蜂拥而至。相传因唐贵妃杨玉环喜食而得名的贵妃杏便产于此，黄色的杏子个头特大，汁多味甜，具有极高的观赏价值和营养价值。千亩葵花竞相开放，金灿灿的葵花和母亲河美景交相辉映，美不胜收，吸引了众多游客和摄影爱好者纷至沓来，流连其中。

黄河滩涂上，生命力旺盛的大豆在起劲儿吮着黄河的“乳液”。秋风吹来，一排排参天的速生杨，被时光涂染上了浅浅的黄色。成熟的玉米收获后，被摊在房前屋后的空地上晾晒，展示着丰收后的喜悦。

白色是三门峡一张高贵的名片，见证着黄河的兴盛和历史变迁。每到风寒雪飘的季节，白天鹅从遥远的西伯利亚翩翩而来，依河而栖，在湖面上展翅翱翔，形成了风光旖旎的“天鹅湖”。在我的家乡——大王镇后地村天鹅湾湿地，朝阳倒映于万顷澄碧之上，漾出一池碎金。数千只天鹅三五成群在这里徜徉，或追逐嬉闹，或引吭高歌，与周围美景相映成趣，为黄河古道增添了一道靓丽的风景线，家乡的冬季因此充盈着勃勃生机。

红色是灵宝最引人注目、最靓丽的颜色。走进黄河滩的千年古枣林，只见一棵棵枣树苍劲挺拔，枝果繁茂，犹如大地万千盆景。踏着松软的黄土，循着欢声笑语而去，枣园里车来人往，长竿飞舞，枣落如雨，人影绰绰，近看是农民和三五成群的游客正在采摘鲜枣。秋风轻摇，树枝晃动，大枣飘香，犹赛玛瑙。

紫色是别在黄河胸前的一朵奇葩。近年来，沿黄生态农业游览区引进的观赏莲，花呈紫色，盛花期长，可达两三个月。千亩莲池，所植九孔阌莲，质白味甘，藕断丝不连，亦为莲中精品。每到盛夏时节，走进荷塘，碧波荡漾，莲红荷香，无边美景尽收眼底，使人真切感受到“接天莲叶无穷碧，映日荷花别样红”的诗意，飘溢着田园风光的乡情韵味。

黄河之畔是家乡，无数的文人墨客为之礼赞诗篇，现代诗人贺敬之在《三门峡——梳妆台》诗中写道：“为你重整梳妆台/青天悬明镜/湖水映光彩——黄河女儿梳妆来！”正是目前我的家乡的真实写照。

原载《建筑时报》2022年9月5日

楼船夜雪瓜洲渡

王　立

旧时读过王安石的《泊船瓜洲》："京口瓜洲一水间，钟山只隔数重山。春风又绿江南岸，明月何时照我还。"心中为千古名句"春风又绿江南岸"而折服，对瓜洲渡甚是神往。而今面对瓜洲古渡，油然而生沧桑之感。

万里长江瓜洲渡，曾经是扼守长江与运河、沟通江淮河海的天堑屏障，交通要隘。这个千年古渡，乃兵家必争之地，商贾云集之处。康熙末年，长江江流北移，瓜洲城开始逐渐坍塌，到了光绪二十一年（1895 年），瓜洲全城沦于大江。民国初年，新建了我们今天所看到的这个瓜洲镇。

在瓜洲古渡，或许能够真正感受到的，正是那种沧海桑田的巨变。无论是自然地理，还是人文情怀。瓜洲已无渡，润扬长江大桥飞架南北。在没有古渡的瓜洲，长江之水依然千古流，我们只能在历史的记载与遗迹中，体会瓜洲古渡昔日的繁华与荣光，重温瓜洲古渡曾经的故事与传说。

唐代天宝十二年（753 年），鉴真和尚就是从扬州的瓜洲远航东渡扶桑的。由此上溯一百多年，唐贞观元年（627 年），玄奘西游天竺（印度）取经，是从凉州的瓜州出玉门关的。历史就是这样惊人的巧合，仿如冥冥中自有天定。玄奘自凉州的瓜州西游取经，鉴真从扬州的瓜洲东渡传教，这一取一传，承担的都是佛教的使命。

唐朝诗人白居易在瓜洲古渡写下了《长相思》："汴水流，泗水流。流到瓜洲古渡头，吴山点点愁。思悠悠，恨悠悠。恨到归时方始休，月明人倚楼。"诗人离别之情的愁与恨，如同这江水一般悠悠而流，绵延不绝。

在北宋王安石赋诗《泊船瓜洲》之后，南宋陆游以《书愤》倾泻了满腔郁愤："早岁那知世事艰，中原北望气如山。楼船夜雪瓜洲渡，铁马秋风大散关。塞上长城空自许，镜中衰鬓已先斑。出师一表真名世，千载谁堪伯仲间。”宋金对峙，北望中原，热血诗人纵有金戈铁马、杀敌报国之心，却报国欲死无战场。

这瓜洲古渡，艨艟金鼓或者帆樯云集，承载了人间多少的梦想与激情、忧伤与欢乐！

透过历史的云烟，我看见万里长江上的一艘官船轻盈驶来，停泊在了瓜洲渡。明代万历年间，一个凄美的故事就在这瓜洲渡发生了。浙江布政使的公子李甲，携了从良的京师名妓杜十娘回家。此时此刻，风流公子与绝色美女正沉浸在浪漫的爱情中，然而在瓜洲渡，李甲遇到了商贾子弟孙富。一来二去之后，孙富如愿以偿地以金钱得到了杜十娘。满怀爱情、期望新生的杜十娘，在得知李甲以千金之价把自己卖给了孙富之后，内心深处彻底地绝望了，她怒沉百宝箱，然后纵身投江。

十娘之悲愤惨绝，实是那个污秽男子负了她的真心，背了她的真情。可她只是一个柔弱的女子，除了以死抗争，已别无选择。

杜十娘纵身投江所激起的滚滚波涛，打湿了历史的眼睛。瓜洲古渡的“沉箱亭”，寄托了后人无数的愁绪与叹息。然而，沉箱亭碑文中透露出来的同情与温情，决绝投江的杜十娘已无法感知。

昔日读《红楼梦》，有一回是“冷惜春甘伴青灯佛，洁妙玉泥陷瓜洲渡”，看到才智罕有、高傲孤僻的妙玉，在贾府败落之后，沦落到瓜洲渡一庵里静修，却被和尚掳走奸淫，还被逼着接客，几番寻死不得，只得屈从了现实。想当年，“气质美如兰，才华馥比仙”的妙玉在大观园的栊翠庵带发修行，虽对宝玉是怀有儿女情意的，然而止步于心动，一如既往地保持自己的清与洁。但是，在这瓜洲渡，妙玉再也无法掌控自己的命运了，“可怜金玉质，终陷淖泥中”，最终青灯古佛了残生。

这瓜洲古渡，既是杜十娘的殉身之地，又是妙玉的伤心之处。

滚滚长江东逝水，波涛卷不尽男儿的英雄泪，浪花流不完女子的悲情泪。

一切都已成为历史，成为传说。

而我将离开瓜洲渡。未知来日，我是否还有缘重游这瓜洲渡？

原载《散文诗世界》2022 年第 1 期

乡贤的风骨

匡建二

一

这里地处赣西北弥王山腹地。典型的江南山水。水是清泉，从密林葱郁的岩隙间沁出，在屋场前汇成溪流，叮咚着奔向修河。山分九脉，高拔雄浑，奔腾灵动。陈家大屋倚山瞰水，气势非凡，结构为砖木，一进两重，不过既无雕龙画凤，也没描金重彩。若不是门前立有乡贤陈宝箴中举后竖的旗杆石、其子陈三立中进士时垒的旗石墩，谁能相信，这就是江南声名显赫的中国文化型大家族义宁陈氏的故居？

翻开新编的《辞海》，陈宝箴、陈三立、陈衡恪、陈寅恪四人分立条目，在文化史上，一家三代、祖孙四人享此殊荣者，实属罕见。陈家大屋亦称“凤竹堂”，为陈寅恪的高祖父陈克绳所建。略通文墨的他取“凤非梧桐不栖，非竹实不食；凤有仁德之征，竹有君子之节”之寓意，寄托陈氏子孙仰凤凰之高风，慕劲竹之亮节。

这天除了我，还有湖南大学一位老教授带着几位弟子，风尘仆仆地来到这里拜谒恩师的祖居。老先生毕业于中山大学历史系，是陈寅恪的嫡系弟子，得知我是修水人，又是义宁陈氏忠实的粉丝，便颇为不解地问道：陈门诸杰离开修水后，为啥没一人叶落归根？我愣住了，竟无言以答，于是，萌发了寻找答案的动机。

二

南昌郊外望城镇青山村。我按图索骥地找寻着陈宝箴夫妇的墓园和

“峥庐”遗址。在一块荒山上站定，呈现在眼前的是瓦砾、残砖、碎木和一截隐藏在茅草中的墙基，还有满地荒芜和一对歪倒在旮旯里的石狮子。

光绪二十四年（1898 年）八月二十一日，一纸来自紫禁城的“即行革职，永不叙用”的皇旨宣告了时任湖南巡抚陈宝箴宦海生涯的结束。百日维新失败后，作为湖南巡抚、维新变法推手的陈宝箴知道难逃厄运，于是，他异常平静地接受了现实。脱下官服，换上长衫，租了一只木帆船，带着夫人黄氏的灵柩，取道长江，返回江西。

昔日同僚及好友帮其在南昌城郊青山村购得墓园一块，安葬好夫人黄氏。又在附近建造了一间陋室，既便于守墓，又能过上安静的生活。陈宝箴命名为峥庐。峥，古同“峥”。意为高峻，卓越不凡。

义宁陈氏是客家，雍正年间才从福建迁到修水。尽管生活在“结棚栖身，种蓝为业”的社会底层，但垦荒开拓、创建家园、站稳脚跟后，陈氏家祖倾其所有兴书屋、修考棚，并给子孙立下了“成德起于贫困，败身多因得志”的祖训。文化让困居山野的陈宝箴眼界开阔，也立下忠君报国的宏志。

1860 年，正在北京参加进士考试的陈宝箴在一家茶楼目睹了英法联军火烧圆明园的暴行，血气方刚、胸怀抱负的他愤怒难平，便毅然决定投身军旅。他投入曾国藩、席宝田幕中。由于才能突显、胆识过人，他仕途颇顺。1895 年，陈宝箴出任湖南巡抚，成为封疆大吏。有着政治抱负的他深刻认识到，中国要屹立于世界强林，唯一的出路就是维新。于是他以富民强国为己任，推行新政。原本保守的湖南，一举成为全国最有生气的省份，也是维新变法的标杆。

闲居“峥庐”的日子，陈宝箴、陈三立父子足不出户。陈宝箴亲笔撰写了对联贴于“峥庐”大门口：

天恩与松菊　人境托蓬瀛

光绪二十六年（1900 年）六月二十六日，千总戴闳炯率兵从南昌赶往“峥庐”，宣太后密旨，赐陈宝箴自尽。陈宝箴接旨后，无言地伫立良久，霎时泪如雨下，默默朝着西北方向跪下，给祖先磕了三个响头，然后给后代留下六字遗嘱：不治产，不问政。此后，陈家再没有一人涉足宦海。

三

杭州九溪十八涧，蛰伏了一个冬天的茶树勃发出旺盛的生机，摇摇曳曳地将牌坊山染上一层淡绿，几只吱喳的麻雀欢快地划过天幕，于是，整个天地都灵动了起来。陈三立与陈衡恪父子的墓就在两块茶地的接壤处，占地约 15 平方米，两墓并排，平实而简朴。

乡贤陈三立是“站”着死的。“七七事变”后，抗战全面爆发。客居北平的陈三立是当时中国诗坛的领袖，在民众中有着极高的影响力。于是日本人想招揽陈三立，请他出任要职。凛然正气的三立老人让用人拿扫帚将其驱赶。之后，为表抗议，连续五日绝食，最后忧愤而死。

陈三立是光绪十五年（1889 年）中的进士，授吏部主事考功司行走。在短暂的任职期间，他常常与一些有进步倾向的士大夫交游，谈古论今，讲学抨政。后来，毅然辞去吏部职务，跟随父亲到长沙，帮助父亲擘画新政，并加入强学会，与康有为、梁启超等人结为好友。再后来，面对父亲的灵柩和一盏孤灯，陈三立发誓从此再不问政，将毕生的精力与才智，投入到钟爱的诗歌创作中去，并创立了独树一帜的江西诗派。于是，晚清少了一位碌碌的小吏，却立起一位才华横溢的文化大家。

1924 年，闻名于世的印度大诗人泰戈尔来华访问，在徐志摩等人的陪同下，专程到杭州西湖净慈寺拜访了中国诗人陈三立。他不仅给陈三立签名题赠了一本自己的诗集，还要求陈三立也以中国诗坛代表的名义回赠他一部诗集。此次会面，成为中印文化交流史上的一段佳话。陈三立仙逝后，因连绵战乱，其遗体一直放厝于北平长椿寺。1948 年，家人根据其生前遗愿，才将其落葬于杭州西湖九溪十八涧之牌坊山。先期安葬于此的还有他的夫人俞明诗和长子陈衡恪。

陈衡恪，字师曾。早年留学日本，是清末民初才华横溢、享誉神州的画家及艺术教育家。国内许多有声望的画家如李苦禅、王雪涛、刘开渠、高希舜等都是他的学生。正当他绘画艺术如日中天之际，天不假年，48 岁时患上重伤寒，却被误诊为疟疾，服用了过量的金鸡纳霜，结果腹泻不止，医治无效，不幸英年早逝。

四

陈寅恪有一个夙愿，死后能与父亲、兄长葬在一起。但他没有如愿，原因挺简单：九溪十八涧系风景名胜区，不能建新墓。陈寅恪殒于1969年10月7日，弥留之际，他一言不发，只是眼角不停地流泪。这位学富五车、才高八斗，又极有个性的国学大师，是当代史学界一座难以逾越的高峰。一身傲气的学者傅斯年曾由衷地感叹：寅恪之学问，三百年来，中国仅一人而已！

陈寅恪早年留学日本，后又在欧美留学16年。其间，他上过世界最牛的大学，却没拿过一张文凭、一个学位。他说，考博士并不难。但几年内被一个具体的专题束缚住，就没有时间学其他知识了。当年他获聘清华国学院导师时，因无文凭、无著作颇受争议。校长曹云祥曾去问荐者梁启超：他是哪一国博士？梁答：他没学位。曹问：有何著作？梁答：没有。曹不悦：既没学位，又没著作，怎能当清华的导师？梁愤然：我也没有博士学位，但可算是著作等身了！告诉你，我所有的著作加在一起，还不如陈先生短短的几百字有价值！顿时，曹愣住了。

很快，陈寅恪以其学贯中西、旁征博引的学问，征服了中国学界。他在清华讲课，不仅本校学生来听，北大的学生也来听；本校的教授来听，北大的教授也来听。胡适、吴宓、朱自清、冯友兰等都是课堂上的常客。他因此被誉为“公子的公子，教授之教授”。

尽管恪守祖训，远离政治，但乡贤陈寅恪的家国情怀还在，民族大义仍浓。1962年，印度的尼赫鲁网罗了一大批印度学者，摆出了印度应该拥有争议领土主权的所谓“证据”，来势汹汹。面对印方的“学术侵略”，国家领导人想到了陈寅恪。知晓大义的陈寅恪慨然领命。尽管此时他已经双目失明，却在助手的帮助下，旁征博引、穷理尽微，从古代图志典籍、诗文歌赋中寻找线索，在清廷与印度、西藏往来的信函里找到确切的证据，有力地驳斥了印度的荒谬歪理，为捍卫祖国领土的完整贡献了自己的力量。

1969年10月7日，先生在广州辞世，亲友将其骨灰暂存广州34年。先生未能落土为安，江西学人如鲠在喉，时刻惦记。1994年春，江西省社联筹备召开义宁陈氏文化家族学术研讨会。李国强、胡迎建等学者提议将陈寅恪骨灰安葬于庐山，并立即写出报告，后经多方的协调，终于得成。

五

又是枫叶如火的季节。记不清是第几次来到庐山植物园内的景寅山。陈寅恪的墓位于山岭的中段。坐南朝北、地势干燥。墓碑就地取材，由大小砾石垒成，不起坟墓、不设碑额、不刻碑文，简朴而庄重。只是在一块巨石上，镌刻着由黄永玉先生丹书的“独立之精神、自由之思想”。这是先生的风骨之髓、精神之魂所在。

我用红绸包裹着在西山峭庐废墟上拾的一块砖砾，杭州牌坊山掬的一抔黄土，庐山景寅山采的一片红枫。老辈人说，故人墓前的风物，是逝者留在人间的“眼睛”，时刻关注着世态的炎凉。而今，百年来门可罗雀的陈家大屋，短短的几年工夫就变成了景区。距陈家大屋约莫两公里的地方，立起了一座气势不凡的牌坊，周边停车场、游客中心、售票处、电子验票机等旅游设施一应俱全。我为家乡终于重视文化的举措感到欣慰。可我心里还有隐隐的悲戚。

山还是那座山，水还是那条水，屋场还是那座屋场。但装饰一新的凤竹堂的厢房里摆着雕花的木床、精美的家具、仿制的字画，给我一种不真实的感觉，没有往日厅堂摆着谷桶、厢房放着农具、院里闻着狗吠的那股烟火气。毕竟，陈家大屋的始建者是客家棚户，是满脚黄泥的农民。于是，我将红绸布包摆放在门前的旗杆石上，轻轻打开。这儿可见到青山、绿水、鸟啼、蛙鸣，还有老屋墙上爬满的青苔。这些，才是久违的乡愁，才是铭刻在乡贤记忆深处的渴望。

原载《文艺报》2022 年 8 月 12 日

辑　六

怀念，也是不能忘记的

韩小蕙

不知为什么今夏的雨水这么多，天雷滚滚，老是让我想起在天堂里的张洁，她重新开启的新生活，各方面都好极了吧？转眼间她已离去半年多了，但我仍纠结在 2 月 7 日一大早，突然惊悉她已在美国病逝的那一瞬间，当时只觉得眼前一黑，周围电闪雷鸣，泪飞顿作倾盆雨！就在那一周前的春节前夕，我还给她发了电邮，却一直未收到回复。我心中隐隐不安，因为以前每次电邮过去，都是很快就能收到她的回信。上次通电邮是在 2021 年的“十一”，我发去节日问候，她马上就回了一封短信，全文如下：

> 小蕙，接到你的信真高兴，已经很久没有你的消息。接到你的信后，知道你一切都好，放心了。
>
> 我还好，就是太老了，走路都摇摇晃晃了。
>
> 不过女儿已经把我接到他们家来了，全家对我都很关爱。女婿还经常给我做饭吃，孙子、孙女也都照顾我，可惜他们都工作了，不经常回来。想想上帝还是公平的，我一辈子受苦受难，却给了我这样一个安逸的晚年。
>
> 你要多多保重，世界变得如此麻烦啊！
>
> 想念！
>
> 张洁

唉，我非常后悔没重视其中的一句话——“我还好，就是太老了，走路都摇摇晃晃了。”当时我不以为意，还对她说：“你哪里老了，人家马识途马老 107 岁了，还在写书，你比他年轻太多啦！”现在我才明白，张洁当时已经是重病在身了，但一辈子生性要强的她，绝口不跟人提起自己生病。张洁就是这样的人，她看似外表柔弱，其实内心刚强无比，承受力比钢铁还硬！

我跟张洁认识于 1986 年，那是她以长篇小说《沉重的翅膀》获得第二届茅盾文学奖不久，我任职的单位光明日报社派我采访她，从此我们有了 36 年的亲密交往史。在她的病房里、家里、画展上、会场上……点点滴滴，一幕一幕，全都浮现眼前。我亲爱的老师——生前，张洁不允许我这样称呼她，她也不喜欢过于腻腻歪歪的“姐姐妹妹”之类，只让我直呼她的名字——竟然就这样离开了我们，离开了这个世界，像一个美丽的精灵，回到了她的森林深处！

最让我的心如刀剜一样痛楚的是她的去国。曾经，在北京和平门市文联的红顶楼，张洁把她的家布置得多么温馨且有艺术气质，钢琴上摆满了她获得的各种最重要的奖牌。张洁从不炫耀她的成就，以至于只有很少人知道早在 1989 年，她就获得了意大利马拉帕蒂国际文学奖，这个奖一年只授予一位作家，博尔赫斯、索尔·贝娄等都是其得主。后来张洁又获得了意大利骑士勋章，以及德国、奥地利、荷兰等多国文学奖。1992 年张洁当选为美国文学艺术院荣誉院士，这是至高的荣誉，因为这院士全世界只有 75 人，不增加名额，去世一人才增补一人，获此殊荣的中国作家只有她和巴金。张洁也是我国第一位获得长篇、中篇、短篇小说三项国家奖的作家，也是唯一两度获茅盾文学奖的作家，真正的巾帼强过须眉呵。

张洁当然很珍惜这些荣誉，但她最看重的，还是自己的作品。我亲眼看见她用写诗歌和散文的方式写长篇小说，也就是说，一个字、一句话、一个标点符号地“炼”，再三再四地修改，《沉重的翅膀》大改了 4 次，以至于累得心脏病发住了院；《无字》写了 12 年，12 个春花秋月夏暑寒冬！两度获茅奖以后，她也并未放下笔，为了又一个长篇，她竟不顾年事已高，浑身病痛，只身去了远隔千山万水的秘鲁，到古老部落里寻觅人类文明的源头与真相。这是冒了生命危险的，行前她非常清楚，也许自己就回不来了，但她还是义无反顾地上了路……

张洁实在是太优秀了，白纸黑字，为我们留下了那么多文学珍宝，够我们的孩子、孙子、子子孙孙阅读与研读。她是中华民族走到当代的一个不可多得的女作家，其灼灼的艺术光芒永不会熄灭——每念及此，我心痛，喘不上气来，我坚信她的骨灰终有一天会回到故里，不然老天爷也会看不下去的。

前面说过，张洁就是不许我们喊她“老师”，只准直呼“张洁”，并结结实实地砌了一堵墙，挡住我们的任何“反抗”。这在很长一段时间里，给我造成了相当的不适应，你说，北京人是多么讲究长幼尊卑礼节的人群，从小在这种氛围里长大的我，怎么也做不到直呼“张洁”呀。但后来，在她的本真、不装、不自我感觉良好、不毫无理由地傲视别人的一派纯粹面前，我，还有几位女作家闺密，都撞得头破血流。我们只好从命，大家一起互相努着劲儿，喊出她的名字。以后随着情感的递进，最后也竟渐渐变得行云流水般自然和流畅了。

张洁的文学水平在中国当代作家中处于最前端，这是大家都公认的。她的作品也受到广大读者的高度评价，至今，《无字》《方舟》《从森林里来的孩子》《爱，是不能忘记的》《拣麦穗》等作品，依然活在读者心中。张洁在文学的标准上对自己的要求是极高的，我曾感叹她用写散文的态度写长篇小说，她写给我们《光明日报》副刊的稿子也是这样的，每篇来稿都是经典，根本一个字、一个标点符号都不用改。她对文学真是呕心沥血，给所有作家和文学写作者立起了一个标杆，更是我自己终身学习的榜样！

还有一点，我个人最推崇和要学习张洁的，还是她对推动社会进步的责任感。张洁始终是站在新时期文学潮头的作家，这一代作家对这片土地爱得无比深沉，经历了“十年浩劫”的大破坏之后，内心都明镜高悬，希望用自己的笔把国家变得更好。所以，他们都有着非常强烈的文学执念，他们的作品不沉溺于风花雪月，不汲汲于个人名利，而是始终关注着国家的发展和社会文明力量的生长。张洁虽然是女性作家，但可堪称是他们当中的杰出代表。

怀念，也是不能忘记的。张洁，魂兮归来！

原载《光明日报》2022 年 8 月 14 日

大地的皮肤

乔忠延

我把苔藓看作是大地的皮肤。

之前，苔藓在我记忆里是卑微的，卑微到将之列入小草的范畴，都觉得高看了它。我的童年在乡村度过，那时院子和道路都没硬化，到处裸露着黄土。天阴下雨，别说走出大门，一下屋前的台阶就会踩一脚黄泥，稍不留意便会滑个大跟斗，弄得像个泥猴。我当然不想沦为泥猴，便小心翼翼挑选那些地皮泛绿、看上去没泥的地方落脚。哪知“哧溜”一下滑出好远，不只沦为泥猴，还摔得龇牙咧嘴！妈妈抱起我连声告诫，以后千万不敢再踩发绿的地皮，那是青苔。青苔没根，溜滑。那时，我是讨厌苔藓的。

长大了，小心眼也撑大了，将过去秕谷荒草般的记恨统统清扫出去，腾出空间收藏美好的物事。此时苔藓不仅不再讨厌，还成为滋养我的精神力量。炎夏日当午，火烈的太阳简直能把大地炙烤成焦土。早晨割下的蒿草一会儿就蔫了、干了，塞进炉嘴即可“呼呼”燃烧。这当口地面上哪能搜寻到苔藓的影子，没有，星星点点的影子也看不到。然而，酷暑的天气说变就变，刚刚烈日还在头顶喷火，忽然狂风卷来乌云，豆大的雨滴噼噼啪啪砸将下来。从地里气喘喘跑回家的农人身上湿淋淋的，换着衣服扭头往院子里一瞅，刚刚还干裂的地皮怎么眨眼间变绿了？哦，是苔藓复活了，复活得好快。换过衣服再看，苔藓已蔓延开来，院子里淡绿一片。若是连着下个两三天，那就不只是地上茵绿，墙头上也绿茸茸的。好个卑微的苔藓，这是何等顽强的生命力！

青春岁月如果我写下对苔藓的感受，笔下的文字肯定只能到此为止。所幸，我没有写，没有让自己的清浅，清浅了苔藓。如今伏案敲击，是因为前不久去了一趟井冈山。那一个星期里，与我们形影不离的是阴雨。阴雨时大时小，时紧时慢，伴随我们登山岭，涉溪流。就在与阴雨的缠绵中，我忽然又领悟了苔藓的不凡。无论雨小雨大，沟壑里的溪流都是清凌凌的，不见丝毫浑浊。

在我的家乡可不这般，只要一下雨，只要河流涨水，肯定是浑浊的。我们村边有条汾河，从我记事起乡亲们就叫它洪河。洪河的水发红发黄，很少清清亮亮。汾河就这么汩汩滔滔归入另一条河流——黄河。可黄河早先并不黄，前人称之大河。秦汉之后，耕种农田扩大，森林采伐加大，土地裸露面积增大，大河才沦为黄河。之前，我们村边的汾河肯定也不是洪河，水流一定是清澈泛亮的。因为考古发现，十万年前汾河岸边不只森林繁茂，还栖息着大象和犀牛。

那么，清与浊的奥妙何在？除了花草树木，我看就在苔藓。站在井冈山上的小河边，只见雨滴落下汇聚为细流，从茵绿的苔藓上流过。苔藓紧贴地皮，流水冲刷不走一星半点泥沙。可见，苔藓的有与无，多与寡，决定了河流的清与浊。就是在那一瞬间，一个意念忽然跳了出来：苔藓是大地的皮肤。

对于皮肤，专家的定义是，披覆在人体的表层，直接与外界环境接触的组织，具有保护功能。苔藓何尝不是大地的表层，何尝不是大地与外界接触的组织，何尝不具有保护功能？不过，这不是苔藓的全部功能。据说许多苔藓能分泌一种液体，这液体可以缓慢溶解坚硬的岩石，将之分化为绵软的土壤，为其他花草树木铺设温床。

站在井冈山，我不禁想，假若人们不曾损害草原森林，假若大地的皮肤完好无损，大河哪至于沦为黄河？所幸，如今华夏子孙觉醒了，花草树木已经进入保护者的视野。那么，苔藓呢？人们是否会一视同仁，像疼爱茵绿的草原、茂密的树木一样，疼爱被长久忽视的可爱的苔藓？

原载《光明日报》2021 年 12 月 24 日

天山大峡谷寻芳

邢秀玲

菊花台

恍若一场梦境，又像一个幻影，已经六年了，记忆的荧屏清晰如初……当菊花台惊现的那一刻，我简直不敢相信自己的眼睛，在广袤雄浑的天山大峡谷中，竟隐藏着一块如此绮丽、如此妩媚的花地！

一朵朵、一丛丛粲然绽放的黄菊花，明快昂扬，自由自在，漫山遍野地散落开来，如同一颗颗从天上落下的小星星，铺满了五百公顷的扇形高地，将这片曾经的亘古荒原装点得花团锦簇，美不胜收！谁能想到，在这天高地远、人迹罕至的西部之西，竟滋养着如此大面积的黄菊花！她们更像一群超凡脱俗的花中仙子，忘情地展示芳颜丽姿，心无旁骛地举行一场菊花的盛会。

我被眼前壮观的菊花之美震撼了，忘了询问一下东道主，菊花台究竟是造物主的馈赠，还是人工创造的奇迹，或者是天然和人工完美结合的产物？无论如何，这是世间绝无仅有的存在。爱好旅游的我，也算走过许多奇山异水，但没见识过铺天盖地的菊花之景。即使在号称“花都”的巴黎，值得炫耀的也无非是一块块小小的玫瑰园；遐迩闻名的普罗旺斯薰衣草，倒是有几分磅礴的气势，但那仅仅是紫色的草，比起眼前黄色的花，仍然略逊一筹。

我和旅伴雪晴小心翼翼地踏进菊花的海洋，举起手机，忘情地拍摄，恨不得将菊花台的一草一木、一花一叶统统装进镜头，永远珍藏起来。我拣了一块花海中的草地，半躺下来，身前身后都是蓬蓬勃勃的黄菊花，有的亲吻着我的裙角，有的拂弄着我的发梢，有的抚摸着我的指尖，我闻到了阵阵花香，触到了层层花瓣，陷在此起彼伏的花浪中，思绪纷飞，浮想联翩……

我不禁想起了《红楼梦》中的“菊花诗”，《咏菊》《问菊》《画菊》《簪菊》等一串妙诗，词句固然清丽优美，毕竟太过纤巧，不合眼前的意境；陶渊明的“采菊东篱下，悠然见南山”，也有点孤高清冷，与菊花台热烈奔放的气氛相去甚远。再看黄巢的《赋菊》：“待到秋来九月八，我花开后百花杀。冲天香阵透长安，满城尽带黄金甲。”这是他科举不第后借菊抒怀，充满了怨愤情绪和杀伐气息。还是当代青年歌手周杰伦的《菊花台》情真意挚，韵味悠长，那句无限凄婉的歌词“菊花残，满地伤，你的笑容已泛黄……”道尽了人间的别离情愫。

天鹅湖

大巴车在蜿蜒曲折的山路上缓缓行驶，下一个目标是位于天格尔峰下的天鹅湖。听到“天鹅湖”这个柔美的名字，我的思绪骤然间飘到了曾经叩访过的北欧。那片土地靠近或进入北极圈，寒冷和冰雪是那里的主宰，那里虽然树木很瘦俏，花朵很娇弱，但是水资源丰沛，湖泊众多，芦苇摇曳，天鹅翱翔，带给人无穷的诗意和遐想。最先邂逅白天鹅之地在瑞典的“皇后岛”，也是仲夏季节，只见洒满霞光的湖面上，一队洁白的天鹅，长颈细项，优雅端庄，从容不迫地向我们游来，目光中充满温柔和善意，毫无警惕心和陌生感，仿佛久违的朋友，不期而遇。翌日傍晚，在瑞典最大的湖泊维纳恩湖，又有幸近距离观赏成群的白天鹅，它们舒展着双翅，时而高翔，时而低旋，时而在波光中出没，时而在浪尖上跳跃，还有数只大天鹅用喙啄起湖面的浮萍和枯草，置于沙碛之上，堪称勤劳的“清道夫”！

后来，在“千湖之国”芬兰，在“万岛之国”挪威，抑或在“童话王国”丹麦，处处能看到天鹅的倩影，听到它们的鸣唱。天鹅家族聚集在这里的水域，享受夏日明媚的阳光，清新的空气，轻歌曼舞，交颈缠绵……

我盼望着在天山大峡谷的天鹅湖畔，能够和这群白色精灵再度相逢，细述满腹的思念，倾诉久蓄的絮语。中巴车忽而疾驰，忽而缓行，终于攀升到海拔2600米，越过一道山梁，眼前豁然开朗，倏忽间就撞见了渴念的天鹅湖。举目四顾，湖面相当于四五个足球场那么大，湛蓝的湖水，蓝得不能再蓝，蕴含着冰清玉洁的气质；皎洁的雪峰，白得不能再白，彰显出高标孤绝的格调；密立的杉木，绿得不能再绿，营造出深沉幽静的意境。

沿着木栈道逐级而下，渐次靠近湖畔，湖水越发澄清，能看到湖底斑斓的石子，还有几条灵活的游鱼。但湖面上看不到天鹅的踪迹，未免令人有点遗憾！

陪同我们的东道主说："在没有建成景区之前，这里是天鹅们理想的乐园，每年春夏季节，都有成群的天鹅在此地嬉戏栖息，繁衍后代。这里成为景区后，游客摩肩接踵，络绎不绝，惊扰了它们的生活，天鹅们迁徙到更遥远的湖泊中去了，到了秋季，才能飞回原来的家园……"听了他的一席话，我理解了远离热闹和喧嚣的天鹅群落，愿它们无拘无束地生活在恬静的环境中，用自己的白羽和婉歌，为雄浑苍凉的西部增添几缕柔媚，几许灵动！我期待下一次膜拜这方高山峡谷中的天鹅湖时，能看到它们的芳踪，能听到它们的歌声。

白杨沟

如果将"天山大峡谷之旅"比喻为一首冗长而激越的交响乐，那么，白杨沟就是舒缓的慢板。一路狂奔的我们停住了脚步，让紧张兴奋的神经得到了松弛的机会。眼前绿野绵延，耳畔溪水潺潺，点点白毡房散落在草地上，像硕大的白莲花开放。蓦地，我想起了南北朝时期的著名歌谣《敕勒歌》："敕勒川，阴山下。天似穹庐，笼盖四野。天苍苍，野茫茫，风吹草低见牛羊。"这27个字，形象生动地展现了当年敕勒人的生活环境，放在哈萨克族聚集的白杨沟，同样适用。

据说200万年前，这里有一次大断裂，平静的河流被高高掀起，形成了高达40余米的神布拉克瀑布，白练悬空，一泻而下，经过成年累月的冲刷和侵蚀，莽原变成了沟壑，沟内白杨密布，水草丰美，清代时，已经成为著名的牧场。如今的白杨沟是哈萨克族人生活的家园，经过祖祖辈辈的辛勤劳作，白杨沟变得像童话世界一样美丽。

对于哈萨克族，我并不陌生，早在20世纪80年代，我曾经数次到格尔木的阿尔顿曲克草原采访，有幸在哈萨克族人的毡房住过两晚。又有机会在毡房做客时，我不禁喜出望外，心花怒放！顾不上谦让，用不着客气，就像回到了自己的家一样，大吃大喝起来。奶茶喝了一碗又一碗，羊肉啃了一块又一块，抓饭吃了一盘又一盘，马奶子酒干了一杯又一杯……

酒足饭饱，在缀满野花的绿草地上，动听的冬不拉弹起来了，一场即兴联欢会拉开了序幕！一位哈萨克族歌手引吭高歌，唱起了哈萨克族民歌《黑走马》，嘹亮的歌声响彻云霄，草原变成了欢腾的海洋，来自天南地北的作家们卸下了拘谨，抛却了羞怯，放开手脚跳起舞来。

平素难得这么酣畅淋漓地放松一回，我也情不自禁融进这个欢乐的群体，亦步亦趋地摆手、抬腿、扭腰、抖肩，仿佛回到了青葱岁月……我想起了当年在青海湖畔的草原上跳“锅庄”，当时才二十几岁，跳得何等欢畅！后来，在云南石林撒尼人的故乡跳“弦子舞”，在泸沽湖畔跳摩梭人的“甲搓舞”，在黔江大众广场跳土家族的“摆手舞”……每一次激情四溢的场面都凝固在记忆屏幕上，宛如一颗颗晶莹的珍珠，任凭岁月的河流无情地冲刷，仍然熠熠闪光。毫无疑问，此刻的美好时光又将幻化为一颗璀璨的明珠，嵌进我“暮色苍茫”的生命，让我永远记住这个曼妙的夏日，记住白杨沟，记住天山大峡谷！

原载《重庆晚报》2022 年 5 月 16 日

大地的滋味

刘江滨

《道德经》中云：“五色令人目盲，五音令人耳聋，五味令人口爽。”这话多少有点令人沮丧。如果我们换一个角度看，大地之上，有青黄赤白黑五色入目，有宫商角徵羽五音贯耳，还有酸甜苦辣咸五味咂舌，色、声、味都在大自然之间蓬勃地存在着，呈现着，这是多么神奇瑰丽的景象！五色和五音愉悦了我们的视觉与听觉，而五味不仅满足了我们的味觉和自然的生命之需，更投射了丰富繁密的人生况味。

这一切，都拜大地所赐。酸甜苦辣咸，大地上的自然物都浸在其中，各有各的滋味。

在五味中，甜绝对是当仁不让的一号主角，最受人们喜爱追捧。甜，会意字，从舌从甘，意思是舌头品出甜味。《说文》解：甜，美也。这是一种让舌头畅美舒适的味道。甘字里边那一横，是说吃到嘴里的东西就那样含着舍不得咽下，这就是甜，就是美。

或许我们生下来品啜的第一口乳汁是甜的，那是生命的芬芳，从此烙下深刻的味蕾记忆。大地和上苍也从不吝啬甜品的供应，如草盈野，如花满地。

每一个童年都有一个“甜蜜史”，跟糖、草秫、瓜果有关。糖需要花钱购买，而草秫、瓜果可在田野中寻找获取。有一种野草叫茅根，长在坡坡坎坎，它的根茎呈白色，一节一节的，挺长，从地下拔出来擦去泥土搁嘴里嚼一嚼，汁液不盛，甜味也淡淡的，聊胜于无，嚼着玩儿。瓜地、果园都有人看管，最诱人也最易吃到嘴的是“甜棒”，即玉米秸和高粱秆。浓密的庄稼稞形成天然的屏障，趁割草的时候，钻进去谁也瞧不见。此时挑着粗壮的秸秆用镰刀砍断，用牙掰去一条一条篾皮，一口一口咔嚓咔嚓大嚼起来，满口甜汁，美不可言。一会儿工夫，眼前一地废渣残末。那种高高的顶着穗子的红高粱，秸秆一般没有水分，适合编笆和做箔。可吃的甜棒叫糖高粱，比红高粱矮多了，比玉米还矮，但甜汁充盈，有北方甘蔗之称。糖高粱的外皮很硬，擗的时候时常不小心就割破了手指或嘴唇、嘴角，在甜棒上面留下斑斑血点，然而这点小事丝毫阻止不了对甜美的渴求。

大地上的植物结出的瓜果庶几都是甜的，甜瓜、西瓜、黄瓜、苹果、桃子、梨子、香蕉、葡萄……只不过甜味浓淡不一、纯度不同。自然赐予了大量的甜品，人们犹嫌不够，还用甜菜和甘蔗制作了糖、饴，让蜜蜂帮忙获取种种花的蜜。人们醉心于甜味给舌头和口腔带来的美妙感受，并将这种滋味延伸到人生的方方面面。譬如相貌要甜美，声音要甜润，爱情要甜蜜，睡觉做梦都要香甜，日子更是要比蜜甜。总之，甜就是幸福、欢快的滋味。

与甜相对的是苦。人人都喜欢甜，不喜欢苦，但不喜欢也还是有苦，大地上长着甜，也长着苦。

我的第一口苦水来自我村的一眼老井。有一天我在街里疯跑着玩儿，满头大汗，极渴，在一拐角处看到一个我叫婶子的妇人从井里提出一筲水，我趴到筲边便喝，妇人欲制止，已来不及了。我喝到嘴里一口水，随即噗的一下吐了出来，真苦啊，且涩，吐出来之后舌头还打皱。我龇牙咧嘴，拧着眉头。妇人哈哈大笑，说，你不知道这井水是苦的？连鸡狗都不喝的，洗洗衣裳还马马虎虎，也不容易晒干呢。

上小学时学校曾搞过一次“忆苦思甜”，煮了一大锅榆钱榆叶粥让我们喝。其实，榆叶榆钱都是甜的，故能吃，而柳叶柳枝是苦的，这是做柳笛舌头与柳枝亲密接触得出的结论。树叶草叶大多是苦的，最苦的草叫黄连，有句歇后语叫“哑巴吃黄连——有苦说不出”。这黄连是中药，而几乎所有中草药都苦，应了那句“良药苦口”之说。那年我生病煎了中药汤，捏住鼻子灌了进去，赶紧用糖来甜口，还是压不住，真是苦不堪言。至今我若身体有恙也是只吃西药或中成药，虽然也是苦的，但至少药片（丸）外层有糖衣裹着。

不是所有的苦都不堪，譬如苦瓜，表面看品相不佳，一身疙瘩颇类癞蛤蟆，吃到嘴里苦中却有一股清新的味道，耐人回味。又譬如橄榄，其味苦涩，久之方回甘味。再如咖啡，那种又苦又香的味道特别容易让人沉迷上瘾。《诗经》有云："谁谓荼苦，其甘若荠。"这种甘苦相依、苦尽甘来的滋味蕴藏着人生的真谛。

有趣的是，甜虽为人喜，人们却对苦的体味更深刻更宽广，生发的感喟就更深重更绵密，好像有一肚子苦水无处倾泻。痛苦、艰苦、吃苦、受苦、辛苦、疾苦、劳苦、愁苦、苦难、苦恼、苦闷……汇成一句悠长的嗟叹：苦——哇！端的是人生苦海无边，茫无际涯。佛教"四谛"之首即为苦谛。其实，苦与甜是相对的，不吃苦中苦，哪知甜上甜？人的一生是一个苦熬拼争的过程，也即艰苦吃苦的过程，就像瓜蔓蒂根是苦的，而甜只是结出的果。过程是漫长的，结果是短暂的。所以，苦，虽不堪言，却最耐人品咂回味，最为人间值得。

对酸的最早体验是吃青杏。苏东坡诗云"花褪残红青杏小"，当小小青杏挂满枝头的时候，小孩子就忍不住下手了，咬到嘴里哈哈那叫个酸，口水立马充溢口腔，一旁看的人都能流出哈喇子。更要命的是，酸倒了牙，整个腮帮子木木的，那牙不能沾任何食物，酸疼，得好久才能恢复。尽管如此，我们对酸味还是乐此不疲。有一度小伙伴们流行吃酸枣面，一人一个纸包，敞着口，露出深枣红色的粉面，边走边伸出舌头舔。"望梅止渴"的故事人人皆知，但我们北方人只知青梅酸，没见过，想象和青杏差不多吧。许多水果在未成熟时都是青色的，亦青涩，除了青杏，还有青枣、青葡萄、青苹果、李子等，熟了之后由青变红（黄、紫），由酸变甜。这是不是与人生很像？我们通常将那些行事莽撞冲动的人叫作愣头青。如果说苦是甜的对立面，那么，酸泰半就是甜的少年时。那些拈酸弄醋的男人或醋海生波的女人其实就是心智不够成熟的人，其实也蛮好玩有趣。

把辣归到五味中实在是一种误读，辣是一种作用于舌头的痛觉，而非味道。葱、姜、蒜、辣椒是常见的辣味蔬菜，其中最辣的是辣椒。《通俗文》云："辛甚曰辣。"冀南一带农村多植辣椒，并不逊于川湘。辣椒圆锥的形状像一把弯曲的利刃，由青转红，收后堆在场院，红彤彤的仿佛平地燃起大火。吃在嘴里舌头锐痛的感觉也是火烧火燎，既难受又好受。所以有个词语叫"火辣辣"。由辣的词性本意而生发引申与人有关的譬喻，做事老辣，文笔辛辣，手段毒辣，作风泼辣等。《红楼梦》中那个被贾母谑称"凤辣子"的王熙凤，从性情到手腕，从口齿到心肠，都最生动诠释了"辣"的品性。

少小家贫，常吃腌制的萝卜、芥菜疙瘩、韭菜花、大蒜等咸菜，积习至今难改，馒头、粥加咸菜就是最好的饭食。北方人爱吃咸，口味重，一天不吃甜水果可以，不吃盐是断断不可的。咸味不仅是调味，更是生理生命的必需。

盐同样来自大地。旧时冀南农村有大片大片的盐碱地，土壤贫瘠，寸草不生，仿佛人脑袋上一块一块的秃疤瘌。土地表层有一层松软的盐土，农人将之用铲子刮了，放到一个专门砌成的盐池用清水反复浸泡导引，流出的盐水经太阳晒或用大锅煮，白色的晶体盐就产生了。这个过程被称为“淋小盐”，和拉大锯一起成为旧时冀南一带农民最主要的生计。这些为儿时的我在田野上亲眼所见，而今早已尘封于泛黄的记忆中了。但是，盐依然是大地慷慨的馈赠。

大地上的植物自然拥有五味的属性，《黄帝内经》有过梳理——

五谷：粳米甘、麻酸、大豆咸、麦苦、黄黍辛。
五果：枣甘、李酸、栗咸、杏苦、桃辛。
五菜：葵甘、韭酸、藿咸、薤苦、葱辛。

那时还没有辣椒，辣椒是明末从墨西哥传入。在中国传统文化看来，五味与人的五脏对应，最终还能和五行联系起来。天地有道，道法自然，相生相克，生生不息。五味是大地的滋味，也是人生的滋味，“五味杂陈”“百感交集”之谓好像略有消极颓唐之意，其实在我看来是盈满，是丰厚，是自足，是上苍的赐予。人活一世，少了哪般滋味都觉乏味，都感寡淡。只是，甜了别沉溺，苦了别沉沦，酸了别倒牙，辣了别放任，咸了别过度，要以它味来填充，来调和，来平衡。苏东坡尝云“人间有味是清欢”，善于知味于口深味于心，才会不负大地，不负人生。

原载《文汇报》2021 年 10 月 24 日

喜鹊洗澡

胡松涛

一对喜鹊在草坪觅食，吃饱了，或者游人走近了，便一翅膀飞到金水河的栏杆上，或者飞到我的哨位旁。这样，我就认识了这对喜鹊，这对喜鹊也认识了我。我认识的还有负责这一片的警察、环卫工人，每天经过的公交车……还有一位每天早晨来天安门前打太极拳的白胡子老人。

喜鹊站在汉白玉栏杆上向远方凝视的样子，喜鹊信步草地的样子，喜鹊喳喳叫着飞成影子的样子，喜鹊如织女下凡一般突然停在我面前的样子，喜鹊站在城墙上往下看的样子，都是我喜欢的。小时候听村里老人说，喜鹊在谁家院子里叫，谁家就有喜事。喜鹊是吉祥鸟，代表人间的祥瑞。

喜鹊与我，天天遇见，时常对视。我看它跟它看我的眼神，渐渐就是老朋友见面的眼神。有时，我看见一只喜鹊站在栏杆望柱上，心想另一只喜鹊呢？这时，另一只就在不远处喳喳地叫起来，好像心有灵犀地对我说：我在这儿呢。

自从认识这两只喜鹊之后，我一走上哨位，往往不自觉地就抬头寻找喜鹊的踪迹。麻雀成群飞过，几只灰喜鹊站在观礼台上鸣叫，两只红嘴蓝鹊路过，和平鸽来访……然而最常见的还是这对喜鹊。

我好奇，想知道这两只天天来金水桥的喜鹊住在哪里。有个周末，我请了半天假，寻找喜鹊的家。那两只喜鹊像往常一样，在天安门前玩耍一阵后，飞进了中山公园。中山公园里住着好几家喜鹊，中山堂右边有一家，来今雨轩有一家，唐花坞有一家，西南角的假山上有两个喜鹊窝。哪个是我认识的哪一家呢？我不能确定，毕竟喜鹊们长得太像了。

有一天，我正上哨，看见一只喜鹊飞临金水河，贴着水面低低地飞，飞行中，它把尾巴垂在水中，尾巴在水面上划出一道清晰的水痕。它好像怕我没有看清，重复一次，再来一次。我见过燕子点水，第一次看见喜鹊用尾巴犁水。

这只是奇迹的开始，更有奇妙在后头。第二天上午，我正上哨，看见一只喜鹊，扬着头，站在金水桥的栏杆上，凝视着金水河，像发现了什么秘密。我顺着它的视线看去，水平如镜，没有什么异常。再看喜鹊，喜鹊扭头前后左右观察一番，一翅膀飞下金水河。河里隐约露出一块石头。喜鹊稳稳地落在那块石头上，踩皱一池静水。河水没到喜鹊双腿的关节处。

我很好奇：喜鹊干什么呢？

喜鹊站在水中的石头上，左右张望，看远水近水。尔后，猛地把头插进水中，一个劲地摇晃，如镜的水面顿时揉成花笺。它抬起头，透口气，接着埋头水中，摇动一头黑发，摇出一池波光，摇散水面的薄雾。

一只洗头的喜鹊。我还是第一次看见呢。

波光粼粼。洗完头之后，喜鹊的身子往下一沉，水几乎要淹没它的身体。只见它把整个身子沉入水中，拍打翅膀，很高兴的样子。

一只洗澡的喜鹊。我从小就认识喜鹊，但从来没有见过喜鹊洗澡。小时候听老人说，有一种仙鸟可以脱下羽衣洗澡。

那洗澡的喜鹊，像是嬉水的少年，像是与水游戏的鱼。几只金鱼被洗澡的喜鹊惊得沉入水底。喜鹊，则把自己洗得像一枝出水的荷。

只见它，洗完澡，抖擞身子，抖落水珠，一拍翅膀，绕过几株菖蒲，回到金水桥栏杆上。它的“黑色燕尾服”黑中透亮，“白衬衣”更加洁白，真是一身仙衣，不染一点尘埃。

这只洗完澡的喜鹊，高兴得喳喳叫起来，引来另一只喜鹊，落在另一个望柱上。两只喜鹊，旁若无人，更没把我这个哨兵当外人，摇头翘尾叽叽喳喳地说着什么。它们说些什么呢？我听不懂，可是看懂了，它们说的是洗澡的事情。果然，后来的那只喜鹊也飞到金水河，也落到那块石头上，洗澡去了。洗完澡出来，两只喜鹊一起向中山公园飞去。

喜鹊行云去。我看见，其中一只喜鹊右边翅膀上的一支白翎翘了起来。

几天后，我经过中山公园，看见一只喜鹊面熟，只见它穿过一树桃花，飞过一树海棠花，绕过一棵松树，飞到中山堂边上的一棵老柳树上，那里有个喜鹊窝。鸟巢旁边，站着另一只喜鹊，那只喜鹊的右边翅膀上的一支白翎翘着。哈，老朋友，这里是你们的家呀。

我把看到喜鹊洗澡的事情告诉那位在天安门前打太极拳的白胡子老人。老人说：“喜鹊洗澡，非好水不洗，非好人不见。”

老人从自然界的现象中提炼出道德性，这是民间的智慧与教化。我把这句话记在心中，时时提醒自己，像喜鹊一样保持清洁。后来，在终南山的深山中，在井冈山的溪水中，在颐和园的昆明湖中，我多次看到喜鹊洗澡。我想，这是喜鹊对我的提醒与鼓励……

原载《光明日报》2022 年 8 月 12 日

秋冬物象（节选）

蒋　新

水　珠

那颗水珠并没有什么不同，圆的，晶莹的，垂在海棠叶的尖尖上。

太阳出来的时候，水珠没有躲藏，如同迷恋秋千的孩童，没有理会家长温柔或大声的催促呼喊，继续兴高采烈地摇来荡去。阳光慢慢斜照过来，水珠挂在上面，悠然的样子，像鼓着小腮沉睡在温暖晨光里的婴儿。静静的水珠中，似乎有只看不见的手，牢牢抓着那片青筋凸出的紫红叶子；抑或那片叶子特别喜欢这颗透亮的水珠，拽着水珠不让离开。水珠把射过来的光，调皮地藏进水珠里，里面顿时有了舞台的斑斓，不时闪烁和变幻出许多细微的彩色线丝，把玲珑与妩媚写满一个冬日的清晨。

我是个没有耐心且有些粗枝大叶的人，极少去仔细静观身边的物象，然而，偶然细致盯玩，竟让这颗貌不惊人的水珠惊呆了。没有想到，一颗普普通通的水珠，竟有如此震撼人心的力量，不但让白灿灿的光产生不可思议的耀眼光环，而且使静谧的空间舞出“一沙一世界”的无边生动。

一滴水可以折射太阳的光辉，我信了。

那颗水珠在唤起我兴趣的时候，也和其他水珠一样，悄无声息地滴落到土里。它究竟什么时候滴落的，我竟茫然说不清楚。一秒钟前？三秒钟前？还是五秒钟前？总之是在被我盯着欣赏的刹那间，从眼睛里消失的。消失得是那样迅速和平静，没有弄出一点引人注目的别样动静。与水珠牵手的叶子也极其淡然，没有任何沮丧、惋惜，或者舍不得。

那片叶子大概知道，消失是永恒存在的另一种寄托，宛如生命的终止是生命存在的另一种表达。消失把水珠的存在写进了另一个循环往复的迷人世界，只留下些遗憾让我去拍打脑袋，懊恼自己的眼神和粗心大意。

垂　柳

冬天的垂柳已经摇落干净那身绿叶，只将粗粗的树干和细细的柳枝给人看。树干粗壮，黢黑，铁塔般，使劲咬着岸边的石头，让树身舞向空中。望着这棵垂柳，感觉地下的根特别给力，似乎用全部的劲儿，将根须扎牢在青石垒砌的河堤坝上，形成一个我们看不见的巨大手掌，托起向上挺拔的树干。那模样极像家乡元宵节“扮玩”里的“抬芯子”。树便靠着这个巨大手掌做支点，骄傲地挺直茁壮起来，蓬蓬勃勃，醒目而耀眼。

那棵树没有像其他树那样老老实实站在岸边树行里，而是调皮地跳出整齐的队伍，以近乎平行的姿势，独自把整个树身全部倾斜进河里。河堤有两人多高，堤下是水，探身出去的树干，惊险得像杂技演员的高空造型。

别致的造型与流淌的河水、两岸拔出的青山，还有从明代走来的七孔石桥、纪念孝神文姜的硕大雕像融为一体，恰似雕刻在琉璃内画壶里的立体风景，生动而妩媚。

这棵卓然不群的树春夏最美艳。绿色紧紧向上簇立，像一团拔起的青雾，飘浮在大河中央，远远望去，有了从宋词挂出来的玲珑写意。三根斜向空中的树杈，宛如斜出的三个维度，浑然天成为一把稳稳实实的座椅，被大人们的手和孩子们的屁股磨得光滑锃亮。然而，雪中的它，则将留在人们心中的春夏之美覆盖了。

忙年时刻，皑皑白雪从天而降，纷纷扬扬，把天空遮了个严严实实，好像要把数年暖冬欠下的账一下子补上似的。那天，我沿孝河西岸顶雪南行，一座素雅的雕像突然跑进眼睛里——树以无声的形态悬挂在冰冷素裹的河道上空，一动不动，如坐禅静修的大德高僧，任飞扬的雪在身边撒欢或跳跃。我被那超乎寻常的空旷和超然物外的姿势震撼了。

我至今仍固执地认为，树即书，黄山迎客松，天坛、晋祠与岱庙里的千年古柏古松，鼓浪屿的老榕树和孔庙里的挺拔楷树，它们承载的历史力量，依旧是常读常新的典籍诗章，流淌着谁也无法替代的亘古信仰。

每次走到那棵斜向横生的独特柳树旁，我都会放慢脚步，将看手机、看书本、看人群的眼睛放出去，一点一点对它扫描。久而久之，我与它散发出来的磁力效应，有了只可意会的共鸣。这棵树成了我朋友圈中不可或缺的重要一位。见面扫描、凝视或者抚摸，如同朋友握手寒暄，成为一种自觉和习惯。

习惯已经让我把这棵纵身探进河里、独具风致的大柳树作为“河书”来品读。感觉有些厚道淳朴或者日日新、苟日新、又日新的话语，都悄悄地刻在树干里，印在枝叶上，让我从浓浓黑黑的树体中去寻找和感知。

叶　子

窗外的树，白杨、梧桐、老槐、垂柳，还有绅士般的银杏，经过一场风接着一场风的鼓荡，一片接一片摇落叶子。尽管刚迈入初冬，深秋的意义还在，节气依然按照自己的轨道来循环。

清晨阳光朗照，冷风鼓荡的空间，透出许多淡然的和煦味道。我从植物园晨练回来，在家里翻书码字，看窗外树间穿梭叽喳的麻雀，还有进进出出的车辆。风吹过，挂在树枝上的叶子，离开树身，带着各自的姿势在空间抛扬，舞蹈似的，慢慢悠悠在空中画线。每片叶子似乎都没有气恼将它摇落的风，而是自在地飞着飘着，将怡然自得的样子给风，给树，也给伫立在窗前的我。叶子的随意，不但化走许多冰冷寒意，还让我顺着叶子留下的弧线去想很远的事情。

我不知道掠过窗前的那些叶子上有没有透亮的水珠，我想应该有。每一片叶子此时都可以成为小船，让水珠用来驾驭，去看自己的宇宙。

小船在空中荡漾，只要没有狂飙的风，树叶在空中飘荡的样子大多很优美。

我曾经用飘落的树叶做过船。找一片品相好的落叶，不管是染红的黄栌树叶，还是黄得可爱的银杏叶，放进后乐桥清音阁的流水渠里，那片叶子不但在水的舞台上传递一叶扁舟的遥远故事，也常带我想入非非。我以为那片叶子是合着眼抿着嘴笑的，就像我在瘦西湖上乘坐的那艘小船。流淌的水与悠然自得的树叶飘出父亲演奏的二胡声，让我顺着看不见的琴韵，沿着婉转的水渠，去追逐那份简单的快乐。

望着不时轻轻划过空间的树叶，舞之蹈之的样子里，似乎也有自己的音韵和琴声，或展览“轻舟已过万重山”，或书写“流觞曲水”。清爽的，沉郁的，万般舒坦随意的，潇洒猛烈急促的，叶子都用顺应自然的方式和独有的姿态，在空间完成属于自己的旅行。旅程尽管十分短暂，但仍充满让人羡慕的幸福和浪漫。

羡慕之上，更有生命的庄严存在。叶子的飘落是在完成闹春舞夏的绿色旅程后的最后书写。它在终止的刹那间，用最勇敢的力量和最优美的诗行，表达对阳光洗礼、水珠滋润、生命绽放的回报。

神秘的生命，就是如此简单、淳朴、自然和高贵。

我想到了从历史深处走来的《道德经》，或许这片平凡的叶子就是其中的一个符号，一个暗示，一种智慧，它来展现健康色彩与飞扬生动，用被忽视的生命映照太阳的光环，还有自强不息与厚德载物。

原载《胶东文学》2022 年第 4 期

祥　官

韩树俊

自从我把祥官从尹山湖农场带回学校，祥官就再也没有离开过。

最早见到祥官，是我刚到尹山湖校办农场时。小河边停歇着三条机帆船，这三条机帆船和两台手扶拖拉机，是校办农场唯一的家产，也是唯一的出行工具。到苏州去办事、给学校送西瓜黄豆都靠这机帆船，直达学校红板桥后门口。

每个月轮流来两个班级，百十名学生在农场一待就是一个月。我这个场长说是管“农”又管“学”，但主要只是安排学农期间的文化课以及日常生活管理，农业一头基本上交给老农了。哪一块地种什么，用什么种，什么时候种，种下后怎么浇水、施肥、管理，什么时候收割，以至于收割下来的粮食农产品怎么处理，这些都得听老农的。猪棚里还有几十头猪，猪饲料的搭配，喂食的量，老母猪的分娩，小猪的护养，每个月一次的杀猪包馄饨，猪肚杂炒后农场老师与老农小小的酒聚，这些都靠三个老农。

第一次与场里三个农民在小河边见面，秋日的夕阳照着祥官古铜色的脸，那一道道皱纹像刀刻一般。他姓钱，人们一直称呼他祥官，快把他的姓给忘了。他一口地道的戈湾话，正讲述他的一段离奇经历。我一句也没听懂，但从他激越的语调，大幅度的动作，以及那一双耷拉了眼皮的眼神，我似乎明白了，他是在讲当年一次与船上几个“恶少”搏斗的经历，似乎是他一个跨步，竹篙一撑就上了船，赤手空拳制服了对方……

不用说，这是一个有经验、不偷懒、信得过的好把式。

祥官被我带回学校，一个人顶了一个保安队。那时候单位不设保安，一人顶个保安队，是说祥官干的事多，又干得好。学校有什么急事总是一句话“找祥官”。学校开放日大开课，某名师上课的教室、走道里挤满了人。“找祥官”，一声令下，不一刻，祥官来了，一个肩头长凳堆长凳，横架竖放，足有七八条，一只手还顺便拎了两条，一下就让挤在教室里外的听课老师都坐到了板凳。学校接到通知，某领导马上到校检查工作，一声“找祥官”，校门口立马清扫得一尘不染，两边摆放起盆花，写好欢迎之语的大黑板也架起了，一切都由祥官一个人搞定。开运动会要摆放体育用具，诸如跨栏、画跑道线、盛放石灰的簸箕、终点拉线的标杆、跳高架、竹竿、坐垫……体育老师一指挥，祥官便将一切摆放停当，以后不用指挥他都独自搞定。实验室里要送器具，清除废气废水，他也很快领悟，落实到位。图书馆里来了课本，“找祥官”，扛包、卸货、拆包、分类，又是好把式。有时校长有急事找人，校内电话找不到人，“找祥官”，祥官全校一转，很快把校长的指令传达到了。停电了，总务主任一声“找祥官”，他手握摇铃，耷拉着一边眼皮的眼睛专注地望着传达室墙上的挂钟，提前30秒，他从传达室摇铃出发，边摇边走，走到三幢教学楼中间的位置，使劲地摇上几下，让三幢楼的学生都能听到，又分散到另两幢楼。下课时间到，你根本用不着去提醒他，他会准确无误地摇铃告诉大家下课了。校园里流传着一句话，学校里只要有虞伟英和祥官就行了——虞伟英是教务工作室排课表的，祥官是摇铃的。

一天忙到晚，一年忙到头，他没有闲暇，最多周末的傍晚，在东操场自家的小屋里喝两盅小酒。酒在他布满皱纹的脸上涂抹上一层红晕，这时更加找不到他那耷拉着的眼皮下眯缝的眼睛了。

无论寒冷，无论酷暑，下了班的祥官或者午休时分的祥官，总是拉一辆小板车帮助教职工买煤球送煤球。夏日午后，日头正毒，他一个人拉着满满一车煤球，上车卸车，上桥下桥。汗珠滚满了他脸上的每一道皱纹，汗水湿透了他的衣衫。他不再有当年在河边撑着竹篙跳到船上去的潇洒和勇猛，在这座江南小城里，日复一日的劳作磨灭了他的锐气，他只知道做、做、做，卖力气，讨生活。

后来，他的老伴也从乡下进城帮工，学校在东操场边上安排了一小间，让他俩住。房子老了，设施老了，一次，小屋突然失火，老伴面部烧伤，急送医院。我去看他，他没有半句怨言，只是感谢学校对他的照顾。

做了大半辈子，总巴望临时工转正，以便有个退休金，但由于种种原因，他未能如愿，这也一直是他心头的痛。他过了退休年龄，依然在学校打零工讨生活，直到做不动了，才搬离校园东操场旁边的小屋。

我不清楚祥官是回到了他的子女身边，还是回到了他最早走出的戈湾村，总之他回吴江了。令人安慰的是，他的子女在吴江发展得不错，也都孝顺。一生平平淡淡，波澜不惊，却又实实在在，让人怀念。祥官是在生他养他的那片土地上离去的。

原载《姑苏晚报》2022 年 1 月 25 日

静的冬静的雪

陈兆平

静的冬，在每一年的末尾处等我。萧索的外表，静谧的内心。雪意和冰花，在立春以前就铺成一条路在等我了。路的后面，是马蹄声碎的汉时关，是雪一样晶莹的秦时月。我知道来时的这条路上，还有一束寂寞的寒梅在念我，在等那雪地上悄然无声的脚印。

一生的约会从静的冬便开始了。我在浮动的乳香里不知苍茫雪意，瘦弱的幸福感来自饱满的吮吸里。感谢母亲，这约会是用千年疼痛换来的浪漫的序幕。感谢故乡的雪，让我第一次睁开眼就看见了美丽的童话。感谢一个外乡的诗人，在我出世之前就吼出了那句诗："冬天来了，春天还会远吗？"

山中的冬，是静的冬。这时候，水瘦山寒，无鱼儿拨水，无鸟语环山；只有母亲的目光在静静地看我，只有寒梅的清香在静静地覆盖我。瘦瘦的日子带来瘦瘦的我，冬夜的寒月春天的花朵，一路护送着我，一年又一年。与生同来的约会一晃就是几十年了，几十个冬天落下无数片雪花。

摊开我们勤劳的手掌，三条纹路和长长短短的细纹儿聚集在一起，织着一张人生的网。无论在乡村或城市，我们内心蕴藏的是无休无止的乡愁。远望不是归，床前不是故乡的月光。我的船还在流浪，被一个浪子的手划着，朝着家的方向。每当疲惫之时，便倒过手背，看手背上那魁梧的昆仑山，横的岭、侧的峰，挂满神话与传说，安抚着一颗流浪的心。或者打开手掌，送入耳心，倾听手掌中长江翻腾的细浪，想象那载着智慧先祖的船帆。这些行动，不是逃避，而是在想最初的约会；长江就是一条剪不断的脐带，孕育出无数的精魂。属龙的我啊，怎能不去呼唤苍山风雨？

风风雨雨，年复一年。昆仑山的神话与传说在远方耸立，长江在屈原的《楚辞》里日夜奔流。我的船横冲在山与水之间，缠心之世事便由暗转亮，一掉头就看见高山上的太阳照耀在悠远的长江水上。

静的冬养育着静的我，萧索的外表，静谧的内心。在世俗的生活里奔波，在万丈红尘中浅唱。奔波与浅唱都是一种寻找。在寻找的路途中，和鲜花握手，和雨天嬉戏，和路人致意，和知音相聚。在栖身的陋室里过着凡人的生活，在生活的炊烟里呼唤着现代的文明。取悦自己也取悦人们。因此总有人和我一样，在享受这日子的馈赠的同时，不动心思做商贾，却学文人轻吟浅唱。浅唱之时需要静，如冬天。于是我们过着寒冷的日子，心甘情愿地接受雪的洗礼。

我想象着走在漫天的大雪里，看见茫茫大地银装素裹，一切都静了下来。这时我便想起了一个诗人，一个名叫毛泽东的诗人，一个喜欢雪和风的诗人。他的《沁园春·雪》上下五千年，纵横千万里。他用天才的心情和如椽的大笔写出了一片壮丽的雪，一片英雄的雪，一代巨人空前的豪情——望长城内外，惟余莽莽，大河上下，顿失滔滔……

雪到四川的日子总是很迟。飘飘扬扬的景象在旧梦中重叠，六角形的花朵已让我望穿秋水。大雪终于落满四川。我和许多人都看到雪水从高高的屋檐上滴下来，滴穿冬天的寒幕。

有雪的栅栏敞开了四川的夔门。重复了几千年的白终于覆盖了多雾的四川。这雪红了许多苍白的脸，一场大雪写下满地寓言。寓言中，我看见许多人穿着草鞋和薄薄的寒衣从眼前一声不响地走过。

人在雪境，想的是回家。回到那片洁白的地方去，那地方飘过我们祖先的炊烟并留下一堆堆野牛粪。雪将他们覆盖了几千年了……我倚着门框，独望雪以及雪中的人和物，模糊地怀念消失的雪影。

我这样描写雪的时候，雪真的就来到了我的门外。飘飞的雪先是和细雨一起来的，第二天便独自飘飘扬扬而来，景象很是迷人，和旧梦中的雪一模一样。我打开窗子喃喃地说：雪啊雪啊，你真的来了，我要掬一捧天上的雪献给母亲。这个时候，她是否站在老家的屋檐下，在猜度远方的雪是不是飘进了儿子家的窗口？一片冰心，浸在白玉的壶里。踏着雪地而行，我想去看看念我的寒梅了，她伫立在驿桥之外，寂寞无主。梅啊梅，你为何依旧尚待闺中，不穿那件红嫁衣？感谢你，梅，你给了我春的消息。我横着你给我的那支竹笛，一路吹奏着春的歌谣，又开始远行了。我向你挥手，向着熟识的山，向着静谧的冬，向着一些更深更远的背影。我一步一回头，挥手的模样一片深情。

原载《国家电网报》2022 年 1 月 7 日

藏在时光里的浪漫

张亚凌

我一直觉得，母亲从骨子里是个很浪漫的人。

记得小时候，切面条时，母亲总会把我喊到案板前问，凌娃，想吃啥样子的面条？我呢，歪着脖子仰着脸蛋，边瞎想边瞎说，母亲就按我说的样子来切：三角形、菱形、正方形、长方形……父亲总责怪母亲，说大人没大人样，你就跟着娃贪玩吧，吃一顿饭都吃得乱七八糟。

父亲不知道的是，就是因了我的参与、我的瞎想瞎说，我才嬉戏般吃完没油水没菜的杂粮面条，还吃得有滋有味。

用糜子面、玉米面、红薯面蒸馍馍时，只要我们兄妹没事，就可以趴到案板上参与。洗干净的各种豆子就放在旁边。馍馍的形样随便捏，可以在里面放进自己喜欢的豆子。母亲只是强调说，自己捏的馍馍蒸熟后就是自己的了，得吃完，不许耍赖。

我们没有抱怨地吃着其实并不喜欢吃的各种馍馍，不过是因为有几粒豆子包在里面，且是自己包进去的。

母亲的浪漫，当然不止这些。

想想，吃个苹果都像过年一样隆重的年月，院子里的苹果树上结了多少苹果，母亲数得清清楚楚，我们绝对没有机会偷吃。

摘苹果是母亲亲自做的事情。母亲会站在梯子上小心地摘下来，绝不会不小心撞掉一个苹果。不过，母亲每次都会留一个苹果在树上，说是给鸟雀的。

树上是结了好些苹果，可一条巷子好歹也二十几户人家，每家送两个，也留不下几个让我们吃。我们自然也不会空手回来的，我们不过是用苹果一种味儿，换来了很多味儿。

人都吃不饱，还给鸟雀留。一棵苹果树让我们吃到了许多味儿。这都是母亲的浪漫啊。

记得那年我要外出求学了，母亲把我和父亲送到村口。我们准备走了，母亲又喊住了我，问：“你把啥忘了？”我想了一会儿，没想起什么。母亲从兜里掏出一把钥匙，后面还挂着一个小绒球。母亲说：“把家里大门的钥匙带上，我娃走得再远，都会觉得像在自家屋里一样。”

父亲嘴角一撇，不屑道：“凌儿都上大学了还和娃玩呀——我俩还得赶路呢。”

“想家了就看看钥匙。”我和父亲已经走了老远，母亲还在叮咛。

还别说，想家了，我就掏出钥匙。看着看着，恍惚间就进了家，就来到家里的角角落落，想家的难受劲就被慢慢地稀释了。

我一直觉得，给我钥匙是母亲做的最浪漫的事。

种田时的母亲也是浪漫的。田地分到各家各户了，人家种庄稼，都可着边种，恨不得不留地畔。母亲倒好，地前面种一溜向日葵。只是图了好看——不等熟好，就被路人摘了。在父亲嘟囔不合算时，母亲说了，咱看了芽儿拱出地面，看了叶子变宽变大，还看了多日的葵花盘；人家就图了个嘴快，还是咱划算。

瞧瞧母亲，算得失都算得如此浪漫！

说实在的，我成长的快乐得益于母亲的浪漫。

也记得三十多年前去赶集的事。八分钱一碗香喷喷的踅面，娃娃们围着吃，大人们乐呵呵地看着，不吃也香。我的母亲却把我拉到书摊前，慷慨地给我两毛钱，并嘱咐道，好好看。

母亲信奉“嘴瘾一过就消化了，眼瘾一过就留心里了”，当别的母亲给自己孩子带回来吃的东西时，她给我带回来的多是本子、笔，或者书。

巷子里别的女人不理解我的母亲，说她“不会过日子”，可我知道，是浪漫引领着我的母亲，她站在今天里，看的却是明天的风景。

我喜欢母亲身上的那股浪漫，我今天之所以喜欢写作，多半是继承了她的浪漫吧。我更想把它作为一种财富，让孩子传承！

原载《读者·校园版》2022 年第 3 期

童年美食

浇　洁

艳红的樟树叶开始在街道奔跑，新鲜的红薯香在晨光的热粥里弥漫。白露在稻谷香、秸秆香上流连，往返于草尖，缓缓垂落。栾花、紫薇、石蒜、青葙撑开清露，张开花瓣。等不及霜降和果实成熟，多年来缱绻于舌尖的童年味道便让我蠢蠢欲动了。

20世纪七八十年代，山里孩子最爱的是秋天！

收了大禾，田野里有的是稻秆，坡上田丘到处都是红薯。我们几个小伙伴早就瞄上了一块红薯地。谁负责拾柴，谁负责挖薯，谁负责烧烤，无须摊派，自然分工。火舌一遍遍地舔着薯皮，把满腔热忱向内递送，薯肉酥软，浓香从火口溢出。我们垂涎已久，按捺不住，用木棍拨出焦状的薯，顾不上炙烫，掰开一片，连炭黑皮一起塞进雀张的嘴里，一口咽下。烫，烫，一直烫到喉管，“嗤嗤”作响。小孩子性急，常常因为等不及，吃半生未熟的红薯，这可比母亲在铁锅里正儿八经焖的香多了。

大禾进仓，二晚又低头金黄。丘陵、田园、水塘有的是好吃的。我们像秋鼠撒蹄四窜，不必踩父母脚后跟讨吃招嫌。当年，水质好，少有农药污染。桂花满村甜香，池塘里蔓生一种小菱角，也叫野菱，浮萍般挤满整个水面。果子小如青豆，嫩的绿老的黑，有四只尖角，采摘时，一不小心就被刺得生疼生疼。小小的肉嫩白，老些的携粉，吃起来略苦，但清香多水分。为了吃它，我曾下过没脖的水塘，将扯连着的菱叶一起捞上岸。然后与伙伴围在塘沿，太阳暖烘着身上的湿衣服，边摘边吃，不亦乐乎。

待红薯进箩筐，大雁南归，瓦上白霜凝，大人们连日在竹簟上晒雪白的薯粉。枫叶在霜风中闯荡，红透了天。几个伙伴约好似的，一个个从裤袋里掏出空雪花膏小铁盒，这雪花膏是姐姐们专用的，我们对那描花的铁盒觊觎已久。门前溪水里洗净，用衣角揩干，抓些薯粉放盒里，斟上井水，加点盐，旋紧盖子，摇晃溶解后，投入枫叶火堆上烤。一边往火中投红叶一边守候，二十来分钟，似已等了一年。捡小树枝做筷子夹出，冷却一会儿，小心拧开，如剥开一个刺尖尖的毛板栗。啊！一个小小的薯粉丸子，粘着雪花膏的香味，圆嘟嘟，晶莹诱人。讲究的跑回家蘸点酱油，馋得不行的就着滋漫的口水，当猪八戒吃蟠桃，一口吞下。热气裹在丸子内，烫得人不禁蹙起眉，双手不停地扇着伸出的红舌头，乐坏了篱笆边那丛旁观的野菊花。

靠山吃山，靠水吃水。近边山头的野毛栗、南风子、碎米子、野山楂、野枸杞、山葡萄、拐枣、野柿子……皆被我们小孩子搜罗，常吃得手乌嘴乌，肚子发胀摸黑回家。尤其是过霜后，南风子甜到心里，可当饭吃；碎米子形似蓝莓，比蓝莓有余味。清闲下来的大人也加入我们的行列，拿小撮斗，或提细篾篮上山，手捋小如花椒、熟呈红紫的大把南风子，边捋边吃，撑破肚都无伤无碍。摘得多了，用陶坛装好密封，待雪天烤火时当零食。经过闷藏的南风子，香甜赛苹果。大人们还会上山采野毛栗、拾甜椎栗，一小斗一小斗地捡，稍晒一晒，便藏柜上锁，留待过节时或做喜事时待客。

那时候食品缺乏，蔬菜青黄不接时，总有那么一二十天吃饮羹下饭，嘴里寡淡少油。一年一次的县城庙会，孩子们扒货车大老远赶去，只为了能在圩市上吃一碗肉汤拌饭，搭一块薄肉片。地里刨食，吃饱为第一，花生属奢侈品。记忆中留有这样一个画面：中秋前后，邻居一妇人倚门吃炒花生。手“咯嘣”一下剥开，果壳潇洒落地。红皮白肉，远远地，炫技似的扔进张开的大嘴里，一粒，又一粒。我似听到咬在牙舌上的脆响，闻到咀在唇舌间的芳香，黑眼仁随着她丢花生仁的手上下转动。馋得不得了，真巴盼她手指缝间漏落一两个，但这样的好事，一次也没临幸过我。有一回，母亲见我们姐弟着实馋得不行，白水煮了一只刚下藤的大南瓜，好大一锅，津甜！我们盛了一碗又一碗，个个撑得走不动，撩起衣裳笑着比谁的肚子胀得更鼓。

小孩子家家嘴馋，啥都吃，“老鼠屎”“小甘蔗”……“老鼠屎”其实是一种叶似铜钱的草结的小圆黑根，味很淡，有点像荸荠。“小甘蔗”是茅草根，一小节一小节白白的，嚼起来味如甘蔗。那从小就被大人口口相传的“锁颈子”果，比南风子稍大，紫嘟嘟的，委实是太诱人了！当然，我们也是晓事的，先由两人尝试，吩咐好另几个伙伴，真“锁颈子”了，立即通知老师或家长。呵，我俩吃了那黑紫的浆果，好甜蜜！于是，伙伴们一拥而上，笑嘻嘻地大胆吃起来，还是不敢多吃。当又有长辈好心劝阻这不能吃时，仰起脸笑着炫耀：我们都吃过，没事！长辈张着嘴，惊讶地望着我们胆大妄为。“锁颈子”果有微毒。不过，蓖麻籽我们绝对不敢尝，小学《常识》课本上专门介绍过。老师提倡勤工俭学，虽然亲自教我们在学校周围大量播撒，但一再强调，这东西千万不能尝，一是有毒，二是蓖麻籽油是飞机上用的，要为国家做贡献，谁吃了就是搞破坏，人死了还变成坏蛋！

每个孩子，肚里都有一条馋虫。我们最不喜欢春冬两季，山上可吃的少。春天，到处绿油油的，长叶开花。我们吃酸梗草、金樱子嫩枝、茶泡、酸酸甜甜的清明粿，食映山红花，掐一截稻秆做吸管，满山吸花蜜。

夏天，我们盼山上杨梅熟，趁砍柴，睇好哪颗红杨梅先红，哪颗白杨梅更甜。马路烫脚的酷热天，大人们架长梯爬大树，顺藤摘薜荔果做凉粉。我们则望藤兴叹，四处找六月冻柴。这种柴矮小，有一种特有的青气，捋了它的叶，捣挤浓浓的叶汁，翻找出家中的一块破蚊帐当纱布，包上灶下一大铲柴火灰，来到井沿。两人展开纱布，下设一木盆装叶汁，另一人用竹筒提上冰凉的井水，缓缓冲灰淋下，过滤出细木炭和小梗屑，自有人用竹片搅拌叶汁和灰碱水，均匀后，任其在盆里冻结。不一会，莹绿冰凉的“六月冻”便成了。我们用竹片划成豆腐状，也不管里面凝结的没过滤干净的黑灰，从家中偷出白糖或蔗糖，狠狠地撒在冻豆腐上，便可开吃了，那个溜滑甜爽真是没得说！

我们烤过麻雀，吃过蝼蛄。闷热的夏夜，当蝼蛄在家里四处“嘎嘎”叫唤时，我们只需打开手电筒，它喜光，一抓一大碗。稍洗，点火，用大锅，放油，待油滚，猛地倒进去，只听蝼蛄在木锅盖下撞得“砰砰”响。不一会，香气飘溢，趁热钳出，掐头去肚，焦脆酥香，味如烤鲜虾，蘸点酱吃，美味无比。大人说，吃蝼蛄聚阳气，力气足。我们还烤过蝉，吃过蝉巢。巢里有白蛹，清水蚕蛹汤虽然有滋补功效，但过于清淡，我不爱吃。

我钟爱的是烤肉辣椒。我会挑那种现摘的肉厚的灯笼辣椒，去掉里面的籽，灌入油、盐、豆豉，置入炭火笼中，用细火热灰去煨，待香气冲笼而出，那个香、辣、酥……连沾在上面的灰都舌卷而下，也不怕脏，反正大人说过，吃灰眼睛光！

实在没什么吃的，我们就扛起镢头上山挖土茯苓、马加勒。土茯苓，俗称硬饭子；马加勒，学名菝葜，它们生长在贫瘠的黏土里。据老人介绍，它们的根会钻地，边挖边钻，挖时要舍身，不能停。一人牢牢地拉住它的细蔓，另一人顺蔓使劲挖下几尺深，艰难地掏出它们的块根，像烤红薯一样，用稻秆和枯枝烧烤，馨香，似板栗，稍带点苦。硬饭子的味道还比马加勒好些。

有一种美食，任何水果都无法媲美。村子房前屋后，山脚田塝到处蔓爬着一种藤——葛藤。“葛藤开花，蚊虫长牙；葛藤结籽，蚊虫去死！”打几回霜，下几场冻雨，冬天就来了，青藤慢慢变老发黑，粗藤上黄色的硬毛褪去。勤快的大人挖葛根，锤碎过滤，晒葛根粉。我们则遍寻长瘤的老藤，发现后砍下，用一把小刀把膨起的藤劈开个口子，弄开，里面躺着一条条米黄色的虫子，胖胖的，弓着身，这就是葛藤虫。炸葛藤虫吃，犹如过节。我们把蠕动的虫子搁在一块铁板上，架在火炉上炸，或图省事，撂铁铲火钳上，伸进灶膛里烤。待米黄色的虫子在火光中变得金黄麻亮，只只冒油，捏一条送进嘴里，细嚼，喷香酥甜。

吃过葛藤虫，结冰凌下雪，我们窝在家，最盼望的便是过年吃箍箍糖了。从发麦芽，蒸糯米，煎糖水，磨豆粉，木钩上牵糖拉白，做斗灌馅，抽糖线剪断做圈……小孩子家家围着甜香的箍箍糖，巴望着过每一天。

现如今，超市里果品琳琅满目。村村寨寨，树上的红枣、橙黄的橘柚、通红的柿子、褐亮的板栗……随风招展，硕果累累。小孩子们眼不抬嘴不馋。有许多让鸟啄虫吃，或任由自然熟枯，落地腐烂，真真是可惜了。

遥想当年，我们为吃绞尽脑汁，幻想变成兔子、鸟雀，天上飞，林里钻。那找食吃的疯狂模样，仿若梦中，在唇沿边，不时莞尔映现。

原载《文艺报》2022 年 4 月 13 日

秋香时节

郭之雨

侄女说："春风一定是绿色的，不然，它一来，为什么山水都绿成一团呢?"我问她："那秋风呢?"侄女说："秋风一定是五彩的，因为它一来，秋天变得五彩斑斓。"我说："秋风不一定是彩色的，但它一定是香的！因为它来了，秋天才芳香四溢。"

时令有序，慷慨的秋风，携裹着田野里的大豆、谷子、芝麻、高粱等农作物的香气，吹进院落。躲在墙角里的蟋蟀，把秋意叫得愈来愈浓烈，浓烈的还有秋阳，还有柿子树。

侄女是哥哥家的孩子，抽个机会，就来乡下收集香甜，在她眼里大自然就是一个蜜罐，她缠着我去田里转转、拍照、嬉笑，如一只喜鹊似的在我耳边聒噪。

很享受一脚踏进青纱帐深处的那一刻，迎面弥漫的是玉米热烘烘的香，那香味浓过晚炊的香，是那种可以喂养灵魂、饱腹心情的香。

喜欢花是女孩的天性，侄女也想美成花的模样。花香袭人的桂花、栀子花，在乡下见不到，乡下只有秋天开放的如翠菊、紫茉莉、牵牛、红蓼、曼陀罗之类的花朵。这些花香气隐藏着，若有若无。侄女去接近一朵花，走到彼此心里去。

秋是丰硕的，路上欢喜地嗅着遍野的醇香，视觉与味觉同样秀色可餐。昨天在院子的大铁锅里煮了满满一大锅的玉米，上头蒸了一大碗辣椒小土豆、一盖帘茄子，眼见得开锅了，满院子的馨香啊，连八月的风都摇摇荡荡着奔来……

这个时节，每每一走进村子便都是香的，玉米的香、土豆的香、烙饼的香，就是一碗凉拌黄瓜，都泛着黄豆酱的香。翠绿翠绿的小白菜，开水烫一下攥干、剁碎，加一点瘦肉包饺子，要多香有多香。

初秋美，美在缔结，美在孕育，美在成熟。半生都信服种瓜得瓜，种豆得豆，土地于我的忠诚，亦如我于生命的忠诚。

我在劳作的间隙咀嚼，侄女陪着我。我感觉自己成了啮齿类动物，逮什么吃什么，怎么吃也吃不够满院子的秋香。侄女来了几天就胖了不少。

以至于连睡梦都是鼓鼓胀胀的，那些被我吞进肚的瓜果的甜香，五谷的醇香，托载着我直上青天云浪，俯瞰季节风光。

原载《北京日报》2022年8月26日